LE FANTÔME DE STALINE

Né à Moscou en 1950, Vladimir Fédorovski est diplomate pendant les grands bouleversements à l'Est, promoteur de la Perestroika. Auteur à succès, il a écrit à ce jour vingt titres, traduits dans vingt-deux pays.

Paru dans Le Livre de Poche :

Le Roman de la Russie insolite

Le Roman de l'Orient-Express

Le Roman de Saint-Pétersbourg

Le Roman du Kremlin

Les Tsarines

VLADIMIR FÉDOROVSKI

Le Fantôme de Staline

PRÉFACE INÉDITE DE L'AUTEUR

ÉDITIONS DU ROCHER

ISBN : 978-2-253-12681-2 – 1re publication LGF

Préface

L'élection de Medvedev au poste de président de la Russie en mars 2008 peut-elle augurer un changement malgré la présence de Poutine au poste de Premier ministre ?

À dire vrai, le système n'est plus à inventer dans ce monde verrouillé où, comme au temps de Staline, les rôles sont distribués. D'ailleurs Poutine a déclaré à Sarkozy, lors de sa récente visite au Kremlin, à propos du duo qu'il forme avec Medvedev : « Chacun joue son rôle. Nous sommes comme dans les films, il y a un gentil juge et un méchant. » Mais le gentil Medvedev suit en réalité à la lettre les leçons du méchant.

On a attribué un rôle de personnage soi-disant plus libéral à Medvedev ; c'est un choix. Mais en aucun cas on ne doit aujourd'hui établir des rivalités ou des contradictions entre Poutine et Medvedev, car on ne dispose d'aucune espèce d'indications. Les observateurs partent du principe qu'en Russie, un prétendant faible peut finalement s'imposer. Ce fut le scénario avec Brejnev et avec Poutine. Pour l'instant, il n'y a pas d'indications et il y a même des différences. Brejnev, et surtout Poutine sont arrivés au moment où leurs prédécesseurs étaient affaiblis, Khrouchtchev par la crise de Cuba et les contradictions de sa politique, et Eltsine par son impopularité et sa crainte de finir en prison. Medvedev, lui, arrive dans un système qui fonctionne en mélangeant nationalisme et capitalisme d'État. C'est un système spécifique qui n'est pas une dictature mais qui est très autoritaire et qui, surtout, a été établi par un clan d'une trentaine de personnes se partageant le gâteau. Poutine en est le personnage clé et son poste a finalement bien peu d'incidence sur son influence.

« Pendant mes huit ans de présidence, a déclaré haut et fort Vladimir Poutine, j'ai travaillé comme un esclave aux galères. » Dans cet élan de sincère autosatisfaction, il ajoutait avoir atteint tous ses objectifs et rempli toutes ses missions : stabilité économique et politique, rétablissement de l'unité de l'État et de la « verticale » du pouvoir, retour de la Russie sur le devant de la scène mondiale.

Depuis des mois, ces quatre vérités n'ont cessé d'être martelées en boucle dans les médias, pour convaincre l'électeur de faire confiance à son successeur, Dmitri Medvedev. Ne cessant d'opposer le « chaos » et la « criminalité » des années Eltsine à la « consolidation » qui a suivi, l'ère Poutine se veut le début d'un nouvel âge d'or devant mener à la renaissance d'une Russie bien décidée à ne plus se laisser dicter sa conduite par un Occident vu comme arrogant. Beaucoup de Russes l'approuvent.

En sus du souvenir catastrophique que la présidence de Boris Eltsine a laissé dans les esprits, Poutine a des arguments chiffrés à avancer. En sept ans, le PIB russe a augmenté de 70 %, les revenus réels de la population ont plus que doublé. Les réserves d'or et de devises s'élèvent à 480 milliards de dollars, grâce notamment à la pluie de pétrodollars qui s'est abattue sur le pays grâce à la hausse du prix du baril. Pour 2007, la Russie a enregistré un taux de croissance de 8,1 %. La dette extérieure de l'État a été remboursée dans sa totalité. Des résultats qui, de l'avis des défenseurs du régime, justifient la reprise en main musclée de tous les contre-pouvoirs qui avaient émergé entre 1985 et 1992.

Que pèsent ici la liberté de la presse, les droits de propriété, l'indépendance du Parlement ou celle du pouvoir judiciaire, face à la prospérité économique et à l'influence diplomatique ?

Ce tableau rutilant cache des fissures. Le système Poutine est-il une sorte de village Potemkine ?

La stabilité économique reste fragile. La question n'est plus tant celle de notre dépendance vis-à-vis du prix du pétrole, mais celle de notre dépendance vis-à-vis des crédits étrangers investis massivement dans l'économie russe, vu le bon climat d'investissement créé par Poutine. Malheureusement, cet argent n'est pas allé vers la production mais vers la consommation massive, ce qui a créé une pression inflationniste, une sorte « d'économie de supermarché ».

On s'inquiète de la brutalité du capitalisme d'État et des attaques menées par la bureaucratie contre le secteur privé. L'État utilise les règlements et les tribunaux comme un marteau. Loin de marquer des points dans la lutte contre la corruption, frein au développement économique, la Russie est passée au 163e rang mondial dans l'échelle de corruption établie par l'organisation *Transparency international.*

La question de l'efficacité de la centralisation du pouvoir – ce grand héritage de Staline – se pose. Désormais nommés par le président, les gouverneurs n'ont pas pour autant mis fin à un clientélisme et à une corruption galopante, laissant les citoyens sans recours puisqu'il n'y a plus de scrutins régionaux. La nomination de l'« homme fort » Ramzan Kadyrov à la tête de la Tchétchénie a permis de mater l'essentiel de la révolte séparatiste. Mais l'absence de compromis politique avec la société tchétchène rend l'avenir incertain. L'Ingouchie voisine, où les exactions commises par le pouvoir nommé par Poutine ont peu à peu débouché sur la création d'une opposition armée, reste un abcès purulent dans le Caucase du Nord. Sans parler du conflit avec la Géorgie, qui risque de faire revenir le « fantôme » de la guerre froide. La stabilité politique reste donc superficielle.

Poutine a passé la main à son successeur Medvedev, mais la manière dont il l'a fait en dit long sur la désinstitutionalisation qui frappe la politique russe. La désignation de Dmitri Medvedev s'est faite sous le manteau, au terme d'une guerre souterraine acharnée entre les clans, comme autrefois au Politburo. Ce mode de passation du pouvoir personnalisé paraît peu susceptible d'assurer la stabilité du régime à long terme.

Sous Poutine, la Russie n'est pas sortie de l'ornière où elle était plongée depuis des siècles. Le pays ne cesse d'osciller du chaos vers le totalitarisme de Staline, sans réussir à se stabiliser entre les deux. Poutine a bien compris qu'il fallait arrêter l'anarchie oligarchique eltsinienne, mais il est parti trop loin dans l'autre sens, confortant une tentation autoritaire dans la tradition néo-stalinienne dont son successeur aura le plus grand mal à sortir.

La Russie a déjà connu à plusieurs reprises le même cycle de recherche de puissance étatique et guerrière, bien avant le XXIe siècle, ce qui conduisit à un effondrement national, mais provoqua finalement des réformes. Celles-ci, quoiqu'elles aient échoué, finirent par engendrer un nouveau militarisme.

Déjà au XVIe siècle, les excès du premier tsar russe Ivan le Terrible (1533 1584), puis la déchéance nationale au Temps des Troubles (1584-1613) constituèrent un cas classique à cet égard. Le cycle se répéta avec le règne de Nicolas Ier (1825-1855), long triomphe réactionnaire qui s'acheva par la défaite de la guerre de Crimée devant les puissances modernistes d'Occident, Angleterre et France, ou encore, après l'intermède libéral d'Alexandre II, avec le règne d'Alexandre III (1881-1894) et la première partie du règne de Nicolas II (1894-1904), autre épisode d'absolutisme sûr de lui-même qui déboucha sur une défaite beaucoup plus cuisante et humiliante, cette fois-ci face au Japon, pays que l'on tenait encore pour semi-barbare. D'autres cycles, plus courts, se déroulèrent entre ces trois grands cycles historiques ou entre le dernier d'entre eux et le cycle de la fin de l'ère soviétique.

C'est en prenant conscience de ce problème et en cherchant à y remédier pour mieux préserver l'Empire que le KGB (avec Youri Andropov, entre 1982 et 1984) puis Mikhaïl Gorbatchev (à partir de 1985) ont lancé les réformes qui ont entraîné leur chute simultanée. Par un autre paradoxe, une « contre-révolution » de Poutine tendant à la restauration de la puissance étatique et guerrière risque fort de ramener la Russie aux mêmes blocages, au moins en partie, et en définitive de rendre la dégringolade inéluctable.

Les règnes les plus glorieux de l'époque Romanov, ceux de Pierre le Grand et de Catherine II, obéirent eux aussi à cette loi historique, quand bien même ils se soldèrent finalement par des réussites. Il en est allé de même du règne de Staline.

Ces fantômes peuvent-ils de nouveau resurgir ?

Notre récit commence dans la petite ville de Gori où naquit Staline, et se termine dans la même ville, quand les Géorgiens se lancent à l'assaut de l'Ossétie du Sud. D'ailleurs Staline, encore une fois, est en quelque sorte à l'origine de ce problème. C'est toujours lui, soucieux de briser le soutien national géorgien, qui accorda le statut d'autonomie culturelle et administrative aux peuples minoritaires de la Géorgie : Ossètes, Abkhazes, Adjars, etc. L'Ossétie a d'ailleurs été divisée en deux. La majorité a reçu l'autonomie au sein de la Russie ; quant à l'Ossétie du Sud, elle est devenue autonome au seuil de la Géorgie.

Ce statut n'est pas fictif et a permis le développement d'une vraie identité culturelle. La fin de l'URSS a fait exploser cette Géorgie multiethnique confrontée à la politique ultranationaliste du premier président de la Géorgie indépendante, puis les Ossètes et les Abkhazes ont proclamé à leur tour leur indépendance, confortés par la Russie qui a renoué avec l'entreprise stalinienne pour réduire l'hostilité de la Géorgie à son égard.

Le 7 août 2008, le président géorgien Mikhaïl Saakachvili ordonnait à son armée de reconquérir l'Ossétie du Sud, cette petite république qui défie Tbilissi depuis le premier conflit de 1992. Les moyens ne seront cependant pas forcément appropriés, comme le prouvera la suite des événements.

Les troupes géorgiennes ont rapidement pris le contrôle de Tskhinvali, la capitale de l'Ossétie du Sud, située à quelques kilomètres seulement de leurs bases. Entraînée par des instructeurs américains et israéliens, modernisée par l'État hébreu, fournisseur des armes individuelles et des lance-roquettes, l'armée géorgienne ne dispose que de 32 000 hommes, de cinq chasseurs et d'une centaine de blindés. Ces effectifs ne permettent pas de mener des opérations d'envergure.

L'Ossétie du Sud, dont la population n'excède pas 70 000 âmes, n'a évidemment aucune armée digne de ce nom à opposer à la Géorgie, mais elle a un protecteur puissant. La Russie n'a jamais accepté le virage proaméricain pris par l'ancienne république soviétique. Moscou a notamment accordé un passeport russe à tous les habitants d'Abkhazie et d'Ossétie du Sud qui en feraient la demande, autant dire la grande majorité des populations concernées.

C'est donc officiellement pour protéger les citoyens russes que le Kremlin a décidé d'intervenir. Une infime partie du million de militaires de son armée, les 22 000 blindés et les 1 700 avions de chasse à sa disposition suffiront.

En l'espace de quelques heures, des dizaines de chars, des milliers de soldats et de « volontaires » se sont engouffrés dans le tunnel de Roki, qui, à plus de 3 000 mètres d'altitude, constitue l'unique point de passage entre l'Ossétie du Nord, en territoire russe, et l'Ossétie du Sud. Puis l'aviation a pilonné tous les objectifs stratégiques situés en Géorgie : l'aéroport de Tbilissi et diverses infrastructures situées à la périphérie de la capitale, Gori, la ville natale de Staline, la base aérienne de Marneoulie, à l'Est du pays, le terminal pétrolier de Poti. Des bateaux de guerre russes ont pris position au large des côtes géorgiennes, imposant au pays un blocus maritime. Parallèlement, s'ouvrait le deuxième front abkhaze, une autre République qui réclame son attachement à la Russie. Sur ce front comme sur l'autre, l'armée géorgienne fut contrainte de battre en retrait.

Le coup de force de Saakachvili en Ossétie a-t-il été préparé avec les conseillers américains et approuvé par Condoleezza Rice lors de son séjour à Tbilissi en juillet 2008 ?

En effet la réunion des dirigeants pro-géorgiens polonais, ukrainiens et baltes du 12 août à Tbilissi a été préalablement programmée. Ni Bush ni Saakachvili ne furent surpris par l'ampleur de la riposte russe, misant sur le choc provoqué au sein de l'opinion publique occidentale par les images des chars russes sur le territoire géorgien.

En tout état de cause, la bataille pour l'influence entre puissances bat, désormais, de nouveau son plein ; une sorte de « nouveau jeu » autour du pétrole. Rappelons que George W. Bush, depuis son accession à la présidence, n'a cessé de mettre en avant l'idée d'un « cordon sanitaire » autour de la Russie, suivant les avis de ses conseillers selon lesquels il existe « une continuité géopolitique entre l'Union soviétique d'hier et la Russie d'aujourd'hui », obligeant les États-Unis à installer des bases militaires en Asie centrale, en Géorgie, en Tchéquie et en Pologne.

État non pétrolier, encastré entre l'Asie centrale et l'Europe, la mer Caspienne et la mer Noire, la Géorgie est un point de transit pour les hydrocarbures, qui rejoignent la Caspienne pour alimenter l'Europe *via* la Turquie sans passer par la Russie.

Les compagnies énergétiques occidentales ont donc misé sur la Géorgie et investi plus de 30 milliards de dollars dans la construction du BTC, l'oléoduc reliant Bakou, en Azerbaïdjan, à Ceyhan, en Turquie, *via* Tbilissi. Inauguré en 2006, long de 1 774 kilomètres, il traverse la Géorgie sur 260 kilomètres et se divise en deux branches. La branche sud peut transporter 1 million de barils de pétrole par jour vers le terminal méditerranéen de Ceyhan. La branche nord dessert le port géorgien de Soupsa, sur la mer Noire. Il reprend l'ancien pipeline soviétique Bakou-Soupsa, rénové. En chantier, un nouveau gazoduc doit doubler le Bakou-Soupsa et transporter 8 milliards de mètres cubes de gaz par an de l'offshore azerbaïdjanais de Shah Deniz jusqu'à Erzurum, en Turquie. Si le conflit se poursuit en Géorgie, il risque de provoquer l'arrêt des investissements dans les hydrocarbures de la Caspienne, qui représentent une sorte d'alternative aux ressources pétrolières et gazières du Moyen-Orient. Le plan occidental prévoit de doubler l'oléoduc Bakou-Ceyhan par un gazoduc, Nabucco, qui permettrait de contourner la Russie. Moscou en est fort irritée et le projet est, dans l'immédiat, mis « en attente de jours meilleurs ».

Quelques bons bougres croyaient la guerre froide enterrée en même temps que l'Union soviétique, en 1991 ; elle est en train de renaître sous une forme à peine différente.

L'épreuve de force oppose, cette fois par alliés interposés, les États-Unis à une Russie qui n'est plus communiste mais a désormais retrouvé les moyens d'assumer son rôle dans la région. Au moment même où le monde s'apprêtait à profiter de deux semaines de joie olympique, le fantôme de la guerre froide semblait revenir sur le devant de la scène, avec ses échanges acides au Conseil de sécurité de l'ONU et un feu d'artifice de propagande rappelant l'époque de Staline.

Octobre 2008.

Avant-propos

« Le peuple russe possède une longue tradition de tsars forts », proclame le président Poutine[1]…

Et Staline fut un tsar fort. Idéologiquement, Poutine a joué avec finesse, induisant la condamnation de Lénine au profit d'une réhabilitation rampante de Staline, aujourd'hui symbole de l'ordre et de la sécurité de l'Empire, par le biais notamment de la lutte contre le nazisme.

Lénine, c'était l'idéologie communiste. Staline, c'est la splendeur des tsars, celle de la Russie éternelle.

---

1. Ce livre, conçu comme un diptyque sur l'Histoire russe du xxe siècle, devait être initialement présenté dans un ordre chronologique : partant de la Russie de Tolstoï et Tchekhov pour arriver à l'URSS de Staline et la Russie de Poutine.

C'est en quelque sorte une réponse à la question *Que fallait-il ne pas faire ?* – pour paraphraser le *Que faire ?* qui hanta la littérature, sinon la politique russe. Ce titre a souvent été utilisé. Il suffit de se souvenir du célèbre roman de Tchernychevski ou encore de l'œuvre de Lénine.

Finalement, des événements dramatiques m'ont poussé à inverser cette logique chronologique. L'assassinat de journalistes indépendants, l'empoisonnement d'un ex-agent, l'emprisonnement de banquiers, tant de signes inquiétants et urgents à déchiffrer… Las ! Tolstoï, Diaghilev et les grands romans russes attendront ! Une réalité moins romantique, marquée par le fantôme de Staline et le retour du KGB, est à l'ordre du jour.

Enterrer Lénine. Faire disparaître sa momie dans un caveau. Honorer Staline, le Tsar Rouge qui se posait en héritier d'Ivan le Terrible. On devine ici le pont historique établi par Poutine qui se voit lui-même en réincarnation du premier des Romanov. Il a eu cette phrase à l'ambiguïté révélatrice : « Celui qui ne regrette pas l'URSS n'a pas de cœur. Celui qui la regrette n'a pas d'intelligence. »

La justification de l'œuvre du dictateur semble de nos jours aller de pair avec celle des services spéciaux, si chers au président russe. Le Petit Père des peuples sacrifia des millions d'êtres. Mais aujourd'hui, l'homme de la rue est enclin à disculper ces crimes et souligne « les atouts légués par son système » tels qu'industries d'armement, arme nucléaire, missiles et espace, glacis est-européen ou pénétration du tiers-monde.

La véritable nostalgie de « l'Homme fort » est exprimée par une coalition hétéroclite composée des clans connus et des réseaux d'affaires occultes. Sous couvert de rétablissement de l'ordre – ou selon la formule de Poutine de « démocratie dirigée » –, l'élan vers la liberté des années 1985-1990 a été liquidé au profit d'un régime autoritaire et populiste. Cette stabilisation marque en réalité une réhabilitation : la Russie du XXIe siècle n'a paradoxalement renoncé au communisme que pour mieux communier avec l'héritage stalinien.

Certes, le parti unique et son idéologie d'État ont disparu ; mais la domination de la police secrète et de l'armée, le contrôle de l'économie et des médias, le refus de fait du pluralisme demeurent. Aujourd'hui, à travers ce monopole dans la politique, la haute administration et le milieu des affaires, Staline tend la main aux oligarques d'État actuels, au-dessus du gouffre creusé par la chute de l'URSS en 1991.

Située dans l'allée des Héros, le long du mur du Kremlin, la tombe de Staline est toujours fleurie. Beaucoup de ses nostalgiques ne parviennent pas à admettre la disparition d'un monde dans lequel leur vie prenait tout son sens. Tous ceux, enfin, que la perestroïka de Gorbatchev a laissé orphelins se rassemblent chaque semaine, brandissant leur passeport avec, en lettres d'or, le sigle de l'URSS. Ils viennent demander l'incroyable : le retour de Staline.

Les Allemands ont honte d'Hitler, mais les Russes glorifient leur dictateur et le comparent volontiers aux grands tsars de la Russie éternelle.

« Gloire à Staline, gloire au peuple soviétique », annonce une grande pancarte à l'effigie du dictateur installée sur une place du centre de Moscou. Un peu à l'écart, une vingtaine de jeunes scandent le nom du Petit Père des peuples.

Plus que jamais, le Tsar Rouge est donc présent dans les esprits. Plus de cinquante ans après sa mort, Staline divise encore les Russes. Selon un récent sondage, environ 30 % de la population le considèrent comme un « tyran sanguinaire qui a tué des millions d'innocents ». Mais la majorité – 35 % – l'associe prioritairement à son rôle dans la victoire de 1945 contre les nazis.

Si beaucoup de Russes condamnent la terreur, les répressions et les déportations, ils les justifient toutefois en invoquant la nécessité de construire « un État fort », cette vieille hantise du pays.

Alors que le très officiel Institut d'histoire de l'Académie des Sciences russe a proposé de fermer le mausolée de Lénine sur la place Rouge et d'enterrer la momie du leader de la révolution « bolchevique », au moins trente musées dédiés au dictateur existent aujourd'hui en Russie. En Géorgie, sa maison natale transformée en musée est devenue un haut lieu de pèlerinage et le principal mémorial du pays. Une autre statue imposante du tyran, le montrant aux côtés de Roosevelt et de Churchill à la conférence de Yalta, attendrait tranquillement son heure dans un musée privé de Moscou.

Selon une autre enquête, à la question *Quel monument symbolise le mieux la Russie aujourd'hui ?*, la majorité des Russes interrogés a choisi des œuvres staliniennes sur une longue liste qui lui était proposée[1].

Les vétérans ne sont pas les seuls à repenser à Staline. À l'instar d'un richissime magnat de la métallurgie qui a racheté pour dix millions de dollars la datcha préférée du dictateur, sur les bords de la mer Noire, beaucoup de Russes s'interrogent sur l'héritage qu'il a laissé.

À Volgograd, l'ancienne Stalingrad débaptisée en 1961, la question est particulièrement épineuse. La plupart des habitants ne seraient pas opposés à en refaire la ville éponyme du dictateur.

« Volgograd doit redevenir Stalingrad ! » scandent les nostalgiques du Petit Père des peuples, en défilant devant la gigantesque statue de la mère patrie érigée au-dessus du monument aux morts qui honore les dépouilles de milliers de combattants de la bataille décisive de la Seconde Guerre mondiale. Pour beaucoup, ce triomphe a tout justifié[2]...

---

1. En tête, la célèbre statue monumentale *L'Ouvrier et la Kolkhozienne* choisie par 24 % des personnes sondées.
2. Voir *Le Figaro magazine*, le 4 mai 2006.

« Tôt ou tard ce sera fait et notre ville redeviendra Stalingrad, dit un richissime homme d'affaires. C'est inévitable pour rétablir la vérité. D'ailleurs on n'a rien contre Staline, il a eu un grand rôle dans la victoire en 1945. Il a été aussi un éminent homme politique, même s'il y a eu des répressions. »

Savoir si Staline fut un bourreau ou un génie politique relève toujours d'un débat national. À l'occasion de l'anniversaire des soixante ans de la victoire contre les nazis, un groupe de députés influents a envoyé une missive au Kremlin pour demander de « rétablir la justice sur le rôle du chef suprême des forces armées soviétiques » et de « faire barrage à la falsification de l'Histoire ».

Qu'en pensent les descendants des proches de Staline ?

L'attitude des enfants et petits-enfants des leaders d'autrefois, de ces prêtres du temple communiste, exprime assez bien le désarroi d'un pays en quête de son identité. Le petit-fils du successeur de Staline, Khrouchtchev, journaliste en vogue, fut un antibolchevique convaincu. Feu la fille de Brejnev, alcoolique et exubérante, n'avait pas de mots assez durs pour dénoncer le gaspillage de l'héritage millénaire du pays. Quant à Jdanov, fils de l'idéologue du Parti, il a défendu le stalinisme et les répressions.

Exprimant un dégoût total de la politique, celle du passé comme celle du présent, la petite-fille de Beria, le chef de la police du dictateur, préfère se consacrer à sa vie de famille. Le fils d'Alexandre Yakovlev, l'idéologue de la perestroïka, évite quant à lui de pronostiquer l'avenir en se plongeant dans des recherches sur la philosophie médiévale.

En attendant, Poutine ayant procédé à une centralisation[1] pour faire encadrer par les services secrets toutes les autres structures étatiques, une forme d'autocratie s'est déjà rétablie en Russie.

Un nouveau Staline pourrait-il diriger le pays ?

Le Tsar Rouge était un génie du mal digne de la mythologie antique. Manipulateur hors pair, il se flattait d'être un grand metteur en scène des drames historiques. Staline semblait sorti tout droit des pages des tragédies shakespeariennes, Poutine jouerait plutôt un personnage des *James Bond.* Ne serait-il cependant pas tenté d'interpréter un rôle plus ambitieux en se prenant pour une réincarnation du premier tsar de la dynastie Romanov, choisi par la Providence pour sauver la Russie après le Temps des Troubles[2] ?

En effet, Vladimir Poutine pousse ses pions. La Constitution russe de 1993 autorisant deux mandats, pour un troisième, il lui faudrait modifier les textes[3]. Mais il a si bien établi son emprise sur le pays que son autorité pourra s'exercer durant des années sans qu'il

---

1. Inspirée des idées d'Andropov, chef légendaire des services secrets et néostalinien convaincu.

2. Cette situation fut caractérisée au XVIe siècle, quand, après la mort d'Ivan le Terrible, des étrangers, notamment des Polonais, cherchèrent à s'emparer de la couronne des tsars. Toujours fidèle aux grands desseins du Kremlin, l'institution ecclésiale restait la seule force organisée. Avec le patriarche Hermogène à sa tête, elle prit la direction du mouvement national qui aboutit, en 1613, à l'élection de Michel Romanov, issu d'une lignée assez effacée promue par le mariage d'Ivan le Terrible avec Anastasie Romanov, célébré en 1547. De cette crise de décomposition, le sentiment national, centré sur le Kremlin, sortait renforcé, avec la pleine conscience de la nécessité d'un tsar autocrate, d'un État centralisé et d'une Église puissante.

3. Le dernier se terminant normalement en mars 2008.

ait besoin d'être président. En outre, il a d'ores et déjà prévenu qu'il serait partie prenante dans le choix de son successeur.

Le pouvoir absolu tourne bien des têtes. Et, aujourd'hui, les hommes des services secrets gèrent la maison Russie à la manière de la nomenklatura stalinienne. Ils sont animés par une grande rancune envers l'Occident rendu coupable de la chute de l'Empire soviétique, et ils combattent tout ce qui paraît être inspiré du modèle démocratique venu de l'Ouest (liberté d'expression, transparence des affaires, etc.).

Pour ce clan, comme autrefois pour Staline, « les ennemis sont partout et la Russie reste une forteresse assiégée ». Dénoncer le complot de l'Amérique, les agissements des oligarques ou des espions occidentaux, tout est bon pour unir le peuple derrière les slogans du Kremlin, surtout à l'occasion d'une élection présidentielle.

Aussi incroyable qu'il paraisse, le récent empoisonnement de l'ex-espion Litvinenko rappelle l'époque des meurtres des dissidents pendant la guerre froide[1].

1. Rappelons le meurtre du dissident bulgare Gueorgui Markov, assassiné à l'aide d'un parapluie empoisonné en 1978, puis, plus récemment, l'énigmatique assassinat du banquier Kiveledi, sous Eltsine, ou encore la mort inexplicable du rédacteur en chef de *Novaïa Gazeta*, décédé dans d'atroces souffrances, l'été 2003, alors qu'il enquêtait sur les attentats de 1999. Ou encore, la tentative d'empoisonnement d'une célèbre journaliste russe, Anna Politkovskaïa, dans l'avion qui devait la conduire à Beslan en septembre 2004 pour couvrir la prise d'otages d'une école (elle fut assassinée deux ans plus tard).

Avant sa mort, la journaliste Anna Politkovskaïa avait parlé de la renaissance du « laboratoire des poisons » du KGB, évoquant l'empoisonnement dont a été victime le président ukrainien, Viktor Iouchtchenko, alors candidat à la présidentielle en Ukraine en 2004, défiguré par une substance susceptible d'être de la dioxine.

En mettant la main sur tous les joyaux de l'Empire, le clan de Poutine semble effectivement agir selon les méthodes de la fameuse organisation le SPECTRE des *James Bond*. Dans la plus grande opacité, il dirige à la fois le pétrole et le gaz, l'industrie de l'armement et les télécoms, les mines d'or et les grandes chaînes de télévision, la banque centrale, le Parlement, l'armée et les services secrets, la police et les régions… Une sorte de néo-Politburo stalinien repensé au XXIe siècle.

Dans cette galaxie incluant la police secrète actuelle, les anciens espions et la mafia, les intérêts sont à tel point croisés que les joueurs de ce poker menteur sont souvent les mêmes. La fameuse verticale du pouvoir, rétablie par le président russe, est basée sur cette alliance tripartite : tous ceux qui s'y opposent sont susceptibles d'être mis au ban, au nom de l'intérêt supérieur de la nation. Seuls les procédés et les interprètes changent, jouant une partition écrite à l'avance.

Ainsi assistons-nous au triomphe des méthodes traditionnelles : l'intox, l'amalgame et les raccourcis, la provocation et le chantage, les intrigues byzantines et le meurtre. Cependant, il faut ajouter à ce tableau une nouvelle dimension de taille : des moyens financiers dus à la manne du pétrole et du gaz.

Si l'Histoire nous donne des clés pour déchiffrer l'avenir, le passé a rejoint une actualité brûlante, mettant en lumière la manipulation et les intrigues les plus tordues.

Staline ou le génie du mal

« Lénine a improvisé l'URSS, Staline l'a maîtrisée. »

De même que l'art de Lénine avait été, en 1917, de bousculer les concepts et les catégories établis en adaptant à la guerre civile et à la révolution les méthodes de la guerre totale européenne en cours depuis 1914, de même le génie de Staline fut de saisir que révolution et restauration, loin de s'opposer, se renforcent l'une l'autre[1].

Quel fut l'ultime objectif politique de Staline ? Croyait-il à la révolution, à ce rêve d'une régénération du monde ? Non, ce qu'il voulait, c'était le pouvoir absolu sur la « Grande Russie ». Et ce qu'il aimait hors de toute mesure, c'était dominer les hommes[2]. Sans doute ne faut-il pas chercher une stricte rationalité dans les actes de Staline, et laisser aussi la part au hasard, à la

1. Voir Michel Gurfinkiel et Vladimir Fédorovski, *Le Retour de la Russie*, Odile Jacob, 2001.

2. Bien qu'il lui arrivât de rabrouer des flagorneurs maladroits ou encore de refuser des ouvrages flatteurs sur sa jeunesse, le dictateur appréciait le culte de sa personne… Par exemple, son nom fut cité deux mille cinq cents fois par les orateurs du XVIIe congrès du Parti, en 1934, dont soixante-quatre fois par le seul Kaganovitch.

maladresse, aux circonstances. Cependant, à l'instar des grands tragédiens, le dictateur connaissait parfaitement les règles de l'unité de temps et de lieu. Et il a joué une gigantesque partie de poker menteur avec l'Histoire, avec ses tricheurs, ses joueurs médiocres, ses artistes inspirés, car, faute de documents sur sa vie privée, sa carrière, sa manière de travailler, une quantité de légendes et de rumeurs ont circulé à son sujet. Les archives étant désormais accessibles, il est possible aujourd'hui de dresser un portrait plus précis du tyran rouge et de lever bon nombre de mystères sur son règne.

Un vieux « bolchevique[1] » le décrivait comme « perfide, fourbe et vindicatif », mais aussi doté d'« une volonté inhabituelle, surhumaine ».

Cette volonté, qui le rapprochait de son prédécesseur Lénine, explique-t-elle l'étendue inimaginable des ravages du stalinisme ? Ou la logique même du système, au contraire, permit-elle l'extraordinaire ascension de Staline ? « Une puce, grossie des milliers de fois, deviendrait l'être vivant le plus horrible et le plus dangereux qui soit », écrivit Maxime Gorki dans une évocation de Staline retrouvée après sa mort dans les papiers de l'écrivain[2].

Paranoïaque pour les uns, anormal selon Churchill, le dictateur rouge voulait – comme tant d'autres – assurer sa place dans l'Histoire. Mais Staline s'imposa surtout grâce à son formidable talent de manipulateur, en reprenant les codes mentaux du pays, selon la grande tradition de la Russie éternelle. Comme le fait aujourd'hui Poutine.

---

1. Raskolnikov, dirigeant légendaire de la Marine rouge.
2. Voir *Le Monde*, le 26 février 2003.

L'art de la manipulation

Le système stalinien s'est donc forgé dans le moule de l'ancien Empire russe.

En 1894, le tsar Nicolas II succédait à son père Alexandre III, mort prématurément. Âgé de vingt-quatre ans, le nouvel empereur dut assumer le pouvoir autocratique contesté, dans un pays en pleine mutation.

Deux mondes s'affrontaient alors, celui des palais étincelants de Saint-Pétersbourg et celui de la rue, dominée par des révolutionnaires qui voulaient en finir avec le système tsariste. Le mouvement ouvrier se développait dans les villes, offrant un terrain propice à l'action de l'opposition radicale, et les grèves s'étendaient dans tout le pays. La plupart de ces révolutionnaires étaient des intellectuels dévoyés, marqués par le brassage des milieux sociaux et par une accumulation désordonnée de savoirs les plus divers. Les universités ont souvent favorisé l'éclosion d'une contre-culture. La classe intellectuelle se concevait comme une nouvelle aristocratie, voire comme une nouvelle Église appelée à renverser puis à régénérer la société. Dans cette perspective, certains cercles abjuraient la moralité ordinaire : ces gourous prétendaient s'octroyer tous les pouvoirs, y compris ceux de vie et de mort, sur leurs compagnons ; ils s'abaissaient à tuer, forts de leur éminente supériorité morale. Leur doctrine révolutionnaire n'était peut-être pas une religion, mais elle s'en rapprochait. Dostoïevski a décrit avec tant de brio ce vertige des illusions, des fantasmes, dans *Les Possédés*[1], ceux qui éprouvent l'insatiable besoin de « dépasser les bornes », de sentir leur cœur « défaillir au bord du précipice » et « de s'y pencher jusqu'à demi-corps, pour jeter un coup d'œil au fond ». (Il est intéressant de constater que cette phrase est annotée par Staline qui, bien évidemment, détenait les ouvrages de Dostoïevski dans sa bibliothèque.)

Bon nombre de ces « possédés » établissaient un parallèle avec le christianisme et pensaient que leur nouvelle religion révolutionnaire allait durer mille ans. Tous étaient convaincus de la supériorité du nouveau credo qui promettait le paradis sur terre.

Les organisations révolutionnaires, dont Lénine devint l'une des principales figures, conçurent une extrême gauche dans son interprétation la plus radicale[2]. Cette nouvelle tendance réunit (en 1903) une majorité de mandats, d'où le surnom de « bolchevique » (majoritaire).

1. Le Livre de Poche, 1989.

2. Né en 1870, Vladimir Ilitch Oulianov, dit Lénine, était le fils cadet d'un instituteur. Sa vie bascula alors qu'il avait dix-sept ans, après la mort prématurée de son père et la pendaison de son frère aîné, qui avait attenté aux jours du tsar Alexandre III en 1887. Il fut déporté en Sibérie sur les bords de la Lena, d'où son surnom. Après avoir quitté l'Empire tsariste, celui qu'on appelait désormais Lénine se réfugia à l'étranger.

L'originalité de Lénine porte sur ce nouveau type d'organisation révolutionnaire : une sorte d'armée clandestine secrète, très centralisée, formée de professionnels de la subversion[1].

Le meurtre à justification idéologique était déjà l'un des principes de base de l'organisation léniniste dans la tradition d'un certain Serge Netchaïev, fameux révolutionnaire et aventurier russe de la fin des années 1860, condamné pour avoir fait assassiner un étudiant qui avait décidé de rompre avec son groupe révolutionnaire.

Bientôt, dans l'entourage de Lénine, allait apparaître un homme de taille moyenne, solidement charpenté. Le front bas dissimulé par une épaisse chevelure, les yeux foncés, extrêmement vifs et fureteurs, la bouche cachée sous une grosse moustache noire dévoilant un menton cruel, il n'avait pas un visage déplaisant. Il avait simplement quelque chose d'ordinaire, avec dans ses yeux jaunes un mélange d'austérité et de ruse maligne.

Né en 1879 à Gori, petite ville géorgienne réputée dans tout le Caucase pour être la capitale du crime, Iossif Vissarionovitch Djougachvili, dit Joseph Staline ou l'« homme d'acier » – du russe *stal* signifiant acier –, avait fait ses études au séminaire orthodoxe de Tiflis jusqu'à l'âge de vingt ans. Contrairement à la légende établie, c'était un élève particulièrement doué. Il avait d'excellentes notes dans toutes les matières, les mathématiques, l'éducation religieuse, le latin, le russe,

---

1. D'ailleurs, la militarisation de sa pensée trouve d'innombrables expressions. À tout propos, il parlait de « guerre », d'« assaut », de « front », d'« avant-garde », de « détachements », etc.

et pouvait lire les philosophes grecs dans le texte. Il aurait, en outre, très vite pu grimper dans la hiérarchie ecclésiastique, comme le souhaitait ardemment sa mère, simple blanchisseuse, s'il n'avait quitté le séminaire en dernière année pour entrer dans la clandestinité.

Staline commença sa carrière de révolutionnaire comme braqueur de banques, pour financer le Parti. Enfant, celui qui avait le « regard jaune » comme un chat[1] a nourri un sentiment d'isolement face à un père cordonnier, le plus souvent ivre, et à une mère impuissante à le défendre. Pour sortir de sa solitude, il chercha à s'identifier à un idéal extérieur – d'abord un légendaire bandit caucasien, puis Lénine –, mais surtout à obtenir la reconnaissance et l'amour des autres en devenant cet « homme d'acier ».

À cette époque, pour contrer le mouvement révolutionnaire, le tsar développa un réseau de police secrète couvrant la totalité du pays. Le peuple connaissait cet organisme redoutable sous le nom d'Okhrana. L'art de la manipulation, à son apogée, représente la première clé historique de notre récit, car cette tradition allait devenir un des piliers du système stalinien. Selon le chef de cabinet du Tsar Rouge[2], il avait « une haute opinion du professionnalisme de la police secrète du tsar », dont il passait des soirées entières à consulter les dossiers, et s'inspirait sans vergogne de ses méthodes de provocation et de désinformation.

---

1. Le chat noir de la célèbre chanson de feu mon ami le poète Okoudjava.

2. Pomaznev, dernier chef de cabinet de Staline au Conseil des ministres de l'URSS. Entretien avec l'auteur, grâce à l'aimable participation d'Alexandre Yakovlev, l'idéologue de la perestroïka.

Lénine et son « agent »

Les agents de la police secrète du tsar suivaient de près les leaders bolcheviques. Si le dossier complet de l'Okhrana sur Staline reste introuvable, le nom de Lénine fut en revanche mis en exergue dans les rapports policiers, notamment à propos de son exil à Paris. En feuilletant les archives russes de cette période, on a l'impression d'assister à une dissection de la société française tant les agents y sont nombreux : honorables propriétaires de boutiques à la mode, journalistes, concierges, garçons de café, prostituées, à croire que tout Paris collaborait avec les services secrets du tsar. Parfois, ces agents indiquaient les allées et venues d'un jeune barbu aux cheveux désordonnés, « un certain Léon Trotski », ou encore les promenades à bicyclette de Lénine et de sa « maîtresse française », Inès Armand. En effet, de nouveau réfugié à l'étranger à partir de 1907, notamment en France et en Suisse, le futur fondateur de l'État soviétique ne reviendra en Russie qu'à la faveur de la révolution de février 1917.

Pendant son exil, dans les années 1910, son inséparable bras droit était un certain Malinovski, jeune et influent député du Parlement russe.

Cet amateur de bonne chère, toujours élégamment vêtu, était néanmoins un agent bien rémunéré de la police tsariste. Par conséquent, s'il soutenait invariablement le chef du Parti « bolchevique » contre ses adversaires, il ne manquait jamais d'informer les services tsaristes de ses agissements.

À Paris, rue Marie-Rose où Lénine habitait avec sa famille, les passants avaient bien repéré ce petit homme trapu, avec une grande tête massive et chauve enfoncée dans les épaules, de petits yeux, un nez camus, une bouche large et généreuse, un menton lourd.

Arborant un costume râpé dont le pantalon était beaucoup trop long, Lénine se rendait aux réunions du Parti « bolchevique », qui se tenaient rue d'Alésia ou dans le quartier de Denfert-Rochereau, en longeant le boulevard du Montparnasse, puis le boulevard de Port-Royal jusqu'à la Closerie des Lilas qui, au début du XXe siècle, était un modeste café. Sous les grands arbres se trouvaient de larges bancs sur lesquels le leader « bolchevique » aimait s'asseoir.

Lors de ces réunions, il exprimait sa passion pour la Révolution française, surtout dans sa phase jacobine. Cependant, la source de son ardeur révolutionnaire restait largement russe. (Dans son *Catéchisme du révolutionnaire* publié en 1869, Netchaïev, le mentor de sa jeunesse, exprimait une volonté de destruction radicale de la société, grâce à une organisation secrète de professionnels de la subversion prêts à tout au nom de la révolution.)

Une des méthodes inventées par la police tsariste, reprise plus tard par le KGB, était d'assurer l'ascension vertigineuse de ses agents dans la hiérarchie politique. Ainsi, de simple militant, Malinovski devint-il membre du Comité central, puis carrément l'éminence grise de Lénine.

Et, tel un véritable comédien, l'espion prit au sérieux chacun de ses rôles, endossant celui de l'homme politique, tout en restant un agent de la police secrète. Il fut le responsable direct de l'arrestation de Staline en 1913. Rentré à Saint-Pétersbourg à la mi-février, Staline avait commencé à réorganiser la rédaction d'un journal « bolchevique ». Une semaine plus tard, il était condamné à quatre ans d'exil en Sibérie.

Furieux, Lénine voulut organiser immédiatement son évasion. Mais il sollicita pour cela… le même Malinovski qui, évidemment, sabota cette mission.

La vie en Sibérie, terrible, rendait l'évasion quasiment impossible. Les quelques lettres que Staline envoya alors en témoignent. Il adressa de véritables appels au secours, notamment à l'inévitable Malinovski, ignorant qu'il était responsable de son infortune[1]. Mais ce dernier avait d'autres chats à fouetter. Et l'aide ne vint point. En effet, pendant ce temps, celui-ci émit de virulentes critiques à l'égard de la politique du gouvernement. Le comble fut une attaque en règle menée contre la pratique de l'infiltration !

Quoi qu'il fût habitué à prendre les déclarations de son agent au second degré, cette fois-ci, le gouvernement fut suffoqué. C'en était trop. Il était temps de

1. « Bonjour ami, je suis gêné de t'écrire, mais j'y suis obligé. Il me semble que jamais je n'ai vécu dans une situation si terrible. J'ai dépensé tout l'argent, j'ai une toux suspecte à cause du froid (– 37° C), mon état général est maladif, je n'ai plus de pain, ni de sucre, ni de viande, ni d'essence. (J'ai dépensé tout l'argent pour les vêtements et les chaussures.) Sans provisions, c'est très difficile, car tout est cher… »

transmettre au président du Parlement une partie des fiches de ce « pseudo-révolutionnaire ».

La révélation, en septembre 1913, de la collaboration de Malinovski avec la police du tsar fut un scandale. Cependant, Lénine œuvra pour que son ex-collaborateur ne soit pas jugé par le tribunal intérieur du Parti, et permit tout simplement à son ancien poulain de fuir en Allemagne.

Après la révolution de 1917, Malinovski rentra de son propre chef à Petrograd en espérant que ses anciens amis révolutionnaires accorderaient crédit à son repentir. Mais la révolution, selon la formule de Staline, « ne peut s'attarder aux énigmes psychologiques des mouchards repentis ». Il fut donc fusillé le lendemain.

Cette affaire provoqua un profond traumatisme chez les leaders bolcheviques, en particulier chez Staline qui avait eu une aventure avec une camarade s'étant révélée être un agent de la police secrète du tsar. Il fut d'ailleurs lui-même longtemps accusé d'avoir été un agent de l'Okhrana, mais aucune preuve sérieuse n'est jamais venue étayer ces soupçons.

L'énigme bolchevique

Rien ne laissait prévoir, en ce temps-là, que la Russie allait passer la plus grande partie du siècle qui allait suivre sous une dictature totalitaire. Jamais, fait unique dans l'Histoire de l'Empire, le pays n'avait été plus prospère ni plus libéral que durant cette décennie[1]. Dans le domaine culturel, c'était le Siècle d'Argent, de ceux qui prônaient l'art pour l'art, l'époque des Ballets russes et de Tolstoï.

Moscou conservait encore son ancienne apparence de ville de province, pittoresque à en paraître féerique, avec « les traits légendaires de la troisième Rome[2] ».

La capitale ressemblait alors à celle des contes populaires, comme à celle de la magnificence des *Mille et*

1. L'économie se développait. L'industrie lourde avait crû de près de 75 % en quatre ans à peine, entre 1908 et 1912, et ne s'était jamais rapprochée à ce point des canons européens. Des réformes engagées par le Premier ministre Stolypine avaient permis la mise en place d'une monarchie constitutionnelle, la généralisation de la propriété privée paysanne et l'extension de l'instruction publique.

2. Selon la formule du poète Pasternak. Au XIVe siècle, le moine Philotée émit une prédiction selon laquelle Moscou serait « la troisième Rome ». Après la destruction par les Barbares de l'Empire romain et la prise de Byzance par les Turcs, la Russie se considéra héritière de Byzance et, de fait, la troisième Rome.

Une Nuits. Des hauteurs, la ville s'étendait avec ses jardins sombres blanchis par la neige. Des ponts, les colonnes ruisselantes des réverbères glissaient dans le miroir des eaux noirâtres de la Moskova.

Les coutumes avaient encore lieu. En automne, dans la cour de l'École des beaux-arts, se déroulait la cérémonie de la bénédiction des chevaux. Toute la rue était envahie par les cochers et palefreniers qui les conduisaient à cette bénédiction, comme aux jours de la foire aux chevaux.

Puis, pendant ces premières années du nouveau siècle, tout se transforma comme par l'effet d'une baguette magique. Moscou fut saisie par la fièvre des affaires des premières capitales mondiales. On se mit à édifier de hautes maisons de rapport. Dans toutes les rues, de gigantesques constructions de brique s'élevèrent vers le ciel. Et, dépassant les capitales européennes, Moscou posa les bases du nouvel art russe, l'art jeune, contemporain, vivant.

Les écrivains et artistes, intellectuels et philosophes se retrouvaient souvent pour discuter, de minuit aux premières clartés de l'aube, de symbolisme, d'« anarchie mystique », de mystères helléniques, mélangeant la réalité et la fiction, séduits par le mot d'ordre qui régnait alors, appelant à transformer l'art en vie.

La tragédie de la Première Guerre mondiale changea la donne.

En quelques semaines, en quelques mois, le meilleur d'une génération périt. À l'automne 1915, les deux tiers des soldats russes qui avaient été envoyés sur le front un an plus tôt furent tués, et les quatre cinquièmes des officiers disparurent. À l'automne 1916, au bout de deux ans de conflit, on comptait près de deux millions de morts, plus que l'Allemagne et la France, respectivement, n'en subiront en quatre ans de conflit !

Survint ensuite la révolution de février 1917, donnant l'illusion d'une grande fête populaire où des orateurs fougueux prononçaient des discours inspirés devant une foule ensorcelée. Puis il y eut des manifestations contre la pénurie de pain, des heurts avec la police, des émeutes, des pillages, le couvre-feu.

Le 1er mars, les quelque cent soixante mille soldats présents dans la capitale de l'Empire s'insurgèrent. Le tsar rentra alors du front à Petrograd, où certains lui soufflèrent de rallier des troupes fidèles pour reconquérir la capitale. Mais Nicolas II se refusa à « tuer ses compatriotes ». Le 2 mars, il abdiquait, et son frère cadet, héritier désigné, renonçait à son tour. Un gouvernement provisoire fut constitué.

Pendant ce temps, la guerre contre les Allemands se poursuivait et le problème du pain dans la capitale n'était pas réglé : les approvisionnements en produits alimentaires demeuraient toujours insuffisants.

En avril, un petit homme à la barbiche rousse, ignoré jusqu'alors du grand public, mais bien connu des services secrets allemands, rentrait à Petrograd dans un wagon plombé mis à sa disposition par Berlin.

Pour l'Allemagne, le retour de Lénine en Russie était un enjeu crucial, de nature – selon la formule du ministère allemand des Affaires étrangères – à « affaiblir la puissance russe ».

Afin d'éviter l'accusation d'espionnage en faveur de Berlin, le leader « bolchevique » exigea le statut d'extraterritorialité au wagon utilisé pour le voyage. Il mena ensuite prudemment les négociations par l'intermédiaire d'agents proches de l'élite de son parti.

Ceux-ci n'hésitèrent pas à contacter à ce sujet, non seulement le ministère allemand des Affaires étrangères, mais Guillaume II en personne. Les Allemands acceptèrent finalement le marché et dégagèrent d'importants crédits pour financer cette opération – qui garde toutes les caractéristiques d'une grande manipulation historique. À tel point que le général Ludendorff écrivit un jour, à propos du gouvernement soviétique : « Il existe grâce à nous. »

Lénine ainsi qu'un autre leader « bolchevique », Léon Trotski, allaient bientôt se faire connaître grâce à leur talent d'orateurs capables d'hypnotiser les foules.

Lev Davidovitch Bronstein, dit Léon Trotski, avait été contraint de s'exiler aux États-Unis à compter de 1916. Revenu en Russie à la faveur de la chute du tsarisme, il adhéra au Parti « bolchevique » et participa activement aux journées d'Octobre. Organisateur hors pair, il fut le grand artisan de la victoire soviétique.

Si Trotski séduisait grâce à son tempérament, Lénine persuadait grâce à une logique implacable, apparemment simple[1].

Ainsi, du balcon de l'élégant hôtel particulier qui leur servait de quartier général[2], les leaders bolcheviques

---

1. Le raisonnement des bolcheviques était en effet assez réducteur, comme en témoignent ces phrases extraites d'un discours de Trotski : « Vos grands-pères et vos pères ont obligé nos grands-pères et nos pères à nettoyer leurs bottes ; maintenant, c'est vous qui nettoyez les nôtres » ; « Pillez les pillards, volez les voleurs » ; « L'extermination sanglante des riches ».

2. La célèbre danseuse Mathilda Kchessinskaïa fut la maîtresse du tsar Nicolas II avant son mariage. Elle s'était enfuie dès que la révolution avait commencé, et les bolcheviques avaient installé leur quartier général dans son palais.

persuadaient les masses affamées et épuisées qu'ils possédaient la solution miracle à tous leurs problèmes.

Face à ce discours, le gouvernement était incapable d'expliquer pourquoi la guerre était nécessaire et pourquoi les usines fermaient. Les mois passaient, marqués par des manœuvres politiques et des tentatives de coups d'État, tandis que soldats et ouvriers continuaient à s'agiter et à présenter des exigences de plus en plus radicales.

Au matin du 25 octobre 1917 (7 novembre selon le nouveau calendrier), des affiches annonçant le renversement du gouvernement provisoire et la prise du pouvoir par les Soviets furent placardées dans toute la ville.

Ce soir-là, on donnait *Casse-Noisette* au théâtre Marie. Les journaux du soir passaient de main en main, le public commentait les dernières nouvelles.

L'ivresse de l'utopie

Le 9 novembre 1917 se forma le Conseil des commissaires du peuple, présidé par Lénine. Staline fut alors nommé commissaire du peuple aux Nationalités[1]. Les bolcheviques « nationalisèrent » rapidement toute l'économie, plaçant sous contrôle ouvrier les usines, pillant dans les banques les coffres-forts des particuliers, avant de s'emparer sans vergogne, au printemps 1918, des récoltes des paysans.

Dès l'été 1918, la révolte se généralisa, tant dans la paysannerie que chez les ouvriers, ouvrant une voie à la guerre civile et à la terreur. En dépit de ces réactions, les bolcheviques instaurèrent le monopole du Parti-État sur la production et la distribution des biens ou, selon leur formule, le « communisme de guerre », qui mena au chaos généralisé, et en particulier à la terrible famine des années 1920-1922. D'ailleurs, selon Lénine, la famine pouvait être « socialement bénéfique[2] ». Et

1. Il affronta Trotski.

2. D'après son ami A. Beliakov, il « avait le courage de déclarer ouvertement que la famine avait de nombreuses conséquences positives, à savoir l'apparition d'un prolétariat industriel, ce fossoyeur

pourtant, en dépit de ces aberrations, une bonne partie des intellectuels russes désigna ce grand bouleversement comme « une catharsis de l'humanité et une transfiguration du globe terrestre ».

Ainsi, ils concevaient la révolution en termes fumeux de météorologie, la comparant à « un ouragan gigantesque, à une bourrasque de neige, à un tourbillon effréné de forces irrationnelles ». Ce maximalisme romantique portait à des dimensions cosmiques les événements révolutionnaires d'Octobre. Le parallèle entre l'Histoire et la nature n'était pas seulement proclamé clairement, il devint un refrain lyrique. Le poète Pasternak compara le mouvement de la foule révolutionnaire à la poussée puissante et inéluctable de la nature, comme s'il s'agissait d'une mystique fatalité. « Hier, écrit-il, j'observais le meeting de nuit. Un spectacle stupéfiant. Elle s'est réveillée, notre petite mère la Russie, elle ne tient plus en place, elle va et vient sans se lasser, elle parle, parle, sans se lasser. Et ce ne sont pas les hommes seulement. Les étoiles et les arbres se sont réunis et bavardent, les fleurs de nuit philosophent et les maisons de pierre tiennent des meetings… »

Pendant ces années, la peinture, la musique et la poésie demeurèrent sous l'influence des futuristes qui rêvaient d'un art nouveau bâti sur les ruines de la civilisation bourgeoise. À l'époque, on montait des mouvements

de l'ordre bourgeois. […] En détruisant l'économie paysanne attardée, la famine, expliquait-il, nous rapproche objectivement de notre but final, le socialisme, étape immédiatement postérieure au capitalisme. La famine détruit aussi la foi non seulement dans le tsar, mais même en Dieu ». Cité d'après *Les Logiques totalitaires en Europe*, sous la direction de Stéphane Courtois, éditions du Rocher, 2006.

de masse et des « spectacles apothéoses » qui représentaient la révolution prolétarienne comme un bilan ultime de l'Histoire universelle.

Mais toutes ces illusions furent vite balayées par les guets-apens, par le retour aux démons libérés, à la sauvagerie, au sang.

La vie quotidienne était loin d'être un « spectacle apothéose ». Le silence régnait dans les rues endormies, les rares piétons passaient sans hâte, les traits tirés et les habits en loques. Les fiacres avaient disparu et très peu de tramways circulaient. Les maisons tombaient en ruine et, la nuit, les voisins emportaient portes et lames de parquet pour les brûler dans les poêles. Il y avait belle lurette que les derniers chevaux avaient été mangés. Les cercueils se louaient, il fallait les rapporter pour les suivants.

La tragédie de la Russie se confondait avec les ruines de la capitale. Dans les maisons, plus d'eau, les canalisations avaient éclaté sous le gel. On ne se lavait plus. Les plus courageux se brûlaient la peau dans la cendre pour se nettoyer.

Seul le pou prospérait. Les plaies. Des plaies qui ne guérissaient pas. Faute de médicaments, la moindre égratignure risquait de s'infecter. Tout le monde avait les mains bandées de chiffons sales. Sur les jambes, les veines éclataient…

Les portes cochères étaient condamnées par des planches – comme celle de la maison du poète Pasternak – et l'on utilisait les portes de service. « Je suis obligé de voler, comme tout le monde, notamment le bois pour me chauffer. Je deviens de plus en plus soviétique… », explique le poète Pasternak. (Tout cela est parfaitement relaté dans *Le Docteur Jivago*[1]...) Par décision du Soviet qui invoquait « le droit au logement », le grand appartement des parents du poète était devenu communautaire. Plusieurs dizaines de personnes y cohabitaient. Une seule pièce, l'ancien atelier du père, peintre de renom, fut mise à la disposition de la famille. Heureusement, les Pasternak possédaient des amis haut placés, y compris chez les bolcheviques. Ainsi, un membre du gouvernement, commissaire de l'Éducation publique, intervint en faveur du peintre et le chargea d'« immortaliser » la mémoire des leaders du Parti. La famille finit ensuite par obtenir des passeports pour l'étranger. Et, au milieu du mois de septembre 1921, elle s'embarquait à destination de Berlin. Paris et Berlin étaient alors les lieux de prédilection de l'émigration russe.

Pourquoi le fils cadet, Boris Pasternak, n'a-t-il pas accompagné ses parents puisqu'il en avait l'occasion ?

L'omnipotent Léon Trotski en personne avait pourtant testé sa loyauté en vue d'un départ éventuel. L'engagement politique n'avait cependant rien à voir avec sa décision de rester : pendant l'été 1921, le poète était tombé amoureux d'une femme qu'il allait bientôt épouser...

1. Concernant l'affaire Pasternak, l'auteur tient à exprimer sa gratitude aux éditeurs des livres suivants, qui ont été des sources précieuses : *Le Docteur Jivago*, Gallimard, 1958 ; *Lettres aux amis géorgiens*, Du monde entier, Gallimard, 1968 ; *Sauf-conduit*, L'Imaginaire, Gallimard, 1989 ; *Œuvres*, La Pléiade, Gallimard, 1990 ; *Le Dossier de l'affaire Pasternak. Archives du Comité central et du Politburo*, Gallimard, 1994 ; *Lettres à Zina*, suivi de *Souvenirs* de Zina Pasternak, Stock, 1995 ; *Écrits autobiographiques, Le Docteur Jivago*, Quarto, Gallimard, 2005. Les témoignages sur les rapports de Pasternak avec Staline sont cités d'après Evgueni Pasternak, *Materiali glia biographii*, Sovetski pisatel, 1989.

Pasternak nous accompagnera désormais tout au long de notre récit. Son destin est en effet le parfait symbole de cette génération. Il a tout connu : le vertige de l'illusion de la révolution russe, le désenchantement, puis les pièges de Staline, avant de devenir l'adversaire convaincu de son régime.

Le sang, le sang, le sang !

Pour l'heure, afin de subsister, les bolcheviques se posaient en défenseurs de la patrie, comme autrefois Robespierre en France, acceptant ou sollicitant même le ralliement des « experts » monarchistes ou bourgeois. L'ancien ministère impérial de la Guerre avait en effet continué à fonctionner normalement pendant les révolutions de Février et d'Octobre, sans subir la moindre réorganisation. Presque tout le haut commandement d'avant 1917 et les représentants chevronnés de la police se mirent à la disposition du nouveau gouvernement. Tant qu'ils reconnaissaient la légitimité du pouvoir soviétique et le servaient avec efficacité, les ralliés étaient autorisés à vivre à leur façon. Certains allèrent même jusqu'à considérer le bolchevisme comme une « crise temporaire devant régénérer le peuple russe éternel ».

Mais « une révolution sans pelotons d'exécution n'a aucun sens », avait d'emblée proclamé Lénine en louant la Terreur de la Révolution française. Elle devait se faire « par ce moyen, en ce moment historique précis, ou jamais ». Le recours aux meurtres de masse apparaissait donc comme la dimension fondamentale de son régime. « Cette terreur prolétarienne ne vaut qu'en étant menée de façon industrielle et systématique. »

Trotski, quant à lui, se posa ouvertement en praticien distingué et en théoricien de la terreur, envoyant partout des télégrammes qui enjoignaient d'accélérer la répression, exigeant des contingents d'exécution. Il écrivit même à Staline pour l'exhorter à aller plus vite dans, selon son effroyable formule, le « nettoyage définitif ». Pendant la guerre civile, son rôle fut déterminant.

Le coût humain de ce régime fut effectivement effarant. Les guerres civiles et étrangères, les famines, les maladies et les dévastations écologiques tuèrent (ou empêchèrent de naître) une centaine de millions d'êtres humains. À ce premier bilan, il faut ajouter les meurtres de masse. Le réseau des camps fondé par Lénine en 1922 constituait un véritable État parallèle où l'espérance de vie ne dépassait pas trois ans, alors que les tribunaux condamnaient couramment à dix, quinze, voire vingt-cinq années de détention.

S'appuyant sur les documents de la commission gouvernementale de la réhabilitation, Alexandre Yakovlev donna le chiffre de vingt-cinq millions de victimes du régime totalitaire en Russie[1].

Le démographe américain R. J. Rummel estime que le communisme soviétique a assassiné 61,9 millions d'êtres humains non-combattants, nationaux et étrangers, entre 1917 et 1987 ; et que pendant sa période la

1. Voir notamment l'ouvrage d'Alexandre Yakovlev, *Les Crépuscules*, Moscou, 2002. Voir aussi M. Gurfinkiel et V. Fédorovoski, *Le Retour de la Russie, op. cit.*

plus meurtrière, entre 1918 et 1953, il tuait 1,7 million d'êtres humains par an en moyenne. Aucun responsable n'a jamais été jugé pour ces crimes colossaux[1].

Le communisme soviétique a donc massacré ses propres sujets, à un rythme annuel moyen équivalant, de 1918 à 1953, à 1 % de la population.

Ce fut à partir des années 1918-1919 que Staline commença à tuer massivement. À Tsaritsyne (future Stalingrad) d'abord, où, sur son ordre, les victimes étaient entassées par milliers sur des barges de la Volga avant d'être noyées. À Petrograd ensuite, et sur les différents fronts où il fut envoyé.

Mais c'est bien Lénine qui a conçu et mis en œuvre ce dispositif de « génocide social ». Et c'est encore lui qui a désigné son successeur en faisant de Staline l'un de ses collaborateurs les plus proches – à la fois membre du Bureau politique et du Bureau d'organisation du Parti.

Cependant, à la veille de sa mort, Lénine commença à émettre des doutes à l'égard de son zélateur : il avait choisi quelqu'un de « trop brutal ». Mais le futur Petit Père des peuples était tout simplement, parmi les responsables bolcheviques, celui qui avait le mieux compris la nature du système... Non seulement Staline continua l'œuvre de Lénine, mais il surpassa son prédécesseur pour devenir l'un des plus grands hommes politiques du XXe siècle, manipulant avec brio le code mental de la Russie éternelle.

---

1. Jusqu'en 1953, il y a eu en permanence de deux à quatre millions de détenus dans le réseau concentrationnaire soviétique, le goulag, avec un taux de mortalité oscillant entre 25 et 50 % par an, et deux millions de déportés libérés, mais assignés à résidence à proximité des camps, frappés d'une mortalité aussi élevée.

Dès le mois qui avait suivi le coup d'État d'octobre 1917, Lénine avait fait main basse sur la police secrète tsariste, proposant aux agents la mort ou leur participation à la révolution « bolchevique ». Il réquisitionna ensuite, pour les besoins exclusifs des bolcheviques, tous les moyens de communication existants, assurant ainsi le succès de l'insurrection.

Ainsi fabriqua-t-il l'instrument privilégié de son régime, chargé de combattre la contre-révolution et le sabotage. Cet organe allait désormais être désigné par les premières syllabes des mots russes « commission extraordinaire » : Tcheka[1].

---

1. Cet organisme changera maintes fois d'appellation. De six cents en mars 1918, les tchékistes passèrent à deux mille en juillet, puis à quarante mille à la fin de cette même année. En 1920, un décret autorisa la Tcheka à interner en camp de travail, « pour un délai n'excédant pas cinq ans », des individus apparaissant comme « innocents aux termes de l'instruction ». Ses membres arboraient souvent des vestes à col boutonné et des jaquettes de cuir, des blouses paysannes, des casquettes ou des chapkas. La première génération de jeunes tchékistes se distingua par ses goûts sophistiqués et son faible pour la littérature, se prenant volontiers pour l'avant-garde du nouveau peuple. En fait, même aujourd'hui, pour un Russe de la rue, le « tchékiste » est un agent des services secrets de la Fédération de Russie, qui d'ailleurs continuent aussi à être communément appelés le KGB ! Le pouvoir de la police politique s'accrut sous le contrôle sans relâche de son chef, Félix Dzerjinski. Né en 1877 dans une riche famille aristocratique polonaise, il rejoignit un groupe révolutionnaire socialiste en 1897. Il fit la connaissance de Lénine en 1903 et devint l'un de ses principaux adjoints. Après la révolution Lénine le chargea du recensement des futures victimes par des organismes très informels, comme les comités de locataires, qui notaient nom, adresse, profession, état de fortune, etc. Ce fichage de la base était centralisé par la Tcheka. Puis se mit en place un système de ségrégation grâce à l'obligation d'un livret de travailleur/consommateur, à la carte jaune, etc., complété par des actes d'humiliation publique – le travail public forcé, le nettoyage des latrines, etc.

Puis la santé de Lénine s'altéra, l'éloignant petit à petit de la direction du Parti. Plus son état s'aggravait, plus Staline avançait ses pions. Depuis 1919, celui-ci représentait le Politburo auprès de la police politique.

Ce redoutable instrument de répression assura la mainmise sur le pays. Elle se plaçait, résumera plus tard Alexandre Soljenitsyne, « au-dessus de tout ce qui vit ».

La prise du pouvoir

Vers la fin de l'année 1921, Lénine commença à se plaindre de vertiges, de fatigue et d'insomnies. Ses maux de tête devinrent de plus en plus fréquents. Et, en mai 1922, le leader « bolchevique » était victime d'une première attaque cérébrale annonçant la fin de son règne. Pendant cette période, il se pressa d'abattre ses derniers ennemis. Le 19 mars, il adressa au Bureau politique une note exigeant la liquidation des dignitaires de l'Église orthodoxe ; le 20 mai, il mit au point un vaste plan « d'expulsion des écrivains et des professeurs aidant la contre-révolution ». Il donna également ses directives pour la rédaction du nouveau code pénal qui allait être immédiatement utilisé dans l'organisation du procès truqué des leaders socialistes révolutionnaires[1]. Sur cette toile de fond s'amorça une impitoyable guerre de succession.

1. Le 17 juillet, il s'entretint avec Staline de la déportation des mencheviques. Puis il évoqua la déportation d'intellectuels qu'il connaissait personnellement. Fin septembre, il fit expulser d'Union soviétique deux cent vingt intellectuels russes parmi les plus connus.

La partie était délicate. Trotski était de loin le plus populaire des dignitaires bolcheviques. Mais il commit l'immense erreur de prendre de haut le futur Tsar Rouge, le désignant dans ses Mémoires comme « la plus éminente médiocrité du Parti[1] ».

La police politique devint alors un soutien inébranlable pour Staline, qui, le 30 décembre 1922, réussit un coup de maître en se voyant confier par le Comité central la responsabilité personnelle de l'isolement de Lénine…

Ainsi le destin du vieux leader « bolchevique » fut-il livré à la volonté de Staline. La jambe et la main droite paralysées, le chef historique des bolcheviques, cloué au lit, était déjà hors jeu. Le 23 décembre, sentant venir sa fin, il utilisa sa dernière arme en dictant à l'une de ses secrétaires la première partie de son testament politique. Il y soulignait la nécessité de limiter les pouvoirs excessifs de Staline qui avait la main sur tous les cadres du Parti. Il souhaitait l'écarter du Secrétariat.

Néanmoins, son testament politique reste ambigu, car Lénine ne manqua pas de dénoncer les rivalités de clans, les divergences idéologiques et l'irresponsabilité de ses camarades de lutte, s'inquiétant de l'ambition démesurée de Trotski, qui agissait plus « en homme d'État qu'en homme de Parti », et de la « grossièreté » et du « chauvinisme » de Staline, qu'il jugeait « trop brutal ».

La jeune femme transmit immédiatement la missive à Staline. Après l'avoir lue, celui-ci s'enquit de l'état de santé de Lénine puis, lui rendant la lettre, dit froi-

1. Voir *Ma vie* de Léon Trotski, Folio, Gallimard, 1973.

dement : « Brûlez-la ! » Si elle s'exécuta, elle se garda bien d'avouer à son redoutable interlocuteur que le coffre de Lénine en contenait quatre copies.

Le 21 janvier 1924, enfin, le leader « bolchevique » s'éteignit.

Citant une requête anonyme de « camarades de province » (donc formulée par lui), Staline demanda l'embaumement du défunt et fit adopter par la commission des funérailles grandioses et l'interdiction de diffuser le testament de Lénine.

L'organisation de la cérémonie fut un chef-d'œuvre de manipulation politique.

Le 26 janvier 1924, au XIe congrès des Soviets, treize orateurs rendirent hommage au défunt. Trotski était absent. Il aurait pu être là si un télégramme de Staline ne l'avait pas sournoisement trompé, à un jour près, sur la date des funérailles.

Staline parla le quatrième et son discours donna le ton. D'une voix faible, il s'exprima lentement. Il savait évaluer les effets scéniques. Chaque mot, chaque geste laissait planer des doutes sur le sens secret de son discours qui revêtait alors une signification tout à fait singulière, un sens caché, mystérieux, sinon magique. Modestement, presque pauvrement mis, il arborait des bottes de cavalerie, une chemise kaki sans aucune décoration, une vieille capote de soldat sur les épaules ; sur ses cheveux une casquette fripée qu'il enleva pour la circonstance.

S'improvisant grand prêtre de la cérémonie, il psalmodia un texte étrangement proche de la litanie et de l'incantation, s'adressant dès lors à l'inconscient collectif du pays. Après avoir invité à « construire le royaume du travail sur terre et non au ciel », il prononça un serment à Lénine, se posant en exécuteur testamentaire du dieu disparu.

Ainsi se plaça-t-il lui-même au centre de l'iconostase politique, façonnant habilement la symbolique du dieu mort – Lénine –, lui-même devenant le nouveau dieu vivant.

Dans la vie quotidienne, pour autant, Staline n'avait rien d'une divinité. La modestie primait sur tout : deux simples tapis, une couverture de soldat abîmée, une pelisse de paysan rapiécée décoraient sa chambre ; un vieux fauteuil placé près de la fenêtre, des rideaux de grosse toile ; sur une table en bois dépoli, l'éternel samovar, une blague à tabac, deux ou trois pipes. Ses repas quotidiens, plus que frugaux, se composaient d'un morceau de hareng et de quelques pommes de terre.

Plusieurs fois, des locaux plus dignes de sa fonction lui furent proposés. Il refusa toujours. Quand bien même après la guerre on suggéra de lui faire construire un palais non loin de Moscou, il maugréa : « Qu'est-ce que c'est que cette souricière ? »

Paradoxe : s'il n'avait pas le goût du luxe, dans les quelque quinze datchas ou résidences du chef du Kremlin, on préparait chaque jour, avec une infinie précaution, le repas du maître, au cas où il viendrait…

Le dictateur

Le régime allait désormais être marqué au plus haut degré par la théâtralisation, ce jeu d'illusions, de simulacres et de vertiges déjà caractéristique de l'autocratie traditionnelle en Russie. Staline ne disait-il pas à sa belle-sœur : « Le peuple a besoin d'une idole, le Kremlin a besoin d'un tsar. » Et de répéter, tel le premier tsar Ivan le Terrible : « Nous vivons comme une forteresse assiégée, les ennemis sont partout ! »

Le pouvoir était fondé sur le principe d'une pyramide où chacun, sauf le numéro un du pays, se devait à la fois d'être tyrannique vis-à-vis de ses subordonnés et soumis vis-à-vis de ses chefs. Cela était enrobé d'une vague phraséologie marxiste agitant des expressions telles que « lutte des classes », « dictature du prolétariat », « internationalisme », et autres notions progressivement vidées de leur sens.

L'art politique stalinien allait désormais consister à osciller sans cesse entre deux pôles : révolution et restauration ; renouant avec la sauvagerie initiale du régime dans les moments mêmes où celui-ci semblait aller le plus loin dans le retour à l'ancien régime ou à une certaine normalité bourgeoise.

Dans cet esprit, la collectivisation des campagnes et la grande terreur vertigineuse des années 1930 coïncidèrent avec la débolchevisation du régime, le rétablissement des rangs, des honneurs, des uniformes et des décorations, ainsi que la réhabilitation de la famille traditionnelle. L'Empire devait être systémiquement double, hybride, et tirer sa force de cette ambiguïté même. Un écho, semble-t-il, des méthodes de gouvernement des grands tsars, dont Staline consultait souvent les biographies[1].

Cette dualité du code mental du pays reflète-t-elle un phénomène remarqué à l'époque par Freud ? À l'occasion de l'analyse du plus célèbre de ses patients[2], Pankéïev, le fondateur de la psychanalyse, affirma qu'à l'instar des héros de Dostoïevski, les Russes étaient facilement doubles ou ambivalents. Cette opposition, une dualité des sentiments selon lui, subsiste plus profondément dans la civilisation russe, « qui, tour à tour, pèche, expie et se donne de grands objectifs éthiques », que dans celle de tout autre peuple.

À partir de 1928, l'emprise de Staline sur la vie du pays devint absolue. Il était désormais le seul à connaître le fonctionnement de tous les organes du pouvoir, le seul pour qui le système soviétique n'était pas opaque. Il disposait en outre, et cela depuis les années 1920, de son propre et très performant réseau d'informateurs.

Les institutions légales n'avaient pas d'importance réelle. Leur seul rôle était d'appliquer les décisions

1. Même aujourd'hui, Poutine est aussi systémiquement double, hybride, héritier de Staline et de la Russie éternelle, occidentaliste et slavophile à la fois.

2. Pankéïev, lui aussi originaire de la Russie, surnommé « l'Homme aux loups ».

de Staline, libre de trancher sans consulter personne. Sa police secrète demeurera jusqu'à 1989 l'une des plus grandes forces mondiales. Si le dictateur comparait sa police politique à une sorte « d'ordre militaro-religieux », ses organes ressemblaient néanmoins davantage à un ordre d'inquisiteurs, ou aux réseaux terroristes, qu'à un mouvement séculier traditionnel.

Comme nous l'avons vu, les génocides étaient déjà délibérés sous Lénine, intentionnels, organisés, bien que les autres structures, politiques et économiques, fussent encore des ébauches. L'ensemble du système se forma avec la consolidation de la dictature du Tsar Rouge, entre 1922 et 1934. Lénine fit donc le brouillon de l'URSS, Staline la construisit et la porta au pinacle.

En outre, le cheval de bataille qui opposa les disciples de Trotski aux partisans de la ligne stalinienne ne fut pas le recours à la terreur et aux génocides : ce fut celui de la révolution universelle. Si Trotski se disait, selon sa formule, « prêt à brûler la Russie dans l'incendie de la révolution mondiale », Staline, en revanche, exprimait le sentiment de fierté que lui inspirait le destin de la Russie éternelle. Faire de l'Empire l'une des plus grandes puissances politiques et économiques du monde, telle était son ambition lorsqu'il lança le slogan du « socialisme dans un seul pays[1] ». Dès le début des

1. La collectivisation forcée des campagnes accompagna la politique d'industrialisation accélérée, engagée dès le mois d'octobre 1928 avec la mise en place du premier plan quinquennal. Aussi privilégia-t-on l'industrie lourde aux dépens des biens de consommation : leur production devint prioritaire. Faute d'intégrer le paysan, on tenta d'en faire un ouvrier. L'un des théoriciens du national-bolchevisme, Isaïe Lejnev, qui allait devenir plus tard le bras droit de Staline au cours des purges en tant que chef de service de la culture et de la littérature de la *Pravda*, écrivait : « L'impéria-

années 1930, Staline était si puissant que si d'aventure il prononçait un mot de travers dans un discours, tous les orateurs qui lui succédaient répétaient la même erreur. « Si j'avais prononcé le mot correctement, Staline aurait pensé que je le corrigeais », commenta son bras droit Molotov.

Il arrivait également au dictateur de donner des ordres pour le moins saugrenus, comme demander au chef d'orchestre du Bolchoï « de jouer une œuvre sans bémol ». Le plus drôle est que les membres de son entourage avalèrent cette pilule surréaliste sans sourciller et le maestro remercia le Guide bien-aimé pour la perspicacité de ses instructions ! Désormais, l'ombre démesurée de Staline couvrait tout le pays et sa main impitoyable s'immisçait à chaque instant dans les vies et les destins.

lisme russe (d'un océan à l'autre), le messianisme russe, le bolchevisme russe (de dimensions planétaires), sont tous des paramètres différents d'une même dimension. » Cette phrase est extrêmement révélatrice. En effet, l'idée centrale sur laquelle repose le concept de « voie spécifiquement russe » est celle d'État-Empire – en fait, un nouvel avatar de la principauté de Moscovie, qui aurait conquis, en l'espace de quelques siècles, un sixième du globe terrestre.

Les tournants

À cette époque, le poète Pasternak – notre témoin privilégié du siècle rouge – dressa le bilan de son existence.

L'avènement de Staline avait entraîné chez lui une grave crise psychologique. Le visage gris, le poète offrait le spectacle d'un homme foulé aux pieds par la présence invisible du dictateur. Malgré la sauvagerie du régime, il fallait bien vivre, et Pasternak, comme tant d'autres Russes, continua à vivre, survivre et aimer…

Sa famille incarnait l'intelligentsia d'avant la révolution « bolchevique » de 1917. Son père, peintre de renommée mondiale, était l'ami de Tolstoï et de Rilke. Sa mère était pianiste. Le garçon vécut au rythme des concerts improvisés et des nuits blanches durant lesquelles on parlait musique, poésie et peinture jusqu'à l'aube. Bien entendu, il apprit les principales langues européennes, notamment le français. Encouragé par le compositeur Scriabine, ami de la famille, il se sentit enclin à choisir la voie de la musique, même si la poésie hantait déjà son esprit. Cependant, le jeune homme fut formé par des études de droit puis devint docteur en philosophie[1].

1. Bergson et les néo-kantiens de l'école de Marburg exercèrent sur Pasternak une influence incontestable. Cette magnifique ville allemande resta longtemps une source d'inspiration poétique. Le

Rien d'étonnant si sa vision se distinguait des courants révolutionnaires en vogue. En outre, soulignera d'ailleurs plus tard Pasternak dans une lettre à une amie française, la pensée chrétienne fut la base principale de son approche de la vie. La main invisible du dictateur ne l'empêcha donc pas de se délecter de la lecture de la Bible. Il connaissait par cœur de nombreux psaumes dont il admirait la poésie. Sa perception était cependant très personnelle puisqu'il divinisait la nature.

Sa vocation poétique confrontée à la sauvagerie du régime soviétique était en quelque sorte prédéterminée par la volonté divine[1]. « Quoi qu'on fasse, disait son père, quand bien même on le battrait, on ne parviendrait pas à l'écarter de son destin d'artiste. » Pasternak, avec sa sensibilité de poète, pressentit dès la fin des années 1920 l'ampleur de la tragédie de son pays, mais pour beaucoup, la fin justifiait les moyens. Et comment pouvait-il en être autrement ? L'homme des années 1920 avait détruit les anciennes valeurs et inventé des formules pour justifier une expérience sans précédent, alléguant qu'« on ne fait pas d'omelette sans casser d'œufs ». Il était dès lors facile de perdre ses repères…

Le critique et historien Victor Chklovski clamait déjà : « Changez votre biographie ! Jouissez de la vie ! Brisez-vous sur votre propre genou ! »

---

jeune homme rêvera toujours de retrouver les vieilles pierres et les lignes courbes des maisons proprettes de Marburg.

1. On se représente souvent Pasternak comme un poète qui aurait essentiellement composé des miniatures lyriques sans aucun rapport avec l'actualité et encore moins avec la politique – ce qui est inexact. Dès 1923, Pasternak écrivit *Haute Maladie*, poème où il montre Lénine intervenant au IXe congrès des Soviets ; en 1926, il publia deux poèmes narratifs remarquables sur la première révolution russe.

Épris de liberté individuelle, Pasternak ne suivait pas l'air du temps, et la critique officielle le considéra comme un auteur compliqué et inaccessible au grand public. Désireux de remédier à cette situation, le poète essaya de participer au « travail de groupement collectif », comme l'exigeait Staline. Mais il fut profondément déçu par la médiocrité de ses fréquentations.

Pourquoi, malgré la bureaucratisation du régime qui allait préfigurer la terreur et les arrestations de masse, Pasternak ne suivit-il donc pas sa famille à l'étranger? Certes, une femme fut à la source de cette décision, mais il voulait aussi, comme tant de Russes, tout simplement subsister dans son propre pays.

Car pour le poète, la femme incarnait l'éternité et la liberté, l'homme étant davantage dépendant du contexte historique et politique.

Russe d'origine italienne (ses ancêtres avaient été parmi les bâtisseurs de Saint-Pétersbourg), la jeune élue de son cœur s'appelait Zinaïda et était mariée à un pianiste mondialement connu[1]. Passionné de musique, Pasternak fut enchanté par cette rencontre.

1. Neuhaus. Le poète avait croisé le couple chez le philosophe Asmus, au cours de l'année 1929.

Seconde naissance

Le poète avait quarante ans, la jeune femme trente-quatre. Elle était mère de deux enfants.

L'été venu, Pasternak décida de partir pour l'Ukraine en compagnie de quelques amis pour s'éloigner de l'atmosphère étouffante de Moscou. Ils louèrent plusieurs maisons côte à côte. Pasternak y envoya d'abord sa famille (il était déjà marié depuis dix ans).

Lorsqu'il arriva enfin dans le petit village peuplé de demeures de bois peint, la plus charmante des visions l'attendait. Une belle méridionale agenouillée frottait énergiquement le sol d'une véranda. Ses pieds étaient nus. Le poète fut fasciné par ce spectacle[1]. Les derniers rayons du soleil se jouaient du teint mat de la radieuse jeune femme. Avec sa joie de vivre coutumière, elle indiqua à Pasternak la maison où se trouvait sa famille. (Le poète fit également forte impression sur la jeune femme.)

Durant tout l'été, ils se virent chaque jour, « philosophant », comme ils disaient, et buvaient du thé selon la coutume du pays.

---

1. Dans un de ses poèmes très célèbres, il comparera plus tard Zinaïda à une grappe de raisin mûr. Voir le recueil *Les Notes de l'été*, Khoudogestremmaïa Literatura, Moscou, 1985.

Bien qu'ils fussent assez lucides quant à l'évolution de leur pays, ils croyaient encore que ce qui se passait était inévitable. Ce sentiment était dicté par l'expérience du passé, de l'Histoire de la Russie avec sa tradition de violence, mais également par le pressentiment de l'avenir, à savoir le conflit mondial.

Cette fatalité irrationnelle avait fortement modifié le psychisme des gens et engendré une fascination du présent. Si Pasternak condamna les cruautés de la guerre civile, sa position restait alors très nuancée. Il proscrivait la violence, tout en l'acceptant comme une nécessité supérieure qui l'amenait à chercher une justification transcendante à la nécessité de ces abus tragiques. Face à la dictature, seul l'amour pouvait offrir un véritable espace de liberté au poète.

En cet été de regain, embrasé par l'inspiration et le regard brillant de Zinaïda, Pasternak conta à sa belle comment, selon Aristophane dans *Le Banquet* de Platon, il existait à l'origine trois sortes d'homme : l'homme double, la femme double et l'homme-femme, ou androgyne. Chaque individu possédait quatre jambes, quatre bras, deux organes de procréation et deux têtes. Cette constitution donna aux hommes une telle vigueur que, très vite, ils décidèrent de s'en prendre aux dieux. Mal leur en prit. Menés par Zeus, les dieux séparèrent en deux les agresseurs, qui d'un coup perdirent leur puissance, et surtout la moitié de leur être. C'est donc pour cela que, sa vie durant, l'homme recherche sa part manquante.

En présence de la jeune femme, Pasternak manifestait tantôt une extrême réserve, tantôt un manque absolu de retenue. Zinaïda était de plus en plus conquise…

Toute la compagnie se rendait de temps à autre à Kiev pour assister à des concerts donnés le plus souvent en plein air. Au cours d'un de ces récitals éclata un orage. Des éclairs déchirèrent le ciel, suivis de grondements sourds et répétés, tandis qu'inspiré, le pianiste continua à jouer. Cette tempête, fixée dans les vers de Pasternak, allait devenir le symbole de l'amour et de l'homme, confrontés à la dictature.

Les premières bourrasques de l'automne accompagnèrent le retour des estivants à Moscou. Durant le voyage, les steppes exhalaient leurs parfums délicats auxquels se mêlaient des effluves de charbon et l'odeur âcre des écorces humides. Parfois le train s'engouffrait dans l'obscurité d'un tunnel ou s'arrêtait en rase campagne. Zinaïda éprouvait une légère mélancolie à quitter la steppe ukrainienne ; peut-être plus exactement ces moments suspendus. Fuyant ses sombres pensées, elle sortit dans le couloir. La porte du compartiment voisin s'ouvrit. La jeune femme sourit. Pasternak s'approcha d'elle.

Brûlant cigarette sur cigarette, il raconta sa vie et ses désespoirs. Il ne se contentait pas de pimenter sa conversation par de banals compliments, il parlait de ses désirs profonds, sous le regard absorbé de son interlocutrice. À l'ouest, au-delà des champs boisés, le long crépuscule de l'été ukrainien continuait de brûler d'une lueur pâle. Le train fit une halte imprévue dans une petite gare et resta un moment sur une voie latérale. Le couple se pencha à la fenêtre du wagon. Au loin, le long cri d'un oiseau semblait faire écho aux suppliques du poète. Parlant alors du bonheur absent, du manque d'inspiration, « de la hantise de la fin » face à la dictature, il s'en prit à « la folie d'abstraction », à « la tyrannie de la phrase », à « l'imbécillité déclamatoire du régime ». Puis, soudainement, le poète lança : « Ma seule possibilité de survivre... Vous êtes ma seconde naissance ! » (Ce sera d'ailleurs le titre d'un nouveau recueil de poèmes.) Ou encore : « Seul l'amour peut m'aider à surmonter ma douleur et mon désespoir[1]. » Pasternak était un être de recommencements, même dans le contexte le plus accablant. La femme était pour lui prétexte à la poésie, et surtout le seul réconfort face à la sauvagerie du régime...

Zinaïda était bien sûr sous le charme de Pasternak, mais, mariée et mère de deux enfants, elle se refusait à succomber totalement. Pour calmer son interlocuteur, elle entreprit elle aussi de se confier :

– Mais vous ne pouvez pas imaginer quelle mauvaise femme je suis !

Et elle raconta comment, à quinze ans, elle avait été la maîtresse de son cousin de vingt-cinq ans son aîné, un homme marié et père de deux enfants. C'était au temps de sa prime jeunesse, la musique était sa passion. Enthousiasmé par l'oreille de la jeune fille, son cousin avait persuadé sa mère de lui enseigner le solfège.

– Je n'étais pas encore sortie de l'adolescence. Peu à peu nos leçons se sont transformées en rendez-vous passionnés, délicieusement accompagnés par Rachmaninov et Chopin. Je ne pouvais pas me maîtriser, comme toujours avec un premier amour... Pendant la guerre civile, il vint me chercher, mais j'étais déjà

1. Extrait de mes nombreuses conversations avec l'écrivain Valentin Kataïev, qui connaissait bien le couple Pasternak.

éprise d'un autre – mon mari. Une année après il était mort. Je me souviens très bien, conclut la jeune femme, de notre dernier bal ; j'étais si gaie et lui si triste.

En pensant infliger une douche froide à son interlocuteur, Zinaïda se trompait. Le poète décela au contraire dans l'évocation de ce passé secret un nouveau degré d'intimité :

– J'ai compris tout cela, dit-il. Vous aurez bien sûr du mal à le croire, mais dès notre première rencontre j'ai deviné vos souffrances, conclut-il en lui baisant la main.

Durant cette nuit, la jeune femme ne parvint pas à trouver le sommeil. Le wagon, tanguant et tressautant sur ses ressorts, fuyait vers l'avant. La petite gare était bien loin… Devait-elle l'oublier ? Refuser un tel cadeau du destin ?

Deux jours après leur arrivée à Moscou, Pasternak se rendit chez Zinaïda et son époux. La jeune femme pensa alors qu'il venait lire ses nouveaux poèmes, deux ballades dédiées au couple. Mais quand elle revint dans le salon après avoir préparé du thé, elle comprit que quelque chose de grave était arrivé. Le poète et le musicien, assis chacun dans un fauteuil, pleuraient : Pasternak venait d'avouer au pianiste qu'il aimait Zinaïda, que ce sentiment « demeurerait à jamais en lui », « qu'elle était son seul salut ».

Après le départ de Pasternak, la jeune femme tenta de rassurer son mari :

– Voyons, ce n'est pas sérieux, c'est juste un nuage, l'âme des poètes est si volatile…

Et tandis que Pasternak continuait à rendre régulièrement visite au couple, la jeune femme évitait de le rencontrer en tête à tête. Elle consacra ce début d'année 1931 à ses enfants. À la fin de l'hiver, son mari partit en tournée pour la Sibérie.

Une hausse de température avait provoqué un dégel soudain. On entendait de nouveau les claquements des sabots sur la chaussée mêlés aux klaxons des voitures. Ce soir-là, Pasternak vint annoncer à Zinaïda qu'il avait quitté sa femme.

« Tu dois comprendre, avait-il écrit à son épouse, que je ne t'ai pas abandonnée et que tu n'as subi aucune défaite… Ce n'est pas toi qui es en cause mais notre vie de couple que nous n'avons pas réussie, dont l'échec prolongé te blessait et me rendait coupable envers toi sans avoir commis de faute[1]. » Fidèle à son caractère pondéré, Zinaïda tenta une fois encore de ramener le poète à la raison.

– Je ne quitterai jamais mon mari ni mes enfants, dit-elle.

1. Dans la postface de caractère très intime de son essai autobiographique *Sauf-conduit*, qu'il ne désirait pas publier, Pasternak tira une conclusion tout à fait fataliste sur l'énigme de l'essence des passions. Il était en effet persuadé que l'apparence extérieure, plus précisément le type physique, prédéterminait leur futur destin : « Je connais un visage qui frappe et tranche pareillement dans la tristesse et dans la joie, et devient d'autant plus beau qu'on le surprend plus souvent dans des positions où pâlirait une autre beauté. Que cette femme s'élève vers le ciel ou se précipite vers le sol, son effrayante séduction reste intacte, et elle a beaucoup moins besoin de quoi que ce soit sur terre que la terre n'a besoin d'elle, parce qu'elle est la féminité même, bloc grossier de fierté infrangible extrait d'une seule pièce de la carrière de la création. Et comme les lois du monde extérieur déterminent le plus puissamment la forme d'esprit et le caractère de la femme, la vie, et la substance, l'honneur et la passion d'une femme comme celle-là ne dépendent pas de l'éclairage, et elle ne craint pas autant les désagréments que la première. »

En guise de réponse, il lui récita ses nouveaux poèmes dédiés à leur amour.

Quelques jours plus tard, Pasternak se rendit de nouveau chez sa bien-aimée. Le froid était revenu, plus vif, plus cinglant. Les nouvelles étaient désespérantes : Staline relançait une campagne de terreur. En mangeant des pommes, ils parlèrent à mi-voix, inlassablement, jusqu'à une heure avancée. La jeune femme fit infuser du thé et vint s'enfoncer comme une chatte dans les coussins du divan. Cette nuit-là, le poète resta chez elle.

À l'aube, la jeune femme prit sa plume pour tout raconter à son mari. Le pianiste reçut la lettre en Sibérie, à la veille d'une représentation. Le lendemain, complètement abattu, le pauvre homme interrompit son concert et claqua le couvercle du piano en fondant en larmes devant un public ébahi.

Pendant ce temps, à Moscou, tous les amis du couple tentaient de rétablir les relations distendues. Zinaïda décida de se donner quelque temps de réflexion. Elle partit de nouveau pour Kiev où son mari devait donner un concert. Connaissant la passion de son épouse pour la musique, le pianiste utilisa sa dernière arme : son talent. Il joua Chopin comme jamais. Au premier rang, la jeune femme l'écoutait, bouleversée, les larmes aux yeux, les mains sagement croisées sur ses genoux. Comme toujours après les concerts, elle était amoureuse du virtuose. Ce n'était sans doute pas l'homme, mais son art qui la séduisait. Le pianiste avouait lui-même : « Elle ne m'aime que lorsque j'ai bien joué. »

Il emmena dîner son épouse et lui promit d'oublier le passé. Dans la chambre bien chauffée de l'hôtel, la beauté de Zinaïda sous la chemise de soie lui promettait un bonheur retrouvé. Si la jeune femme faisait aussi l'impossible pour y croire, son cœur battait toujours pour Pasternak. Et quand le poète vint la retrouver à son retour, elle ne lui résista pas : « L'amour fut plus fort que tout », avouera-t-elle plus tard.

La tournée se poursuivant, la jeune femme et son époux se retrouvèrent après un autre concert pour une ultime explication. Le châle qui entourait le cou de Zinaïda glissa sur ses épaules. Son mari tenta de le remonter, mais elle repoussa ce geste d'attention d'une main brutale :

– Pourquoi donc faut-il que nous nous torturions tous davantage ? dit-elle brusquement. Il faut éclaircir cette situation.

– Éclaircir ? Et comment ? Nous avons des enfants, n'oublie pas.

– Je crois que nous devrions partir chacun de notre côté afin de réfléchir…

Le maestro laissa sa femme rentrer seule à l'hôtel et marcha de longues heures à travers la ville. La lueur de l'aube pointait au fond de l'allée qui menait à la gare. Il s'approcha de la voie ferrée. Un train arrivait. L'espace d'une seconde il hésita. Il regarda ses mains puis se projeta en arrière pour éviter le bolide. Ce train emmenait Pasternak et sa bien-aimée vers l'éden de la Géorgie.

Loin de l'étouffante atmosphère de la capitale soviétique, les amants passèrent les trois mois de l'été suivant sans se quitter.

Ce fut une fête permanente, une merveilleuse lune de miel dans le Caucase où la nature marie la montagne à la mer. Le couple participa aux fameux festins géorgiens bien arrosés des vins parfumés du pays, au cours desquels les poètes chantaient leurs inimitables complaintes. Pasternak y était particulièrement apprécié, car il avait traduit de la poésie géorgienne. Ce fut le temps de l'insouciance et du bonheur : un paradis dans l'enfer stalinien. Mais l'heure du retour sonna.

Le 15 novembre 1931, deux amis poètes les emmenèrent se baigner une dernière fois avant de les accompagner à la gare.

L'arrivée à Moscou fut un choc. Ne sachant pas où aller, ils s'installèrent temporairement chez Pasternak dont l'épouse était partie pour quelques mois en Allemagne avec leur fils.

Après de nombreux soubresauts, Zinaïda et Pasternak durent se résoudre à l'inévitable : le divorce. Chacun vécut cette rupture dans le plus grand désarroi. Il était inimaginable pour la jeune femme d'appartenir à deux hommes. Il lui fallait faire un choix.

Pasternak évoqua souvent le caractère douloureux de cette délibération : « Peu après, il y eut dans deux familles, la mienne et une famille amie, des bouleversements, des complications et des changements pénibles moralement pour les intéressés. » Ce sentiment de culpabilité le poursuivra toute son existence.

La vie prit malgré tout le dessus. Femme d'intérieur exceptionnelle, Zinaïda créa un véritable foyer pour le poète, un refuge face à l'hostilité du monde extérieur où il pouvait écrire sereinement.

Dans les années 1930, le poète était relativement reconnu par le pouvoir stalinien. En 1934, il eut la possibilité de s'exprimer au premier congrès de l'Union des écrivains soviétiques. Selon le souhait personnel du dictateur, il fit partie de la délégation très officielle des intellectuels moscovites qui participèrent au congrès des écrivains antifascistes à Paris en 1935.

En apparence, tout allait bien. Pourtant, au fond de lui, Pasternak était tout à fait lucide quant à la réalité soviétique. Les arrestations massives avaient déjà commencé, les persécutions touchaient les villes comme les campagnes : « Le désespoir total », selon le poète.

Le désespoir total

À l'époque, la biographie sentimentale de Staline évolua aussi. À vrai dire, sa vie intime fut toujours entourée du plus grand secret afin d'entretenir le mystère. S'il morigénait sa fille[1] à cause de ses tenues jugées trop osées, il ne menait pas la vie d'un moine. Les lettres enflammées écrites dans les années 1920 à sa seconde épouse, Nadejda, le prouvent. Et tout au long de sa vie, le Tsar Rouge eut des maîtresses. En exil en Sibérie, avant la révolution, il vécut longtemps avec une paysanne dont il eut un enfant illégitime. Dans les années 1930, il fut l'amant de sa belle-sœur. Vers la fin de sa vie, il se consola avec sa gouvernante, une corpulente jeune femme d'origine paysanne.

Au début des années 1930, les querelles de Staline et de son épouse Nadejda étaient courantes et prenaient parfois une tournure si violente que le dictateur devait envoyer leurs deux enfants chez les parents de sa femme.

Mais en 1932 survint un drame. Le 5 octobre, elle se rendit dans l'appartement du Kremlin puis téléphona

1. Il aura trois enfants légitimes. Un fils du premier lit puis une fille et un fils du second lit.

à son mari qui se trouvait dans le bâtiment du Comité central du Parti. La conversation dura un bon moment. Quelques instants plus tard, un garde aurait entendu retentir « un coup de feu ». L'épouse de Staline se serait tiré une balle dans la région du cœur…

Selon les aveux tardifs de la fille du dictateur, sa mère fut en fait étranglée[1]. Molotov, le bras droit de Staline, attribua la cause de ce « suicide » tantôt à la maladie mentale héréditaire de cette malheureuse, tantôt à une passade de Staline avec sa jeune coiffeuse. Le dernier chef de cabinet du dictateur, Pomaznev, m'a quant à lui donné une explication politique. Voulant « faire plaisir » à Staline, le chef de la police politique fit surveiller étroitement les étudiants qui rendaient visite à la femme du dictateur. Il eut tôt fait de découvrir parmi eux quelques « terroristes camouflés ». Trente-sept « terroristes » furent ainsi arrêtés. La plupart de ces jeunes gens étaient effectivement des amis de l'épouse du dictateur. Staline fut-il convaincu de la véracité de ces accusations ? La soupçonna-t-il d'infidélité conjugale ou voulut-il assouvir une vengeance politique ?

En tout état de cause, en Russie – hier comme aujourd'hui –, les détails des grands assassinats politiques ne sont jamais divulgués et continuent à nourrir les fantasmes, sinon la désinformation.

Bien sûr, cette mort fut camouflée en « décès subit » par la presse moscovite.

Ces événements dramatiques accablèrent le tyran. À tel point que les membres de la famille veillaient sur lui, entrant à tout moment dans l'appartement pour vérifier

1. Témoignage de Svetlana Alliluyeva à Martha Schad, *La Fille de Staline. Du Kremlin à New York*, éditions de l'Archipel, 2006.

s'il n'avait besoin de rien. Une nuit, sa belle-sœur, Genia Alliloufïeva, passa le voir et fut accueillie par un silence total. Soudain elle entendit un cri effrayant et trouva Staline allongé sur un sofa, dans la pénombre, en train de cracher sur le mur. Elle comprit que cela devait durer depuis longtemps car le mur ruisselait de trainées de salive.

– Que fais-tu donc ? lui demanda-t-elle. Tu ne peux pas rester comme ça !

Mais, sans répondre, il continua à fixer les crachats dégoulinant sur le mur puis déclara : « Je comprends que ma femme ait agi ainsi à mon égard, mais les enfants ?… Elle a brisé ma vie. Elle a fait de moi un infirme. »

Cette « dépression » ne dura pas longtemps et le dictateur retrouva vite toute sa vigueur.

En Russie, la mort subite des femmes de tyran fut souvent prétexte à des événements dramatiques[1].

À cette époque, Staline ordonna un vaste plan d'« ingénierie sociale », dans lequel l'homme devenait un pion, voire un boulon comme dans le célèbre opéra de Chostakovitch. Il s'agissait en l'espèce de la déportation de deux millions d'« éléments antisoviétiques » dont il fallait « nettoyer » Moscou et Leningrad, villes phares du socialisme. Sur six millions d'habitants, la Sibérie, pays emblématique des forçats, comptait déjà cinq cent mille proscrits ! Les déportés, dont de nombreux enfants, des vieillards, des invalides et des handicapés mentaux, furent entassés dans des trains. À

1. Rappelons la maladie, puis le décès de la femme d'Ivan le Terrible en 1560. Plus que jamais en proie à la peur et à la suspicion, le tsar, comme ce fut le cas pour Staline, vit des complots partout et fit régner la terreur.

Tomsk, camp de transit surpeuplé, furent déchargés les cadavres et les survivants. Six mille personnes furent débarquées sur un îlot, à Nazino, sur l'Ob, sans provisions ni outils.

Un véritable voyage au bout de l'enfer stalinien. Toutes les tentatives d'évasion sur des radeaux se soldèrent par la noyade.

La pègre faisait régner sa loi. Ainsi, une dent en or s'échangeait contre une poignée de farine. Les deux tiers des déportés mouraient de faim, au point de s'adonner à l'anthropophagie.

Malgré les rumeurs effrayantes à ce sujet, Staline ne mit pas fin au « nettoyage définitif » des villes (signalons au passage que le dictateur utilisait exactement la même formule que son rival Trotski). Ce camp fut même un jalon capital dans la radicalisation meurtrière du régime.

Ce virage terroriste allait être accompagné d'un revirement idéologique. En 1934, Staline appela ses collaborateurs Kirov et Jdanov à passer avec lui l'été dans le Sud de l'URSS, afin de mettre au point « les directives sur la réécriture des manuels d'histoire ». Lourd de signification, ce document érigeait Staline en gardien des traditions et des intérêts supérieurs de la Russie, combinant ainsi une vision marxiste de façade avec des sentiments profondément nationalistes. Cet élan patriotique permettait un impact émotionnel bien plus puissant que l'idéologie en elle-même. Désormais, Staline le Géorgien avait volontairement adopté l'identité russe.

Aussi – comme Poutine aujourd'hui – célébrait-il les grands hommes du passé tsariste tels que Pierre le Grand ou les généraux des périodes napoléoniennes.

Attribuant un rôle héroïque à son tsar favori Ivan le Terrible, Staline se forgea lui-même le rôle d'inquisiteur romantique en comparant sa grande terreur au massacre des boyards perpétré par le monarque : « Qui va se souvenir de cette racaille dans dix ou vingt ans ? Personne. Qui se souvient aujourd'hui des noms des boyards dont Ivan le Terrible s'est débarrassé ? Personne. Il aurait dû tous les tuer pour créer un État fort[1] ! »

1. Cité d'après les Mémoires de N. Tcherkasov, qui interpréta le rôle d'Ivan le Terrible dans le film d'Eisenstein.

L'assassinat de Kirov

La révolution d'Octobre n'a pas seulement maintenu la grande tradition des assassinats politiques. Elle l'a embellie. Parmi ces assassinats, celui de Serge Kirov en décembre 1934 reste une des grandes énigmes du Kremlin. L'homme n'était autre que le secrétaire du Parti pour la région de Leningrad, ainsi qu'un proche de Staline, sinon son dauphin présumé.

En ce 1er décembre 1934, la neige tombait sur Leningrad et de gros glaçons envahissaient la Neva, lorsque les premières arrestations commencèrent. Toutes affaires cessantes, Staline se rendit sur place le soir même. Selon la version – tardive – du KGB, ce meurtre fut commis par un prétendu mari jaloux qui avait appartenu quelques années plus tôt à l'opposition de Trotski. Et, tandis qu'en ville s'ébruitait l'hypothèse d'un crime passionnel, les interrogatoires du meurtrier se déroulaient à huis clos.

Mais la présence du Tsar Rouge apporta une tout autre dimension à ce crime qui devint aussitôt une grande affaire d'État. Pendant cinq jours, le maître du Kremlin prit personnellement en main l'enquête, prépara les interrogatoires, la répression, les limogeages, les déportations. Un énorme dossier que ses policiers allaient mettre des mois à compléter.

La grande terreur était en route… Aux yeux de Staline (et cela devint la version officielle), la responsabilité de l'attentat incombait à un groupe d'opposition, impliquant les premiers compagnons de Lénine[1].

Ainsi, les accusations allaient rejaillir plus tard sur d'autres collaborateurs directs de Staline au Kremlin. Il faudra attendre la mort du dictateur, et plus de vingt années encore, pour que, dans son fameux rapport au XXe congrès en 1956, Khrouchtchev, en termes mi-voilés, accuse Staline d'avoir fait perpétrer l'assassinat par la police politique. Kirov était devenu pour lui un rival qui s'était opposé ouvertement à sa politique. En effet, ses derniers discours – censurés jusqu'en 1991 – montraient une critique de plus en plus virulente de la politique de collectivisation forcée de Staline…

Ces accusations sont-elles pure désinformation historique ? Tant de détails demeurent incompréhensibles dans cet assassinat… De l'aveu même du chef de la police secrète, Yagoda, jugé et fusillé quatre ans plus tard, « la police n'avait pas fait obstacle à la tentative de meurtre… ».

Jugeons plutôt : le seul témoin de l'assassinat, un membre de la police politique chargé de protéger Kirov, fut interrogé le 2 décembre et mourut peu après dans un accident d'automobile d'où les autres occupants sortirent sains et saufs… Jugeons encore : la lettre dans

---

1. Zinoviev, ancien membre du Comité central et du Politburo, ancien président du Komintern, fut le premier arrêté. En prison, il retrouva Kamenev, ancien membre du Comité central et du Politburo, président adjoint du Conseil des commissaires du peuple.

laquelle l'assassin expliquait les raisons de son geste a disparu des dossiers…

Pour l'heure, la ville tremblait. La peur, la délation, la terreur policière régnaient. La vindicte n'allait plus seulement tomber sur des « ennemis de classe », elle allait aussi toucher des hommes du Parti, sûrs, fidèles, des bureaucrates choisis – eux-mêmes responsables de tant de meurtres politiques –, et ceux qui avaient eu le malheur de connaître, de près ou de loin, ces derniers[1]. Le moment propice à l'élimination définitive des ennemis avérés ou potentiels du dictateur était arrivé.

Staline accompagna à Moscou les cendres de Kirov, lui réservant des funérailles grandioses sur la place Rouge. La presse ne prononça pas un mot sur l'arrestation des « vieux bolcheviques ». Il s'agissait de préparer l'opinion…

En donnant l'ordre de tuer ses boyards par milliers[2], Staline écrivait lui-même le scénario de la terreur… La vie du Kremlin n'allait plus connaître ni limites ni tabous.

---

1. Mille arrestations eurent lieu dans la nuit du 1er décembre ; cent dix-sept fusillés quelques jours plus tard ; cent mille habitants de Leningrad déportés en Sibérie.

2. En un an et demi, cinq membres du Politburo sur quinze, quatre-vingt-dix-huit membres du Comité central sur cent trente-neuf, et mille cent huit des mille neuf cent soixante-six délégués au congrès du Parti furent arrêtés.

La grande terreur

Les grands procès de Moscou, commencés dès 1936, représentent un des aspects les plus spectaculaires de la répression stalinienne.

Dans cette ambiance délirante, personne ne pouvait se sentir à l'abri d'une arrestation.

Deux principes sont de nature à déchiffrer le mécanisme de la terreur.

Primo, celui de l'enchaînement. Au cours des procès, un procureur général faisait avouer aux inculpés qu'ils étaient liés à d'« autres criminels », puis demandait d'ouvrir une nouvelle enquête sur « la conspiration fomentée par les personnes citées ». La chute d'un hiérarque entraînait alors nécessairement des centaines de ses fidèles. Des relations familiales, ou même amicales, avec une personnalité soudain désignée comme « ennemi du peuple » rendaient automatiquement suspect. La responsabilité collective des familles, y compris des enfants, fut légalisée et la peine de mort devint applicable à partir de l'âge de douze ans !

Secundo, la technique du répit. Manipulateur hors pair, Staline aimait aussi entretenir le suspense, jouer au chat et à la souris avec ses victimes. Par exemple, il leur téléphonait au moment même où les hommes de la police secrète fouillaient leur domicile, et, feignant l'étonnement, les encourageait à les jeter dehors.

Tous les rivaux potentiels du Tsar Rouge savaient à quoi s'en tenir.

Au premier congrès des écrivains soviétiques, en 1934, le vieux « bolchevique » Boukharine prononça un remarquable discours de trois heures, salué par d'interminables ovations. Le visage décomposé, il retourna à sa place et dit à ses voisins : « Vous avez signé ma condamnation à mort. » La sentence ne tomba pas immédiatement, mais deux années plus tard.

En septembre 1936, une enquête n'ayant pu fournir de preuves contre Boukharine, l'affaire fut considérée comme classée. Mais, si celui-ci demeura rédacteur en chef du journal gouvernemental, ses communications téléphoniques furent écoutées, son courrier épluché, sa famille et lui-même filés. Puis, aux fêtes traditionnelles du 7 novembre 1936, sur la place Rouge, Boukharine et sa ravissante femme de vingt-quatre ans semblaient vouloir se fondre dans la foule quand un garde se dirigea vers eux. Il les salua et dit : « Le camarade Staline m'a demandé de vous informer que vous n'êtes pas ici à votre place et il vous prie de monter sur le mausolée[1]. »

Caprice ou amusement du tyran ? Le lendemain, de nouveaux accusés mettaient Boukharine directement en cause. Sa signature disparut de la presse. En désespoir de cause, il fit la grève de la faim dans son appartement du Kremlin. Étant encore membre des instances

1. Les dirigeants communistes saluaient habituellement la foule du haut du mausolée de Lénine.

supérieures soviétiques, il reçut la visite de Staline lui-même. Un dialogue insensé s'échangea entre les deux hommes[1] :

Staline : – Contre qui est dirigée ta grève de la faim, contre le Comité central du Parti ? Tu es complètement squelettique. Demande qu'on te pardonne cette grève de la faim.

Boukharine : – Pourquoi ? De toute façon, vous vous apprêtez à m'exclure du Parti.

Staline : – Personne ne t'exclura du Parti.

Suit le dialogue avec Molotov, à l'époque, le plus proche collaborateur direct du dictateur.

Boukharine : – Je ne porterai pas de fausses accusations contre moi-même.

Molotov : – Si tu n'avoues pas, cela prouvera que tu es bien un agent des fascistes. Leurs journaux disent que nos procès sont des provocations. Nous t'arrêterons et tu avoueras.

En effet, en mars 1938, Boukharine et dix-neuf autres passèrent en jugement et furent condamnés à la peine capitale.

La formule la plus couramment utilisée du temps de Staline pour justifier l'injustifiable n'était-elle pas le vieil adage russe : « Quand on coupe du bois, les copeaux volent » ? Le dictateur disait : « Dans ce combat contre les agents du fascisme, il y aura quelques victimes innocentes. Mais nous lançons une attaque très importante contre l'ennemi, il ne faut pas nous inquiéter si nous sommes amenés à bousculer quelqu'un. Mieux

1. Cité d'après une conversation que j'eus avec Pomaznev, dernier chef de cabinet de Staline au Conseil des ministres de l'URSS, en présence de Yakovlev.

vaut faire souffrir dix innocents que laisser échapper un espion. »

Une force restait encore intacte en URSS : l'armée. Le Kremlin s'y attaqua en juin 1937.

Au début des années 1930, Toukhatchevski, premier maréchal soviétique et chef militaire le plus respecté, avait modernisé l'Armée rouge. Héros de la Première Guerre mondiale sous l'uniforme tsariste et brillant général lors de la révolution « bolchevique », il s'était montré un stratège militaire hors pair. Depuis longtemps déjà, le maréchal était sur la sellette : des notes de frais faites par lui – alors jeune officier – pendant son stage dans l'armée allemande au lendemain de la Première Guerre mondiale, auraient été truquées en « sommes perçues pour des activités d'espionnage au compte des nazis[1] ».

Le 10 mai, me raconta l'ancien chef de cabinet du dictateur, Staline téléphona au maréchal, chez lui. La conversation a valeur de symbole quant aux méthodes utilisées. Le dictateur demanda d'abord à Toukhatchevski des nouvelles de sa santé :

1. Dès 1935, Toukhatchevski afficha ses craintes devant les dangers que faisait courir en Europe le réarmement allemand. Il devint alors pour Hitler un homme à abattre, et pour Staline, qui croyait encore à l'amitié allemande, un gêneur. Selon la thèse du SD allemand, le maréchal complotait avec le grand état-major allemand en vue de réaliser un double putsch militaire qui provoquerait la chute de Staline et d'Hitler. Selon l'état-major allemand, la démonstration d'une trahison du maréchal Toukhatchevski aurait permis de décapiter l'armée soviétique de ses meilleurs éléments, et donc de l'affaiblir à coup sûr. Pour Staline, il s'agissait d'asseoir sa politique d'amitié avec l'Allemagne, considérée comme un rempart contre le capitalisme anglo-saxon et français, alors qu'à l'opposé, le maréchal Toukhatchevski dénonçait la montée des risques de guerre dus au nazisme. Pour contrer ces risques, le maréchal prôna même des alliances avec la Grande-Bretagne et la France.

– Je vous remercie, ma santé est bonne, quant à elle.

– Je comprends à quoi vous pensez. Je viens de prendre connaissance du rapport confidentiel d'aujourd'hui et c'est une des raisons de mon appel. Je pense qu'on est allé trop loin. Quelle sottise de mettre tout cela sur le tapis. Nous savons bien, maréchal, que vous vous êtes conduit de la façon la plus conforme à l'esprit du Parti.

– Je le crois.

– Et vous avez entièrement raison, coupa Staline. Cette histoire stupide... Des sornettes par-dessus le marché. Mais que faire ? Je suis entouré de gens bornés, vous devez comprendre les difficultés de ma situation.

– Je les comprends très bien...

– Il est certain que votre nom a été malencontreusement prononcé... Que pouvons-nous faire, sinon le regretter ? Dans le climat actuel, je pense que le mieux serait d'éviter que les potins se propagent. Il ne faut pas qu'on jase trop... Moi, bien sûr, je sais que tout cela n'est que sottise et mensonge... Mais, en attendant de meilleurs jours, que diriez-vous d'aller prendre l'air au bord de la Volga ?

– Comment cela, camarade Staline ?

– On pourrait vous libérer de vos fonctions de vice-commissaire à la Défense et vous nommer commandant de la région militaire de la Volga. C'est là une décision du Conseil des commissaires.

– Comme vous voudrez, camarade Staline.

– Seulement, pour l'amour du Ciel, n'y voyez aucune disgrâce... En apparence, évidemment, c'est un recul, mais en réalité, j'ai l'intention de vous tenir en réserve pour les jours difficiles qui s'annoncent, et pendant lesquels j'aurai le plus grand besoin de votre génie militaire. Vous me comprenez, n'est-ce pas ?

Quelques jours plus tard, Toukhatchevski fut arrêté dans le train, alors qu'il se dirigeait vers son nouveau poste de commandant du district militaire de la Volga…

Le 23 mai 1937, de la gare de Moscou, il fut emmené directement en prison. Le 10 juin, la Cour martiale suprême le condamnait à mort. L'exécution de Toukhatchevski et des généraux fut le prélude à la terrible épuration qui décapita l'Armée rouge de trente mille officiers généraux et supérieurs jusqu'en décembre 1938.

Après la mort de Staline, le poète Pasternak relata à ce propos une soirée passée en compagnie d'un commandant de l'armée, membre du collège militaire du Tribunal suprême, au cours de laquelle celui-ci évoqua le procès des généraux : « Ils étaient assis, là, comme ça, en face de nous. Ils nous ont regardés droit dans les yeux… Je me souviens de son ultime remarque : "Demain, c'est moi qui serai à leur place." Il ne se faisait guère d'illusion. »

Les généraux qui présidaient le Tribunal militaire de la prison furent en effet exécutés quelques mois plus tard.

La peur et le mensonge

Une éternelle question demeure : pourquoi Staline a-t-il signé des centaines de milliers de condamnations à mort ? Pourquoi a-t-il délibérément affamé l'Ukraine, condamnant ainsi à mourir six millions de personnes ? Parce que son père, alcoolique, le battait ? Parce qu'il avait un bras atrophié, deux orteils joints et le visage ravagé par la variole ? (Dans *Le Docteur Jivago*, Pasternak évoque « la férocité sordide et sanguinaire des Caligula labourés de petite vérole ».)

Le tyran s'esclaffait souvent au récit de l'exécution de ses victimes. Il annota « scélérat, prostitué » en marge d'une lettre dans laquelle le général Iakir lui écrivit avant d'être fusillé : « Je mourrai en prononçant des paroles d'amour[1]. »

Il est incontestable que le meurtre fut le socle du système engendré par Lénine. Par conséquent, Staline fut à cet égard son parfait exécuteur testamentaire. La grande terreur fut un élément de la logique de cette fameuse « ingénierie sociale » qui existait depuis octobre 1917 sous la forme de l'assassinat et de la

1. Voir *Le Monde*, le 26 février 2003.

déportation massive de contingents jugés indésirables par le régime[1].

À vrai dire, les échecs économiques ne furent pas non plus étrangers à ce climat de terreur. De surcroît, devant la montée des risques de conflit mondial, toute opposition réelle ou supposée devait être muselée. Alors que s'installait le culte de la délation, les Russes vivaient en état de siège, prompts à voir en chacun un ennemi ou un collaborateur de la police politique.

La méthode stalinienne partait du principe qu'il n'y avait pas d'innocents. Potentiellement, l'ennemi était partout : voisin, collègue ou membre du cercle familial. Ainsi y retrouvons-nous ce complexe de la forteresse assiégée propre à la Russie éternelle, et cher à Poutine. Dans cette atmosphère funeste, « le tsar devait toujours compter avec ses boyards », aussi Staline impliqua-t-il étroitement ses comparses dans les massacres en les obligeant à contresigner les ordres d'exécution. Si ceux-ci connaissaient la victime, il leur valait mieux faire semblant d'avoir des preuves. Ce jeu morbide avait évidemment une double signification : effrayer les acolytes du dictateur en calmant quelque peu leur conscience – si l'on peut utiliser ce terme à ce propos…

Dès que la police secrète lui apportait des dépositions, Staline les distribuait à ses complices du Bureau politique qui découvraient alors une avalanche d'accusations et d'aveux impossibles à contester. Mais les ori-

1. Selon le préambule de l'ordre opérationnel n° 00447 du 30 juillet 1937, qui, dans le cadre d'une immense opération visant à « en finir définitivement, une fois pour toutes, avec tous les éléments socialement nuisibles qui sabotent les bases de l'État soviétique », marqua le point de départ de ce paroxysme meurtrier.

gines de ce zèle furent assez souvent plus terre à terre, car chaque arrestation libérait un appartement ou une villa que les survivants et leurs épouses s'empressaient d'occuper.

La responsabilité des massacres pesait donc non seulement sur Staline, mais également sur tous les dirigeants sans exception. À cette époque, par exemple, le futur successeur du dictateur, Khrouchtchev, était déjà très actif. S'il se présenta *a posteriori* comme antistalinien, lorsqu'il était Premier secrétaire du Parti de Moscou, il ordonna l'exécution de cinquante-cinq mille sept cent quarante et un fonctionnaires (soit plus du quota initial de cinquante mille fixé par le Politburo).

La peur et le mensonge étaient une autre base de ce système. Boris Souvarine, ancien collaborateur de Staline, parlait en connaisseur « du mensonge absolu », du « mensonge intégral ». Le Tsar Rouge et ses acolytes mentaient à chaque instant, en toute circonstance, et à force de mentir ils ne savaient même plus s'ils mentaient. Et quand chacun ment, personne ne ment plus… Même bien plus tard, les complices du dictateur défendront encore leurs massacres : « J'assume la responsabilité de la répression et je la crois juste, dira fièrement Molotov dans les années 1980. Tous les membres du Politburo portent la responsabilité. […] Mais les purges de 1937 étaient indispensables. »

Ejov, le chef de la police politique (surnommé « le Nain » à cause de sa petite taille), rendait chaque jour visite à Staline pour recueillir des instructions bien précises[1].

---

1. Il fut reçu mille cent fois par le dictateur en 1937-1938, pendant les deux ans et demi de la grande terreur.

D'une manière ponctuelle, l'ogre du Kremlin lui notait sur de petites listes, au crayon bleu ou rouge, les noms des victimes à liquider. Souvent, le dictateur ne précisait pas les noms, mais fixait simplement des quotas d'exécution se chiffrant par milliers, ou écrivait simplement : « Fusillez-les tous… sans exception ! »

Les quotas (1, catégorie à fusiller ; 2, catégorie à exiler) furent vite remplis par ses zélateurs qui, en en demandant davantage, allèrent bien au-delà des objectifs fixés par le tyran. Et le dictateur de les encourager. En juillet 1937, il ordonnait l'internement des épouses de tous les condamnés dans des camps, pour cinq à huit ans. Dix-huit mille femmes et vingt-cinq mille enfants furent ainsi capturés. Des enfants âgés de dix à douze ans furent accusés d'avoir formé des groupes terroristes, et furent emprisonnés. Puis les services de Staline allèrent plus loin : des petits âgés de un à trois ans furent placés dans des orphelinats, tandis que ceux de trois à quinze ans étaient emprisonnés !

Certes, le Tsar Rouge fit – exceptionnellement – preuve de générosité en sauvant du peloton d'exécution certains de ses vieux professeurs du séminaire de Tiflis et, à sa manière, protégea plusieurs artistes. Il montra également une relative indulgence à l'égard de poètes ou d'écrivains[1]. Dans sa propre famille, les femmes survécurent (bien qu'arrêtées), mais les hommes furent exterminés. Peu à peu, il se débarrassa de chacun d'entre eux : « Ils en savaient trop, ils parlaient trop », disait-il.

---

1. Comme il le fera pour Mandelstam ou Boulgakov, et rayera le nom de Lili Brik, la bien-aimée du poète Maïakovski, sur une liste de deux cent trente mille condamnés à mort.

À l'époque, une de ses belles-sœurs, Genia, qui fut également sa maîtresse, osa intervenir pour sauver une autre des belles-sœurs du dictateur. Staline la prévint rudement : « Ne fais plus jamais une chose pareille ! » Il fit alors transférer sa malheureuse parente dans une prison encore plus dure.

Mieux valait ne pas « embêter » le dictateur avec ce genre de requêtes. Quand on lui demandait d'intervenir pour libérer un prisonnier, il lui arrivait de hausser les épaules : « Mais que puis-je faire pour eux ? Mes propres parents sont eux aussi en geôle ! »

Le dictateur était également impitoyable s'il décelait le moindre cas de débauche. De simples contacts avec un étranger suffisaient pour le convaincre que le fantôme de la trahison rôdait au Kremlin.

Chaque bourgade se devait d'avoir ses accusés. La délation, engendrée par la crainte, fournissait leur cargaison de victimes. Chacun en venait à se culpabiliser. D'immenses salles bourrées de gens furent transformées en confessionnaux où l'on se repentait d'avoir connu personnellement quelque « pécheur ». Le manque d'opposition se retrouvait des deux côtés de la barrière, dans le monde des citoyens libres comme dans celui des suspects arrêtés. Tous ceux qui s'étaient créé une opinion personnelle finissaient dans un camp. Ce mélange complexe de sentiments contradictoires – incompréhension et panique, foi en Staline et crainte de la terreur – facilita cette usurpation totale du pouvoir par le dictateur.

L'impunité et la facilité relative avec lesquelles Staline se vengea de millions d'hommes étaient dues aussi au fait que ces malheureux n'étaient pas coupables. La plupart même, lorsqu'ils s'attendaient à être arrêtés, n'essayaient même pas de se cacher ou d'échapper à la liquidation. Souvent, ils se livrèrent d'eux-mêmes. Parfois, après une longue et pénible attente de leur arrestation, les gens éprouvaient un soulagement quand ils se retrouvaient finalement en prison. Les condamnés à mort n'étaient jamais informés de la sentence, sans parler des membres de leur famille. Les huit cent mille exécutés d'une balle dans la nuque, au cours des seize mois de la grande terreur, moururent sans qu'il leur fût jamais annoncé qu'ils avaient été condamnés à la peine capitale[1].

En décembre 1937, la police secrète soviétique célébra son vingtième anniversaire par un gala au Bolchoï. Sous un dais de fleurs on décréta : « Chaque citoyen de l'URSS devrait être un agent du NKVD[2] ! » L'appareil sécuritaire comptait des centaines de milliers de fonctionnaires et des millions de mouchards. Le chef de la police politique l'appelait sa « secte » et répétait à l'envi : « Souvenez-vous qu'un homme sur trois est avec moi et m'informe de tout. »

---

1. Les instructions de la police secrète le 8 août 1937 à tous les responsables régionaux du NKVD stipulaient : « Annoncer les verdicts uniquement aux condamnés de la deuxième catégorie (exilés). À ceux de la première catégorie (condamnés à mort), ne rien annoncer. Je répète, ne rien annoncer, ne rien dire. » Le secret – jusqu'au lieu même de l'exécution – avait pour but « d'éviter la diffusion de rumeurs et de prévenir toute agitation des détenus »; celui-ci résultait de la convergence de plusieurs logiques répressives, à un moment précis marqué par la prise de conscience par Staline de l'imminence d'une nouvelle guerre dans laquelle l'URSS serait inévitablement impliquée : une logique politique visant au remplacement accéléré des élites et des cadres (pour simplifier : non staliniens), qui concernait quelques dizaines de milliers de personnes dont quarante mille à cinquante mille furent exécutées.

2. La police politique. La formule est de Mikoyan.

En cette même année, Staline prescrivit officiellement l'usage de la torture : « Le recours des services secrets à des moyens de pression physiques est une procédure totalement justifiée et opportune. »

Comme au temps d'Ivan le Terrible, les prisonniers étaient fréquemment roués de coups jusqu'à ce que mort s'ensuive, avec un gourdin spécial et une matraque, la mort étant maquillée en crise cardiaque sur le certificat de décès. Des procédés comme la privation de sommeil et l'interrogatoire, ou la « méthode de la chaîne », avaient cours. Le chef de la police ordonnait parfois « de couper les oreilles et le nez à un prisonnier, de lui arracher les yeux et de le mettre en pièces ». Il lui arrivait ensuite de changer d'avis et de bavarder tranquillement avec un prévenu avant de le faire fusiller. Après avoir reçu une balle dans la nuque, les victimes étaient transportées jusqu'à un crématorium et leurs cendres étaient jetées dans une fosse commune. Dans le jargon professionnel, la destruction d'un innocent était appelée la « lutte française » ! Un manuel préconisant des « moyens de pression physiques », autrement dit la torture, fut d'ailleurs rédigé[1].

Les grandes purges avaient rendu Staline plus sûr de lui, mais également plus soupçonneux que jamais. Tel le tsar Ivan, il proclamait : « Tous ceux qui oseraient affaiblir le pouvoir de l'État dans leurs pensées, oui même dans leurs pensées, seront considérés comme des ennemis que nous détruirons comme un clan ! » Parallèlement, son cynisme absolu le poussa à faire publier, toujours en 1937, un fameux discours sur

1. Par Leonid Zakovski.

« l'Homme, capital le plus précieux », où il appelait à être « particulièrement attentif aux vies humaines »…

Le dictateur ne voyait pas la terreur comme une affaire personnelle, moins convaincu de l'urgence de nettoyer le pays de tous ses adversaires potentiels afin de préserver la stabilité de l'État, avant que la guerre mondiale n'éclatât.

Le chef de sa police, Ejov, se vantait alors avec malice de pouvoir arrêter qui il voulait parmi ses collègues de la direction soviétique. Mais le bourreau en chef semblait avoir oublié un peu vite que les humeurs des dictateurs sont souvent changeantes. À la surprise générale, en avril 1938, il fut promu commissaire aux Transports par voies d'eau. Cette nomination relevait d'une certaine logique puisque les canaux étaient construits par des prisonniers, main-d'œuvre gratuite gérée par ses services. Néanmoins, cette promotion n'augurait rien de bon. En effet, son prédécesseur, déjà fusillé, avait été propulsé au même poste peu avant sa chute…

Sentant la menace, le bourreau essaya de trouver une échappatoire en liquidant ses collaborateurs les plus proches. Staline, avec sa perfidie coutumière, proposa de recruter « quelqu'un pour l'aider »…

On suggéra alors le nom d'un compatriote du dictateur, le Géorgien Beria.

L’énigme de Beria

Staline définit lui-même l’essence de la carrière de Beria : « Il résout les problèmes alors que le Politburo se contente de gratter du papier ! »

Trente-six ans, petit et agile, Beria était à moitié chauve, avec un visage large et poupin, des lèvres sensuelles et « des yeux pénétrants qui clignaient derrière un pince-nez ». C’était un homme impitoyable au caractère difficile, extrêmement intelligent et d’une compétence inlassable. Son dessein était d’abord de dominer le Caucase, ensuite le cercle de Staline, et finalement l’URSS.

La vie de Beria fut également entourée de légendes. L’Histoire officielle l’a en effet invariablement présenté comme un des plus grands criminels de tous les temps, responsable direct de millions de morts, et abominable violeur de petites filles. Ce n’est pas faux, mais incomplet : plus lucide que ses pairs – suffisamment pour ne pas croire à l’idéologie officielle –, le chef des polices staliniennes se servit du système dans l’espoir de conquérir le pouvoir suprême et aussi d’apporter des réformes notables. Cependant, à force de manipuler son monde, jusqu’à Staline lui-même, il finit par sous-estimer ses rivaux.

En août 1938, nommé premier directeur adjoint de la police secrète, Beria arriva donc à Moscou. On alloua à sa famille un appartement dans le célèbre immeuble de la Nomenclature, quai de la Moskova. Mais Staline proposa plutôt au nouveau venu une belle résidence aristocratique. Ce charmant hôtel particulier, caché sous les arbres centenaires en plein cœur de Moscou, suscite encore bien des rumeurs. Depuis que Beria s'y était installé en 1939, la maison était devenue pour les Moscovites « la demeure de Barbe-Bleue », tant les femmes redoutaient d'y être emmenées par la voiture noire qui arpentait la ville telle une ombre malfaisante.

Ces histoires paraissaient d'autant plus vraisemblables que plus tard, le successeur de Staline en étala les détails croustillants. Ces accusations concernant les viols de Beria se sont néanmoins révélées fausses ou exagérées. Il vivait dans cet hôtel particulier avec sa femme et son fils. Certes, il eut de nombreuses maîtresses mais, après l'enquête de la commission gouvernementale de réhabilitation des victimes du régime totalitaire, aucun viol n'a pu être prouvé. Selon le président de cette commission, Alexandre Yakovlev, ces dernières ont même unanimement affirmé que l'ancien bras droit de Staline avait été « un bon amant ».

Né en 1899 en Géorgie, ce jeune Méridional dut fuir son village natal où son père officiel, un paysan aisé, avait eu des démêlés avec la police du tsar. Il était en réalité le fils illégitime d'un propriétaire foncier abkhaze.

À dix-sept ans, il commença des études d'architecture à Bakou. Cette ville cosmopolite, située sur les bords de la mer Caspienne, était non seulement un centre pétrolier mais aussi le carrefour d'un métissage culturel. Les premiers contacts de Beria avec la social-démocratie remontent à cette période.

Déjà recherché en 1915 par la police tsariste, Beria rencontra son compatriote Staline qui menait de longue date une action révolutionnaire. Il obtint des armes et fomenta des troubles dans le Caucase. Durant la révolution de 1917, il conduisit avec brio un groupe armé et fut recruté par la Tcheka. En 1920, il pourchassa un temps les Russes blancs à Prague, puis à Paris, sous la fausse identité d'un colonel tsariste, Yemon Lidze.

Ainsi débuta la carrière de celui qui allait devenir le glaive du régime stalinien. En 1922, Beria eut l'occasion de donner toute la mesure de ses facultés en réprimant l'ultime tentative géorgienne de secouer le joug « bolchevique ». Cinq mille personnes furent passées par les armes. Le soulèvement écrasé, il fut nommé chef de la police politique locale, puis de toute la Transcaucasie jusqu'en 1931.

Les sommets du pouvoir

En cette année 1938, le chef de la police Ejov et son premier adjoint Beria mirent un point d'honneur à montrer qu'ils étaient amis. Cependant, ce dernier ne tarda pas à critiquer le travail de son supérieur et utilisa les fredaines de sa femme pour mieux l'anéantir[1].

Toujours en quête de célébrités, Mme Ejov avait entamé une liaison avec Cholokhov, l'un des romanciers favoris du dictateur et futur prix Nobel de littérature. Beria fit poser des écoutes dans la chambre d'hôtel de l'écrivain (le rapport de police ne fera grâce d'aucun détail). Comprenant qu'il était suivi, le célèbre auteur se plaignit à Staline. Le dictateur enjoignit alors au chef de la police de présenter ses excuses à l'homme de lettres. Humilié, Ejov demanda le divorce en septembre. Peine perdue : sa frivole épouse se suicida.

Le face-à-face feutré entre le patron des services secrets et son adjoint dura jusqu'au jour où un officier d'ordonnance chercha vainement Ejov, car il avait besoin de sa signature. Suivant les conseils perfides

1. Son rôle sera fatal, car la majorité de ses amants seront exécutés, notamment l'écrivain Isaac Babel.

de Beria, l'agent se rendit à la résidence du patron de la police secrète où il trouva celui-ci « sérieusement malade, en d'autres termes intoxiqué par une nuit entière de beuverie ». Staline stigmatisa aussitôt de nouveaux « dysfonctionnements très graves » dans le travail des services secrets. Affolé, Ejov se précipita alors dans le bureau du dictateur, mais ses tentatives de justification furent vaines : Staline voulait sa peau. Après l'avoir fustigé, le dictateur ôta la photo d'Ejov du mur de son bureau où s'alignaient les portraits des dignitaires du régime.

Celui-ci comprit le message. « Je suis fichu ! » sanglota-t-il. Il continua cependant à exécuter des prisonniers qui pourraient se retourner contre lui. Puis, de guerre lasse, le bourreau présenta sa démission. Staline l'accepta[1].

Beria avait obtenu ce qu'il voulait. Il paradait désormais fièrement dans son uniforme bleu de premier commissaire à la Sécurité d'État. Toutefois, Staline fut suffisamment prudent pour ne pas laisser totalement les rênes à Beria et nomma son garde du corps chef de la première branche de la Sécurité d'État, c'est-à-dire de sa garde personnelle.

À l'époque, le Tsar Rouge apparaissait rarement en public et laissait propager des bruits selon lesquels il ignorait ce que faisait la police politique. « On cache tout à Staline », disait naïvement l'homme de la rue. Il signa même – comble de l'hypocrisie – un rapport dans

1. Son statut resta néanmoins ambigu puisqu'il conserva ses postes de secrétaire du Comité central, de commissaire aux Transports par voies d'eau et de membre suppléant du Politburo.

lequel il déclarait avoir voulu garder ses distances vis-à-vis de la politique de la terreur. Cette manipulation visait évidemment à imputer les excès des purges aux autres.

En février et mars 1939, Beria continua à superviser les exécutions des prisonniers importants. Mais il suggéra bientôt à Staline d'interrompre momentanément l'épuration, « sans quoi il n'y aurait bientôt plus personne à arrêter ».

Beria jouissait avec délectation de son pouvoir de vie ou de mort sur autrui[1].

Pendant ce temps, le chef déchu de la police vivait tel un fantôme, traversant la même épreuve que ses victimes. Ejov se consolait en s'adonnant à des orgies. Il invitait souvent deux de ses vieux amis de jeunesse et se livrait « à la débauche avec des jeunes filles amenées par ses neveux, avant de retourner à des amours homosexuelles ».

---

1. Il convoqua un jour dans son bureau la ravissante veuve du leader « bolchevique » assassiné, Boukharine.

Larina Boukharine, qui n'avait que vingt-quatre ans, s'était montrée un peu trop bavarde auprès de quelques oreilles compatissantes (elle raconta cette scène dans *Boukharine, ma passion*, Gallimard, 1990).

– Je dois vous dire que vous êtes encore plus gracieuse que la dernière fois que je vous ai vue, lui dit Beria. Vous l'avez échappé belle, car mon prédécesseur vous aurait certainement exécutée.

Puis il cessa de flirter.

– Vous voulez rester en vie ? Si vous ne vous taisez pas, voilà ce qui vous attend !

Beria mit deux doigts sur la tempe.

– Alors, vous promettez de la boucler ?

Comprenant que Beria voulait lui sauver la vie, la jeune femme promit…

Staline fit enfin arrêter Ejov et lui proposa un marché : s'il avouait au procès, la vie sauve lui serait accordée. Mais celui-ci refusa.

Il fut donc jugé en février 1940. Le chef maudit lut à haute voix sa dernière déclaration dans laquelle il rejetait toutes les accusations d'espionnage. Le lendemain, Staline conclut : « Je crois que nous avons réussi à nous débarrasser du boulet de l'opposition. Il nous faut maintenant des forces vives, des hommes nouveaux. »

Cette période fut, si l'on peut dire, celle d'une relative « normalisation » de la répression. Mais, si les arrestations diminuèrent, il ne fut pas question de renoncer au goulag.

Pendant des années, tous ces « génocides sociaux » furent occultés par les héritiers de Staline. Cependant, les documents sur les mécanismes de ces crimes contre l'humanité furent scrupuleusement conservés dans les archives du KGB, avec la mention « Strictement confidentiel. Délai de conservation : sans limite ». Après la chute de l'URSS, ils furent enfin déclassifiés.

L'art d'empoisonner

En cette période se développa également l'art d'empoisonner, une autre grande tradition des services secrets staliniens.

Le premier laboratoire de toxicologie, baptisé le « Cabinet spécial », fut créé dès 1921 sur ordre direct de Lénine. Sa tâche était de mettre au point de nouveaux poisons en testant leur efficacité sur des animaux. Fin 1938, cet établissement fut placé sous l'autorité d'un scientifique réputé[1] dont les recherches permirent de mettre au point divers poisons capables de tuer sans laisser de traces. Mais pendant la période stalinienne, les nouvelles préparations furent expérimentées sur des détenus. Beria autorisa en effet les expérimentations sur l'être humain[2]. Ainsi, jusqu'en 1945, des dizaines d'hommes et de femmes furent transformés en cobayes.

Modulable, le poison pouvait agir quelques minutes ou plusieurs heures. Si l'autopsie ne décelait pas de

1. Grigori Maïranovski, ancien responsable du laboratoire toxicologique de l'Institut national de médecine expérimentale. Sa lettre fut conservée dans les archives. Maïranovski attendait alors la mort dans une geôle. Espérant sauver sa peau, il affirma avoir mis au point un poison révolutionnaire qui entraînait la mort par simple inhalation.

2. Selon les témoignages recueillis par le journal *Moskovski Komsomolets*, 1er et 3 mars 1994.

causes externes au décès, le poison responsable, placé en lieu sûr, restait prêt à l'emploi.

Le général Wrangel, héros de l'Armée blanche, fut empoisonné à Bruxelles par son majordome dans sa propre maison, avec de la tuberculine introduite en cuisine dans son déjeuner.

Officiellement, ce laboratoire ultrasecret aurait cessé ses activités en 1963. Mais comme l'a affirmé la regrettée journaliste Anna Politkovskaïa, le KGB continuait à perfectionner non seulement les poisons, mais encore leurs modes d'ingestion. Selon un autre témoin, lui-même spécialiste en titre d'assassinats politiques, cet organisme se présenta sous l'appellation de « Laboratoire N° 12 de l'Institut des nouvelles technologies spéciales du KGB[1] ». Au dire de cet espion chevronné, le président de l'URSS, Gorbatchev lui-même, s'intéressa de près aux différentes manières de liquider les adversaires politiques utilisées dans le passé.

Quant à l'ex-agent Litvinenko (lui-même empoisonné), il affirma publiquement à plusieurs reprises que ce laboratoire était toujours en activité, désignant son adresse à Moscou, rue des Héros-Rouges. Selon ce dernier il existait « des indications précises » sur la mort par empoisonnement d'une vingtaine de personnalités de tout premier plan de l'époque stalinienne, notamment l'écrivain Gorki et surtout la veuve de Lénine. Staline ne portait guère cette femme dans son cœur. Il lui était même arrivé d'être si grossier avec elle que Lénine avait dû exiger des excuses. Pour rappeler à l'ordre la veuve

1. Pavel Soudoplatov, célèbre général du KGB des années 1960 à 1980. Voir *Missions spéciales*, Seuil, 1994. Hélène Blanc, *KGB connexion*, éditions Hors Commerce, 2004 ; et Arkadi Vaksberg, *Le Laboratoire des poisons*, Buchet-Chastel, 2007.

de son prédécesseur, le dictateur arguait en riant, avec son humour de cocher, qu'il pouvait nommer une nouvelle veuve de Lénine parmi les camarades de la vieille garde du Parti ! Il ne lui pardonna jamais ses velléités d'indépendance. Lorsque, le 26 février 1939, elle fêta ses soixante-dix ans, il lui fit porter un gâteau exceptionnel, très coloré, décoré de roses de crème Chantilly. Tout le monde partagea le dessert en laissant la plus grande rose à la veuve de Lénine. Le lendemain, elle mourut d'un « empoisonnement alimentaire ».

Décidément, la vie politique de la Russie comme celle de la défunte Union soviétique ont toujours été marquées par de sombres complots.

Un autre domaine de recherches de ce laboratoire de la police politique de Staline fut le fameux sérum de vérité, un produit chimique destiné à faire parler. Les progrès de la chimie du laboratoire des poisons lui donnèrent un nouvel essor.

Habituellement, ce produit était administré sans que le sujet s'en aperçoive. Il ne devait pas conduire à une habitude de consommation ou occasionner un danger médical ; ne pas laisser de traces ni le souvenir d'avoir été administré. Les travaux du laboratoire concernaient aussi une forme de drogue douce, à l'image de la marijuana, absorbée par le sujet dans sa nourriture ou inhalé en fumant des cigarettes[1].

1. Les services de Staline ont aussi successivement utilisé le vin (*in vino veritas*), le chloroforme puis la scopolamine, la morphine et autres hallucinogènes, ainsi que le Penthotal. Voir notamment le traitement infligé par les services secrets soviétiques au célèbre terroriste Savinkov dans mon livre *Paris-Saint-Pétersbourg*, Presses de la Renaissance, 2005.

Les idiots utiles

Staline faisait souvent les cent pas dans son bureau, la pipe à la main, savourant l'odeur sucrée de son tabac préféré, puis se dirigeait vers sa bibliothèque (qui comprenait vingt mille volumes). Il avait commencé à la constituer dans les années 1920. On y trouvait, fonction oblige, des œuvres de Marx, Lénine, mais aussi Wilde, Balzac, Hugo, Maupassant, Zola, les utopistes français ; Steinbeck et Hemingway, Thackeray et Goethe, et surtout les classiques russes comme Tolstoï, Tchekhov, Gogol, Pouchkine et Gorki.

« Si vous voulez connaître les gens que vous fréquentez, répétait le dictateur, renseignez-vous sur leurs lectures ! »

Lecteur assidu, le Tsar Rouge mémorisait des citations, prenait des notes, laissant ses gloses dans des livres d'Anatole France, par exemple, ou dans l'*Histoire de la Grèce antique*.

Parmi les ouvrages de sa bibliothèque (que j'eus la possibilité de consulter), j'ai pu retrouver ses favoris, grâce aux pages annotées ou parfois écornées. Ainsi ai-je pu remarquer, entre autres, un livre sur l'Histoire religieuse et la vie de Jésus, et même un manuel de magie noire. Derrière le matérialisme de Staline se cachait donc aussi la tradition irrationnelle.

Le dictateur aimait citer la Bible, Tchekhov, Napoléon, Bismarck ou Talleyrand. Il appréciait également beaucoup la musique, les chants caucasiens, Tchaïkovski et Mozart, surtout leurs concertos pour piano.

Passionné de cinéma, le dictateur possédait une cinémathèque impressionnante. Toutes ses datchas étaient équipées d'une salle de projection. Raffolant des westerns et des films policiers américains, c'était un inconditionnel de Spencer Tracy et de Clark Gable.

À l'époque, l'attirance qu'exerçait Staline sur les écrivains étrangers fut à son apogée. Plusieurs d'entre eux furent reçus au Kremlin. Si Gide revint désenchanté de son voyage en Union soviétique en 1936, Romain Rolland, l'année précédente, vit en Staline « non pas un chef de type charismatique », mais « une figure de la raison ». L'URSS lui était alors apparue comme « un vaste pays où, sous la direction d'un Guide éclairé, un régime a repris le flambeau de la Révolution française : régénérer l'homme ».

À mille lieues de ces considérations exaltées, le dictateur voyait en ces écrivains des agents d'influence, c'est-à-dire des personnes qui tiraient profit de leur position personnelle, de l'influence et de l'autorité qu'elles exerçaient, de la confiance qu'elles inspiraient pour favoriser l'URSS. Ainsi les appelait-il « mes contacts confidentiels ». L'organisation méthodique de ces réseaux d'influence remonte, une fois encore, à l'origine du régime soviétique et à son fondateur, Lénine, qui mesurait parfaitement tout l'intérêt de ceux qu'il qualifiait d'« idiots utiles ».

Cet envoûtement étant alors partagé par quelques grands noms de la littérature russe, Staline réussit plusieurs opérations importantes de manipulation idéologique, mystifiant et forçant à la collaboration quelques écrivains et artistes de première importance[1].

1. Le dictateur recevait régulièrement des notes des services secrets rapportant les paroles des écrivains et leur état d'esprit. Il annota par exemple un tract anonyme intercepté, adressé par un « groupe d'écrivains » aux invités étrangers, parmi lesquels se trouvaient Louis Aragon et André Malraux. On pouvait y lire : « Notre pays se trouve depuis dix-sept ans dans une situation où il est absolument exclu de s'exprimer librement. Nous, écrivains russes, sommes comme des prostituées dans une maison close. »

L'habitant du ciel

Le grand poète Boris Pasternak suscita également l'intérêt du dictateur…

La terreur avait entraîné chez le poète une grave crise psychologique. « Le malheur est si terrible, écrivit-il à sa femme, qu'il n'entre pas dans le champ de la conscience et demeure comme une abstraction. »

Bien qu'il pressentît toute l'ampleur de la tragédie, il espérait encore, comme beaucoup de ses compatriotes, que la terreur cesserait. Mais en ce qui le concernait, ses illusions étaient aussi dues aux étranges rapports qui le liaient à Staline.

Amateur de revues littéraires, le Tsar Rouge connaissait bien le nom de Pasternak[1]. Staline l'avait très certainement remarqué. En outre, il était sensible au fait que celui-ci se soit intéressé à la poésie de sa Géorgie natale. Le chef du Kremlin n'avait pas oublié non plus les mots écrits par le poète à l'occasion de la disparition de sa femme. En effet, en 1932, l'Union des écrivains avait envoyé des condoléances officielles au dictateur.

1. D'ailleurs, sous le régime soviétique, Pasternak fut l'un des premiers à poser explicitement le problème des relations « du poète et du tsar » dans la tradition de la littérature russe du XIXe siècle.

Touché par cette mort, Pasternak y avait ajouté quelques lignes de sa main : « Je m'associe aux sentiments des camarades. La veille, j'avais profondément et intensément pensé à Staline ; pour la première fois en artiste. Le matin, je lisais la nouvelle. Je suis bouleversé comme si j'avais été là, comme si je l'avais vécu et vu. »

Cette phrase avait-elle fait surgir une peur superstitieuse dans l'esprit de Staline qui connaissait bien cette sensibilité aux envoûtements (familière aux tsars de la Russie éternelle qui s'entouraient de devins et de guérisseurs) ?

Au printemps de 1934, le Tsar Rouge téléphona d'une manière impromptue à Pasternak pour lui demander son avis sur le talent d'un autre grand poète. Mandelstam, récemment arrêté[1].

---

1. Après avoir récité des vers antistaliniens devant une demi-douzaine d'amis, il fut dénoncé par l'un d'eux. La police secrète fit évidemment parvenir ce texte au maître du Kremlin :

> « Nous vivons accablés et las
> À dix pas nos propos ne sont pas entendus
> Mais surgit dans le moindre entretien
> L'ombre du montagnard du Kremlin.
> Ses gros doigts sortent pareils à d'ignobles vers gras ;
> Infaillibles, ses mots pèsent comme des poids ;
> Ses moustaches de cancrelat rient,
> Et ses bottes de cuir luisant brillent… »
> Extrait du poème *Le Montagnard du Kremlin.*

À l'époque, même l'intrépide épouse de Mandelstam disait que ces vers étaient un suicide.

Staline prit aussitôt des dispositions à son égard : « L'isoler, mais le préserver. » Autrement dit, ne pas l'éliminer dans l'immédiat. Mandelstam fut donc envoyé pour trois ans en exil dans un trou perdu de l'Oural. Il mourra en 1938 lors d'un transfert dans un camp du Grand Nord.

– En fait, nous n'avons jamais été amis, répondit le poète. Plutôt l'inverse. Sa fréquentation me pesait. Mais j'ai toujours souhaité vous parler (selon une autre version, Pasternak aurait ajouté « de la vie et de la mort »).

– Nous autres, les bolcheviques de la vieille école, nous ne renions jamais nos amis, répondit laconiquement le dictateur[1].

C'était un procédé bien rodé. Pris de court, troublé, Pasternak fut trompé par Staline… Il avait atteint son but en laissant son interlocuteur déconcerté. Le poète revivra d'ailleurs jusqu'à la fin de ses jours cette conversation mystérieuse avec le Guide, pesant et soupesant chacune de ses répliques.

Étrangement, Pasternak évita la prison. Chaque fois que l'on proposait à Staline de l'arrêter comme tant d'autres écrivains, « l'Homme d'acier » coupait court à ces inquisitions en déclarant : « Laissez tranquille cet habitant du Ciel ! »

Pasternak, ce génie de l'intuition, avait sans nul doute pressenti le lien psychologique qui s'était établi entre le dictateur et lui. Le poète fit tout ce qu'il put pour le renforcer et le rendre durable. Ainsi déclarait-il dans une lettre écrite en 1935 à Staline : « Je me soumets à quelque chose de mystérieux qui, en plus de ce

---

1. En vérité, il existe en effet plusieurs versions très différentes de ce célèbre dialogue, qui toutes remontent au récit oral qu'en fit Pasternak lui-même. Il n'a visiblement pas voulu en laisser un témoignage écrit définitif. La version la plus exacte est sans doute celle d'un ami de Pasternak qui dînait chez le poète quand, vers le milieu de l'après-midi, le téléphone se mit à sonner avec insistance. Pasternak décrocha, et on lui dicta le numéro auquel il devait joindre Staline au Kremlin. Il pâlit et fit le numéro.

que tout le monde comprend et partage, m'attache à vous. » (On appellerait cela de nos jours être atteint du syndrome de Stockholm.)

À cette époque, le poète vit d'ailleurs ses conditions de vie s'améliorer et put s'installer avec sa nouvelle épouse dans un petit appartement du vieux quartier marchand de Moscou. Le couple bénéficia aussi du droit d'occuper une datcha.

Pasternak faisait désormais partie des écrivains privilégiés à qui l'on octroyait pour un prix symbolique la possibilité d'être logé au cœur des pins et des bouleaux dans un petit village, Peredelkino, situé à vingt kilomètres à l'ouest de la capitale. Sur l'initiative de Staline, la construction des datchas y avait commencé en 1934. Cet ensemble de maisons de bois assez cossues s'étendait depuis le village traditionnel de paysans. Il était destiné à l'élite urbaine intellectuelle du pays qui y menait une vie simple rythmée par les saisons.

Au printemps, Pasternak se mettait en caleçon pour travailler au jardin, puis avant de déjeuner il prenait une douche froide. Il dégustait les mets délicieux préparés par son épouse et allait se reposer une heure avant d'écrire. Un éden à la russe, une sorte de paradis en pleine terreur. Pasternak ne pouvait pas se passer de l'ambiance feutrée et joyeuse créée par sa femme. Il avait un sincère respect pour son aptitude à organiser et maintenir la vie de tous les jours. Zinaïda était devenue muse à part entière. Dans sa jeunesse, elle avait joué à quatre mains avec Vladimir Horowitz, mais ne semblait pas regretter de n'être pas devenue pianiste professionnelle. Cette égérie par excellence admirait le génie de son mari. Elle aimait être celle qui suscitait le désir de créer : l'Inspiratrice. Pasternak lui fit cette déclaration touchante : « Toi et moi sommes un. » Comme il l'avait écrit dans son essai autobiographique *Sauf-conduit* : « Une sorte de “moi c'est toi” d'une absolue perfection les lie désormais par tous les liens imaginables et, dans un mouvement empli de fierté, de jeunesse et d'épuisement, frappe une médaille à leurs profils superposés… »

Durant l'été 1938, Pasternak fit une traduction de *Hamlet* qui allait très vite être appréciée à travers tout le pays.

Dans le « village des hommes de lettres », les amis se retrouvaient pour se baigner dans le lac, puis se réunissaient le soir dans la grande datcha de six pièces des Pasternak.

Celui-ci gardait néanmoins ses distances avec ses confrères de l'Union des écrivains soviétiques. Cette année fut terrible, de plus en plus d'amis disparaissaient sur la route de la mort. Au cours des grands procès de Moscou, l'Union des écrivains lui demanda de signer une lettre approuvant la condamnation de plusieurs généraux. Pasternak refusa avec courage, alléguant qu'il n'était pas apte à décider de la vie ou de la mort d'autrui. Tout le monde s'attendait à l'arrestation imminente du poète pour cet acte d'opposition, mais rien de tel ne se produisit. En effet, les dirigeants de l'Union – pour éviter le scandale d'un refus – laissèrent entendre que l'écrivain avait signé le document. Ainsi Pasternak échappa-t-il au courroux de la police secrète. Ce geste, comme ses poèmes, définissait tout entier cet « habitant du Ciel » qui cherchait à s'évader de son époque : « Tant que je fumais en compagnie de Hamlet, tant que je buvais avec Edgar Poe. »

Il n'était cependant pas encore totalement dégagé des illusions de sa jeunesse à propos de la révolution, et subissait l'étrange influence maléfique de Staline. Cette décennie de terreur l'avait rendu malade, physiquement et moralement. Sa femme tentait de le sortir de cette torpeur et créait toutes les conditions nécessaires pour qu'il puisse travailler à son grand roman…

Dans les années 1937-1939, les cartes de rationnement furent supprimées, on adopta une nouvelle Constitution, la célébration du Nouvel An, interdite depuis 1929, était de nouveau autorisée. Chacun s'efforçait de garder espoir et de déceler des indices réels ou imaginaires de l'évolution du régime…

En attendant, les écrivains, les historiens et les peintres furent mis au service de cette nouvelle imagerie stalinienne. Les maîtres de la seule peinture autorisée présentèrent alors le Tsar Rouge au premier plan des événements les plus importants, dans une suite ininterrompue d'images d'Épinal à la soviétique, sur lesquelles le dictateur omniprésent apparaissait éternellement jeune. Un tableau reproduit en milliers d'exemplaires montre Lénine assis dans un fauteuil. Auprès de lui, un second siège, vide, préparé pour recevoir Staline. Une autre œuvre emblématique représente le retour des délégations qui assistèrent à la fête au Kremlin. Les visages sont heureux, les attitudes expriment le bonheur.

L'icône du dictateur ne devait souffrir d'aucun flou risquant de suggérer une imperfection. L'artiste devait clairement faire passer le message. Mais cette obsession de la précision figeait le portrait, lui ôtant toute expression. Ce souhait de netteté était tout à fait symptomatique pour ce régime qui refusait l'imprévisible, tant dans l'art que dans le domaine politique.

Réconforté par cette propagande[1], débarrassé de l'opposition et appuyé par ceux qu'il appelait des « hommes nouveaux », Staline lança le compte à rebours vers la guerre et le renversement des alliances. En même temps, Staline a chargé ses espions chevronnés de faire assassiner son éternel rival Léon Trotski exilé au Mexique.

1. Voir *Les Logiques totalitaires en Europe, op. cit.*

Le pacte avec le Diable

En 1938, après l'annexion de l'Autriche au mois de mars, les armées du Reich occupèrent la région des Sudètes, en Tchécoslovaquie, avec la bénédiction des démocraties occidentales. L'Allemagne nazie apparaissait alors aux yeux de certains comme le seul bouclier face au danger « bolchevique ».

Ainsi à la conférence de Munich, en septembre – réunion à laquelle Staline ne fut pas convié –, Hitler, Mussolini, Chamberlain et Daladier entérinèrent le démantèlement de l'État tchécoslovaque au profit de l'Allemagne. « À Munich, écrira Churchill, nous avions le choix entre la honte et la guerre ; nous avons choisi la honte et nous allons avoir la guerre. »

Ce marché de dupes eut également pour conséquence de jeter directement Staline dans les bras d'Hitler.

Les négociations du Kremlin avec les Anglais et les Français s'étaient poursuivies depuis le mois de mars 1939. Durant tout ce temps, en dépit d'une invitation soviétique adressée à Londres, le cabinet britannique n'avait pas jugé utile d'envoyer un ministre à Moscou[1].

1. Les Anglais s'abstinrent aussi, ainsi que les Français, d'intégrer le chef d'état-major ou les généraux les plus importants dans la mission militaire dépêchée pour continuer les discussions, à présent que l'accord avait abouti sur le terrain politique.

Pour Staline « une partie de poker à trois » commençait. (Les joueurs étant évidemment Hitler, la Grande-Bretagne, la France, et Staline lui-même.)

Le maître du Kremlin était intimement persuadé que chacun des protagonistes essayait d'encourager les deux autres à se démolir mutuellement afin de sortir victorieux du jeu et de rafler la mise. Et après Munich, il était plus que jamais convaincu que les Occidentaux ne bougeraient pas en cas d'attaque nazie contre l'URSS, le Tsar Rouge s'efforça de s'arranger avec Hitler, afin de prendre de vitesse Paris et Londres.

Le 26 juillet 1939, le chef allemand des négociateurs économiques, Karl Schnurre, emmena le chargé d'affaires soviétique dîner dans un grand restaurant de Berlin. Sur instruction de Ribbentrop, il tint un discours direct et cynique que le dictateur du Kremlin allait être prompt à comprendre :

« Qu'est-ce que l'Angleterre a à offrir à la Russie? Au mieux une participation à une guerre européenne et l'hostilité de l'Allemagne. De notre côté, qu'avons-nous à offrir? La neutralité et votre maintien à l'écart d'un éventuel conflit européen. »

Il ajouta qu'en dépit de leurs différences idéologiques, l'Allemagne et l'Union soviétique avaient une chose en commun : leur opposition aux démocraties capitalistes…

Cette réunion cruciale aboutit à un accord économique signé le 19 août 1939, prévoyant un échange de biens manufacturés allemands contre des matières premières soviétiques.

Staline peaufina ensuite lui-même la tactique à suivre en vue d'un pacte entre les deux puissances.

Quand Ribbentrop avait offert en août de venir à Moscou, le Tsar Rouge s'était placé dans la position d'arbitre, faisant monter les enchères des deux camps, avant de décider lequel choisir.

En repoussant la date de l'arrivée du ministre allemand et la signature finale du pacte, le Tsar Rouge pouvait exploiter l'inquiétude d'Hitler afin d'obtenir le maximum de concessions, s'assurant du même coup qu'il n'y aurait pas un accord de dernière minute conclu avec les Anglais et les Français pour marginaliser la Russie soviétique comme à Munich.

Pendant ce temps, Staline ordonna à son assistant de trouver les documents disponibles sur Hitler et le mouvement nazi. Outre deux livres traduits en russe[1] et les rapports des services de renseignement soviétiques sur l'importance des forces armées allemandes, Staline parcourut aussi *Mein Kampf*, soulignant les passages dans lesquels Hitler parlait de son objectif à long terme : assurer l'avenir de l'Allemagne en acquérant un espace vital à l'Est, aux dépens de la Russie… Staline nota également que le Führer écrivait pourtant en 1913 : « Les mots ne doivent avoir aucun rapport avec les actes. Autrement, est-ce de la diplomatie ? Les mots sont une chose, les actes en sont une autre. Les bonnes paroles sont un masque pour dissimuler des actions mauvaises. II n'y a pas plus de diplomatie sincère que d'eau sèche ou de fer en bois ! »

Fidèle à ce précepte, Hitler trouva le sésame pour ouvrir les portes du Kremlin, en écrivant une lettre per-

1. *A History of National Socialism* de Konrad Heiden, traduit en 1935, et *Germany Arms* de Dorothy Woodman.

sonnelle à Staline. « Je suis convaincu que l'essentiel du protocole additionnel souhaité par l'Union soviétique peut être mis au point dans les délais les plus brefs si un homme d'État allemand responsable peut venir lui-même à Moscou pour négocier... Je propose donc une nouvelle fois que vous receviez mon ministre des Affaires étrangères le 22 août ou au plus tard le 23. Il aura pleins pouvoirs pour rédiger et signer le pacte ainsi que le protocole... Je serais heureux de recevoir votre réponse rapidement. Adolf Hitler. »

Le fait qu'Hitler fût prêt à mettre son prestige en jeu convainquit définitivement le dictateur du Kremlin qu'il était possible de « faire des affaires avec le Führer ».

Le lendemain, l'ambassadeur allemand télégraphiait la réponse de Staline :

« Au chancelier du Reich, Herr A. Hitler.

Je vous remercie de votre lettre. J'espère que le pacte de non-agression germano-soviétique marquera un tournant décisif pour l'amélioration des relations politiques entre nos deux pays...

Le gouvernement soviétique m'a autorisé à vous informer qu'il est d'accord pour l'arrivée de Herr Ribbentrop à Moscou le 23 août. »

L'arrivée de Ribbentrop fut annoncée le 21 août. Le « grand jeu » entre Staline et Hitler commençait.

La réunion au Kremlin eut lieu dans l'heure qui suivit l'arrivée du ministre allemand. Staline jugea le préambule ajouté au pacte par Ribbentrop « ampoulé et excessif ». En effet, cette déclaration d'amitié germano-soviétique était quelque peu saugrenue. « Alors qu'on s'est déversé pendant six ans des seaux d'ordures sur la tête, observa Staline, ils ne pouvaient s'attendre à ce que leurs peuples croient qu'ils avaient tout oublié et tout pardonné. L'opinion publique en Russie, et sans aucun doute aussi en Allemagne, devait être préparée lentement à ce changement. »

Ce qui intéressait davantage le chef du Kremlin était le protocole secret. Dans le cas d'une transformation territoriale et politique de l'Europe orientale, les Allemands proposaient de diviser la Pologne en deux « sphères d'intérêt » allemande et soviétique. En ce qui concernait les États baltes, les Allemands proposaient de laisser la Finlande et l'Estonie dans la sphère soviétique, et réclamaient pour eux la Lituanie élargie par l'inclusion de Vilnius, et la partition de la Lettonie.

Staline voulant toute la Lettonie, Ribbentrop télégraphia à Hitler qui, après avoir regardé un atlas, donna son accord. C'est ainsi, autour d'une table, que l'on s'accorda sans coup férir sur la quatrième partition de la Pologne. Le butin de Staline fut donc la récupération des parties de la Biélorussie et de l'Ukraine annexées par la Pologne en 1920, avec une solide portion de la Pologne ethnique ; plus trois des quatre États baltes perdus en 1917 et la Bessarabie, abandonnée à la Roumanie en 1918. Ce protocole fut traité comme strictement secret par les deux parties.

Le calcul de Staline était double, comme il le décréta le soir même à Molotov. Le premier avantage substantiel pour l'Union soviétique était la disparition de la Pologne. L'objectif consistait donc à obliger Hitler à attaquer la Pologne, afin de provoquer une guerre « entre les puissances capitalistes et les pays fascistes », dans l'espoir d'en tirer les bénéfices. Si, comme il l'augurait, l'Allemagne mettait la France et l'Angleterre exsangues au prix d'une longue guerre, elle serait ensuite trop faible pour déclencher une offensive contre l'URSS.

Par ailleurs, en cas de défaite nazie, le régime d'Hitler serait renversé par une révolution « bolchevique ». Dans les deux cas, Staline était gagnant... Avec le rapprochement de l'Allemagne et sa conséquence, le partage de la Pologne, le dictateur rouge s'inscrivait dans la droite ligne des grands tsars de la Russie éternelle.

Tandis qu'on préparait les textes pour la signature du pacte, Staline entraîna Ribbentrop dans le somptueux salon du Kremlin surchargé d'arrangements floraux. Staline leva son verre en l'honneur d'Hitler : « Je sais combien la nation allemande aime son Führer ; j'aimerais donc boire à sa santé. »

Autour d'une table garnie de porcelaine impériale, on servit un dîner de vingt-quatre plats, dont toutes sortes de caviar, arrosés de vodka et de champagne, puis l'on porta un toast en l'honneur de tous les invités. Le dictateur trinqua avec chacun d'entre eux. Avec un sourire ironique, il suggéra de lever son verre en l'honneur de Kaganovitch, seul Juif parmi les grands dirigeants soviétiques : « À notre commissaire du peuple chargé des chemins de fer ! » Le dictateur fit alors le tour de la table pour se rapprocher du commissaire, si bien que Ribbentrop dut le suivre et trinquer avec un Juif...

Le chef de la diplomatie nazie était si transporté qu'il déclara que les deux pays ne devraient jamais plus se combattre. « C'est ce qu'on espère... », rétorqua Staline, lucide.

Les cartes secrètes furent enfin prêtes à l'aube. D'excellente humeur, Staline y apposa sa large signature au crayon bleu, concluant ainsi son pacte avec le Diable. Le soir même, le dictateur du Kremlin disait à Molotov : « Peut-être avons-nous gagné deux ou trois ans de paix... »

Les protagonistes de ce pacte n'étaient en effet pas dupes, ils savaient que tôt ou tard la guerre éclaterait. En attendant, ils gagnaient du temps.

Le pacte germano-soviétique permit à l'Allemagne d'attaquer la Pologne le 1er septembre 1939, sans crainte d'une intervention soviétique. Le 3 septembre, la Grande-Bretagne et la France, qui s'étaient engagées à protéger les frontières de la Pologne, déclaraient la guerre à l'Allemagne.

Après l'attaque hitlérienne, Staline attendit le 17 septembre pour porter ses coups contre la partie orientale de ce pays. Dès le 28 septembre, un nouvel accord sur l'amitié germano-soviétique fut signé, scellant le partage de la Pologne.

Le Tsar Rouge commença donc la Seconde Guerre mondiale en septembre 1939, en tant qu'allié de l'Allemagne nazie, par l'occupation de sa part de la Pologne. Il la poursuivit par la guerre avec la Finlande et les annexions des États baltes et de la Bessarabie.

Les deux régimes totalitaires ayant mis en avant leurs critères : raciaux pour les nazis, critères de classes pour les Soviétiques, chacun y gagna donc. L'Allemagne nazie un peu plus cependant, puisqu'elle pouvait rapatrier des divisions sur le front ouest sans craindre une attaque dans le dos de la part de Staline.

Mais Hitler considérait exclusivement le pacte de non-agression germano-soviétique comme une manœuvre tactique. Et le 18 décembre déjà, le Führer signait la Directive 21 (du nom de code « Opération Barbarossa »), premier ordre opérationnel d'invasion de l'Union soviétique : « Les forces armées allemandes doivent être prêtes à écraser la Russie soviétique en une campagne rapide avant même la conclusion de la guerre contre l'Angleterre… Les préparatifs doivent être terminés le 15 mai 1941… »

Pourquoi le Kremlin ignorait-il cette nouvelle donne ? À l'époque, pourtant, la pénétration de l'Occident par les services secrets soviétiques était à son apogée. En effet, des documents ultrasecrets de l'Occident arrivaient souvent chez Staline avant même que le président américain ou le Premier ministre britannique en aient pris connaissance !

Depuis l'invasion allemande de l'Europe occidentale, une centaine de messages avait été transmis à Moscou, prévenant l'imminence de l'offensive allemande contre l'URSS[1]. Churchill lui-même avait transmis des avertissements répétés. Le 3 avril 1941, il envoya au Kremlin un message personnel à Staline pour lui faire savoir qu'il tenait, de source sûre, la certitude que l'Allemagne attaquerait la Russie à la mi-juin. Mais Staline ne répondit pas. Les Anglais insistèrent alors par télégramme : même mutisme du dictateur soviétique.

Staline, convaincu qu'il s'agissait là d'une désinformation propagée par l'Angleterre, se contenta de mettre ces messages alarmants de côté sans même en aviser son chef d'état-major.

À la vérité, pour le chef du Kremlin, les démocraties occidentales étaient pareillement sinon plus dangereuses que l'Allemagne nazie. « Je les ai vues intervenir durant la guerre civile ! » grommelait-il. Il semblait toujours convaincu que l'Occident, loin d'avoir l'intention d'arrêter les nazis, souhaitait au contraire

1. Les agents de l'Orchestre rouge, organisation camouflée à Bruxelles et à Paris sous l'apparence d'une société commerciale, avaient dix fois confirmé ces messages !

leur laisser les mains libres pour détruire la Russie soviétique.

En avril 1941, pensant encore se préserver de la guerre, le Tsar Rouge signa un pacte de non-agression avec le Japon, tandis qu'au sein même du pouvoir moscovite, il renforçait ses prérogatives en se faisant nommer président du Conseil des commissaires du peuple, à la place de Molotov.

Il cumulait désormais toutes les fonctions. À la fois chef du Parti et principal responsable du gouvernement, il décidait à tous les échelons.

Inlassablement, Staline répétait : « Vous devriez comprendre que l'Allemagne n'attaquera jamais à elle seule la Russie. » Il fit néanmoins libérer onze mille cent soixante-dix-huit officiers expérimentés victimes des purges. Le dictateur demanda à l'un d'entre eux qui n'avait plus d'ongles[1] :

– On t'a torturé en prison ?

– Oui, camarade Staline.

– Il y a eu vraiment trop de béni-oui-oui dans ce pays, soupira le dictateur.

Toujours prudent, Beria, le chef de la police secrète, faisait signer les documents par son adjoint et envoyait un rapport quotidien à Staline. Il est vrai que le dictateur se trouvait face à une avalanche d'informations. Le 16 juin, un nouveau message confirma que les nazis avaient décidé d'attaquer. L'information venait de l'agent soviétique Starchina, infiltré au quartier général de l'aviation allemande.

– Dites à cette source d'aller se faire foutre ! vociféra le dictateur.

1. Le futur maréchal Konstantin Rokossovski.

Deux jours plus tard, les chefs militaires pressèrent le Tsar Rouge de mettre les troupes en état d'alerte maximale. Rien n'y fit. Pendant les trois heures que dura la réunion il tapota nerveusement sa pipe sur la table.

Finalement, le 20 juin 1941, l'ambassadeur soviétique à Berlin avertit que l'attaque était imminente. Qualifiant encore cette nouvelle de « désinformation », Staline se borna à traiter le diplomate d'imbécile. Sa dualité le poussa cependant à demander quand même au commandant de Moscou : « Où en sont nos équipes de défense antiaérienne à Moscou ? Qu'elles soient prêtes à combattre. »

La guerre

Le 22 juin, le dictateur rentra se coucher à deux heures du matin. Un peu plus tard, le chef d'état-major, Joukov, téléphonait à la datcha.

– Passez-moi le camarade Staline s'il vous plaît. C'est urgent.

– Maintenant ? Mais il dort.

– Réveillez-le immédiatement. Les Allemands bombardent nos villes.

Trois minutes plus tard, le dictateur prenait le combiné. Joukov lui expliqua la situation et lui demanda l'autorisation de contre-attaquer. Un silence suivit, pendant lequel il entendait le souffle de son auguste interlocuteur.

Les espions avaient donc eu raison : Hitler avait lancé l'« Opération Barbarossa ». Staline regagna le Kremlin sur-le-champ.

Ainsi, en ce 22 juin 1941, s'engagea l'affrontement armé entre les deux grands régimes totalitaires de l'Europe.

Malgré le désaveu de ses généraux et sans la moindre déclaration de guerre, Hitler avait ouvert un grand front à l'Est. À trois heures du matin, plus de cent cinquante divisions, six cent mille pièces d'artillerie et près de trois mille avions allemands, renforcés par des troupes hongroises et slovaques, ouvrirent – selon la formule d'Hitler – « le bal militaire contre l'URSS ».

La situation était effectivement tragique. Le jour même du déclenchement de l'opération, plus de sept cents avions soviétiques furent détruits. Surprise, désorganisée, affaiblie par les purges, l'Armée rouge fut incapable d'opposer une résistance sérieuse. En effet, les principaux officiers – les plus entraînés et expérimentés – avaient été assassinés.

En ce funeste 22 juin, Staline réunit le Bureau politique à cinq heures quarante-cinq. Assis à la grande table recouverte de feutre vert, il ne paraissait pas accablé, il était juste « pâle, sa pipe à la main ». Il parla comme à son habitude, calmement, choisissant soigneusement ses mots, sa voix parfois se brisait : le Tsar Rouge persistait à croire à un scénario invraisemblable, une « provocation des officiers prussiens », soutenant qu'un complot s'était ourdi dans le haut commandement allemand contre le Führer. « Hitler n'est pas au courant, c'est clair », marmottait-il, refusant encore de contre-attaquer avant d'avoir reçu un message officiel du dictateur nazi. Quelques minutes plus tard, Molotov annonçait : « L'Allemagne vient de nous déclarer la guerre ! »

En sa qualité de chef de la diplomatie soviétique, Molotov venait en effet de recevoir l'ambassadeur d'Allemagne. Celui-ci avait affirmé que la concentration des forces soviétiques avait contraint le Reich à prendre des « mesures militaires adéquates ».

– Est-ce une déclaration de guerre ? lui demanda Molotov soudain désemparé. Puis, se ressaisissant il ajouta :

– C'est une trahison sans précédent dans l'Histoire ! Nous n'avons pas mérité cela.

Apprenant cette nouvelle, Staline resta un moment sans réaction, perdu dans ses pensées. Un long et pesant silence suivit.

Cette fois-ci, le Tsar Rouge sembla dépité. En définitive, il pensait encore que le problème pouvait se résoudre « par la voie diplomatique ».

– Non ! rétorqua Molotov plus lucide. C'est la guerre et on ne peut rien à cet état de fait.

Tel un automate, le dictateur continua à donner de nombreuses instructions sans grand rapport avec le désastre militaire ambiant. En effet, l'avancée allemande était spectaculaire et sur les lignes de front, c'était le chaos. L'objectif d'Hitler était d'établir rapidement une ligne de défense contre la Russie asiatique, allant de la Volga à Arkhangelsk.

Le temps pressait : il fallait au moins annoncer la terrible nouvelle à la radio.

– Que Molotov le fasse, dit prestement Staline.

Si le chef du Kremlin fut le véritable auteur du discours, Molotov y ajouta cette formule emblématique : « Notre cause est juste. Nous battrons l'ennemi, et la victoire sera entre nos mains ! »

De nouveau à son bureau le lendemain, le 23 juin, à trois heures vingt, Staline fut rejoint par les trois hommes qui allaient constamment l'accompagner durant la guerre : Malenkov, Molotov et Beria. (Ce dernier fut incontestablement le plus actif du trio.) Au début, il dirigeait prioritairement le service spécial chargé de dénicher les traîtres dans chaque unité militaire. (Aussi rencontrera-t-il Staline pas moins de quinze fois durant la première semaine du conflit.) Puis cet organisateur hors pair se vit confier l'exploitation des richesses minérales du Grand Nord, la direction des industries de guerre et enfin le contrôle de l'énergie atomique… Durant toute la guerre, il fut le collaborateur le plus fiable du dictateur qui, dès les premières minutes du conflit, ordonna aux sections spéciales de ne montrer aucune indulgence.

Une de ses premières victimes fut un général, Pavlov, tenu responsable du désastre à la frontière occidentale. Il fut arrêté pour haute trahison. Staline déclara alors : « Son exécution améliorera certainement la situation sur le front. Il ne faut pas que le procès traîne en longueur. Pas d'appel. Et ensuite, que les soldats du front soient informés du verdict. Ils comprendront qu'il n'y a pas de pitié pour les défaitistes. »

Durant les premiers jours de la guerre, le dictateur laissa quand même apparaître son inquiétude en téléphonant à sa belle-sœur favorite, Genia, qu'il n'avait pas vue depuis qu'elle s'était remariée à la fin des années 1930. Il lui confia : « La guerre sera longue. Il y aura beaucoup de morts. S'il te plaît, emmène ma fille dans le Sud. » Mais la jeune femme refusa. Elle tenait absolument à rester avec son époux. Staline, furieux, raccrocha brusquement. Il ne la revit plus jamais.

À la fin du mois de juin, les Allemands, qui avaient opéré une nouvelle percée de cinq cents kilomètres, prirent Minsk, capitale de la Biélorussie.

Le 28 juin au soir – selon le témoignage du maréchal Joukov – Staline travailla jusqu'à deux heures quarante du matin. La situation frôlait la catastrophe absolue, les derniers revers de l'Armée rouge ouvraient aux Allemands la route vers Moscou, et pas de nouvelles du front.

En proie à une vive inquiétude, après trois heures de sommeil, le dictateur se précipita au commissariat à la Défense, accompagné de Beria et de Molotov.

Le chef d'état-major, le général Joukov, qui avait temporairement perdu contact avec ses troupes, présenta la carte.

– Que se passe-t-il ? questionna Staline.

– Je n'ai pas encore suffisamment d'informations.

– Votre rôle est d'avoir les données en main à tout instant et de nous tenir informés, dit le dictateur furieux. Vous avez peur de nous dire la vérité, voilà tout ! renchérit-il.

Bien qu'accablé, Joukov ne fut guère impressionné par ses invectives et répliqua sèchement :

– Pouvons-nous continuer notre travail ?

– Nous vous gênons, peut-être ? intervint Beria, visiblement vexé par le ton du général.

Cette petite phrase provoqua une véritable altercation entre les deux hommes.

– Vous savez bien que la situation est grave sur tous les fronts. Les commandants attendent des ordres, et il vaut mieux que nous nous en chargions, rétorqua Joukov.

– Nous aussi, nous pouvons donner des ordres ! vitupéra le chef de la police.

– Eh bien, allez-y, qu'est-ce que vous attendez ! lui lança l'intrépide général.

– Si le Parti l'exige, on le fera, continua Beria.

– Pour le moment, c'est à nous de le faire, conclut Joukov excédé, en se tournant vers le dictateur.

– Excusez-moi d'être si direct, mais nous allons éclaircir la situation. Ensuite, nous viendrons au Kremlin vous faire notre rapport.

Staline sortit alors de ses gonds :

– Pour qui vous prenez-vous ? Vous vous croyez supérieur aux autres ? Il faut venir en aide aux troupes sur le front, et c'est à nous tous d'y réfléchir.

Puis faisant volte-face, il fulmina :

– Vous parlez d'un chef de quartier général ! Quel pitoyable chef d'état-major avons-nous là, qui a perdu le contact avec ses troupes dès le premier jour de la guerre et qui ne commande plus personne !

À ce stade se déroula une scène des plus incroyables de l'Histoire de la Seconde Guerre mondiale.

À cette dernière invective, le visage jusque-là impassible du courageux Joukov se décomposa. Puis, celui qui allait affronter avec tant de vaillance les situations les plus tragiques, éclata en sanglots. Il quitta la pièce, Molotov lui emboîta le pas. Quelques minutes plus tard, les deux hommes réapparaissaient. Joukov semblait apaisé, mais ses yeux trahissaient encore le drame qui venait de se jouer[1].

Staline quitta brusquement les lieux. Alors qu'il montait dans la Packard garée devant l'édifice, visiblement troublé, le dictateur craqua à son tour, prononçant cette phrase entrée dans les annales : « Tout est perdu. J'abandonne. Lénine a fondé notre État et nous avons tout foutu en l'air[2]. »

---

1. Voir Volkogonov, *Triumf i tragedia*, éd. Novosti, Moscou, 1989 ; *Staline, triomphe et tragédie*, Flammarion, 1991 ; et Simon Sebag Montefiore, *Staline, la cour du tsar rouge*, éditions des Syrtes, 2005.

2. Cité d'après Mikoyan et Molotov. Si plusieurs versions de cet épisode existent, tous les témoignages reflètent à un mot près cette scène. Voir aussi Volkogonov, *op. cit.*

Cette fois il ne s'agissait pas d'un des numéros auxquels nous avait habitués ce grand acteur du théâtre politique du XXe siècle. Son désarroi n'était pas un jeu, il était effectivement à bout de nerfs.

Le chef du Kremlin n'apparut pas à son bureau durant toute la journée suivante…

Le Tsar Rouge prenait, comme autrefois Ivan le Terrible, la décision risquée de disparaître délibérément de la scène.

Si les boyards soviétiques s'inquiétèrent, seuls quelques-uns perçurent le danger de ce désistement, et Molotov (officiellement le numéro deux du Kremlin) ne signa aucun document. Une journée, deux journées passèrent. Les Allemands poursuivaient leur avancée, le gouvernement était totalement paralysé.

« Ce qui se passe ici est inimaginable. Nous ne pouvons pas continuer ainsi ! » proféra le jeune économiste Voznessenski, s'adressant à Molotov. Mais celui-ci, toujours prudent, resta évasif et suggéra de se réunir plus tard. (En réalité, Beria lui avait déjà proposé un plan pour sauver la situation, visant à mettre sur pied une sorte de cellule de crise dotée des pleins pouvoirs.) Lors de la réunion qui suivit, l'impétueux Voznessenski osa lancer à Molotov : « Vas-y, et on te suivra[1] ! » Mais ce vétéran des intrigues soviétiques, certainement effrayé à l'idée de porter la couronne du Tsar Rouge, s'esquiva et s'en remit au chef de la police qui détailla son projet de cabinet de guerre.

1. Cette phrase coûtera cher à ce jeune dirigeant qui, en outre, était une force de la nature, capable de surpasser le rythme infernal de travail du dictateur : après la guerre, Staline le fera assassiner.

Les dix membres du Bureau politique décidèrent alors de se rendre directement à la datcha de Staline. Ils furent introduits dans la petite salle à manger où était assis le dictateur, « amaigri, désemparé et sombre ». À la vue de tous ces hommes, il se leva et parut « hagard tel Ivan le Terrible[1] ». Dévisageant tour à tour les intrus, il demanda brusquement d'un ton suspicieux : « Pourquoi êtes-vous venus ? » À l'évidence il crut qu'ils étaient là pour l'arrêter. « Staline s'attendait à tout, y compris au pire[2]. »

Molotov évoqua le projet de cabinet de guerre.

– Oui, mais réfléchissez, coupa Staline retrouvant soudain ses esprits.

À partir de cet instant, il semblait avoir recouvré ses facultés de grand joueur politique.

– Suis-je capable de mener le pays vers la victoire finale ? D'autres sont peut-être mieux à même de le faire.

Molotov insista alors sur la nécessité de former un comité pour la défense du pays.

– Qui le présidera ? s'enquit le dictateur.

L'habile Beria intervint comme toujours le premier.

– Camarade Staline, vous présiderez donc le Comité[3]... Puis, mettant l'assistance devant le fait accompli, il dressa la liste des membres. Les traits du dictateur se détendirent.

---

1. Comme le racontera Voznessenski à ma mère qui fut sa collaboratrice directe au Gosplan.

2. Ce fut en tout cas l'avis de Mikoyan présent lors de cette scène.

3. Voir les Mémoires de Mikoyan (*Tak Bylo*, Republika, Moscou, 2000) ; Kaganovitch (*Tak govoril Kaganovitch*, Pamiatryé Zapiski, Moscou, 1997) ; Khrouchtchev (*Souvenirs*, Robert Laffont, 1971) ; et Beria (*Pisma iz temnogo Bunkira*, Istochnik nº 2, 1992) ; également Volkogonov et Montefiore, *op. cit.*

Ragaillardi et soudain transformé, Staline demanda immédiatement sa voiture pour retourner sur-le-champ au Kremlin. Dans la nuit même du 30 juin, la radio annonça la création et la composition d'un nouvel organisme : le Comité national de la défense (GKO) désormais chargé de coiffer tous les organismes de l'État et de l'armée.

Bien qu'hésitant encore sur la tactique à choisir, le Tsar Rouge était de nouveau aux affaires. Il s'agissait maintenant pour lui de savoir pourquoi l'Allemagne avait violé le pacte germano-soviétique, et à quelles conditions Hitler serait prêt à arrêter la guerre. Se satisferait-il de l'Ukraine, de la Biélorussie, de la Moldavie et des pays Baltes ? Il chargea donc Beria d'utiliser les « possibilités » d'un de ses agents d'influence, l'ambassadeur bulgare[1].

Cette tentative illusoire étant restée sans suite, Staline fut cette fois-ci prompt à comprendre qu'il n'y avait pas de compromis possible avec Hitler.

Le 3 juillet enfin, douze jours après le début des combats, le dictateur s'adressa au peuple. Ce soir-là, tous les citoyens soviétiques, conviés à l'écoute collective, entendirent le maître. Il parla lentement. Bien qu'il fût ému, ses intonations colorées d'un fort accent géorgien restaient mesurées. Sa voix sourde résonnait sans s'abaisser ni s'élever et sans points d'exclamation : « Frères et sœurs, c'est à vous, mes amis, que je m'adresse, en ce moment grave où notre patrie subit l'attaque de l'Allemagne d'Hitler. » Au milieu de son discours, on perçut un tintement de verre.

1. Contacté par l'intermédiaire de son maître espion Soudoplatov, spécialiste des assassinats et des missions secrètes.

Quelle surprise pour les auditeurs ! Combien ce Staline était différent de celui qu'ils avaient jusque-là l'habitude d'entendre ! Non seulement le chef était de retour, mais il exhortait ses « frères et sœurs », ses « amis » et la patrie commune.

Ce discours fit vibrer la corde sensible du peuple. Comme Churchill, qui avait promis aux siens « beaucoup de sang et de larmes », Staline ne cachait plus rien de la gravité de la situation : « En dépit de l'héroïque résistance de l'Armée rouge, en dépit du fait que les meilleures divisions de l'ennemi et ses meilleures formations aériennes sont écrasées, l'ennemi poursuit sa poussée en avant et jette de nouvelles forces sur le front. »

Il énuméra ensuite sans ménagement les territoires tombés entre les mains des Allemands, déclarant gravement : « Une sérieuse menace plane sur notre pays. » Il rappela ensuite quel fut le sort des armées de Napoléon, avant d'en venir à la partie sans doute la plus délicate de son discours : la justification *a posteriori* du pacte germano-soviétique.

« Au moment de l'attaque, les troupes allemandes – cent soixante divisions en tout –, avaient été mobilisées entièrement et s'étaient préparées à combattre le long de la frontière soviétique… Il convient aussi de rappeler que les germano-fascistes ont perfidement, et contre toute attente, violé le pacte de non-agression, indifférents au fait que le monde entier verrait en eux les agresseurs.

« On pourra se demander : comment le gouvernement soviétique a-t-il pu signer un pacte de non-agression avec des voyous inhumains comme Hitler et Ribbentrop ? N'avons-nous pas commis une faute sérieuse ?

« Non certes ! Un pacte de non-agression est un pacte de paix entre deux États, et c'est ce pacte que l'Allemagne nous a proposé en 1939. Aucun État souhaitant la paix ne pouvait rejeter un tel accord avec un autre pays, même s'il avait à sa tête des voyous comme Hitler et Ribbentrop. D'autant plus que ce pacte n'a jamais porté atteinte à l'intégrité territoriale, à l'indépendance, ni à l'honneur de notre pays.

« Qu'avons-nous gagné en concluant un pacte de non-agression avec l'Allemagne ? Nous avons assuré à notre pays dix-huit mois de paix, ainsi que la possibilité de nous préparer pour le cas où l'Allemagne nous attaquerait. C'était un gain pour nous et une perte pour l'Allemagne fasciste ! »

Le ton du dictateur se durcit alors :

« Cette guerre nous a été imposée, et notre pays doit livrer une lutte à mort. Le gros de l'Armée rouge, avec des milliers de tanks et de canons, entre maintenant dans la bataille. À côté de l'Armée rouge, notre peuple tout entier se lève pour défendre le pays. »

Après avoir brossé un portrait de « l'ennemi cruel et sans pitié », il lança un avertissement aux « lâches, aux pleurnichards, aux déserteurs et aux semeurs de désordre ». Staline encouragea alors la formation d'unités de partisans derrière les lignes ennemies : « Il faut créer des conditions intolérables pour l'envahisseur et ses complices. » Et lui qui, toujours, avait refusé toute entente avec les pays occidentaux, fit état des « alliés sûrs » de l'Union soviétique en Europe et en Amérique. Il souligna à ce propos « la déclaration historique de M. Churchill sur l'aide britannique à l'Union soviétique et la déclaration du gouvernement des États-Unis, décidé à aider notre pays... qui ne peuvent qu'être accueillies avec un sentiment de gratitude par notre peuple. Elles sont lourdes de sens ».

Et de conclure par cet appel : « En avant pour la victoire ! »

Ce discours – qui pourtant était à sa façon un chef-d'œuvre d'habileté politique – produisit sur le peuple russe un effet saisissant[1].

Après avoir douté de son sort, écrasé, humilié, le chef du Kremlin avait retrouvé son inflexible volonté. En quelques minutes, il était parvenu à galvaniser son peuple, ses « frères et sœurs », ses « amis ». Mais à qui devait-il ce regain, sinon à ces soldats, à ces combattants anonymes, démunis d'armes, mal commandés, qui s'accrochèrent à la terre russe ? À tous ceux qui, héroïquement, résistèrent dans les forêts ou dans les villages en ruine et empêchèrent les Allemands de venir à bout, en quelques jours comme ils l'espéraient, du peuple russe. Leur combat donna à Staline le temps de se ressaisir. Il lui permit de reprendre en main le sort de son pays.

En attendant, en l'espace de quatre mois, les Allemands firent trois millions de prisonniers. Les nazis ne faisaient pas seulement la guerre contre l'Armée rouge, ils s'en prenaient au peuple russe qu'ils méprisaient. Hitler et son état-major parlaient de « combat décisif entre la race et la masse », soutenant que la vie des Slaves n'avait aucune valeur : « Il faut que la race des seigneurs subjugue le pullulement des esclaves. »

Staline prit alors des décisions radicales de nature à réanimer l'esprit de la résistance, et rendit public son

1. Le poète Pasternak, par exemple, l'écouta les larmes aux yeux.

fameux décret n° 270 : « J'ordonne que tout homme ayant déserté et enlevé ses insignes soit traité comme un infâme déserteur. Sa famille doit être arrêtée, car c'est la famille d'un homme qui a trahi son serment et sa patrie. Les déserteurs seront exécutés sur-le-champ. Les troupes encerclées doivent combattre jusqu'au dernier homme. [...] Ceux qui préfèrent se rendre seront supprimés et leurs familles privées de toute assistance[1]. »

La légende veut que les années 1941 et 1942 furent les seules où Staline interrompit la guerre contre son propre peuple. Cependant, durant cette période, neuf cent quatre-vingt-quatorze mille recrues furent condamnées et cent cinquante-sept mille exécutées, soit l'équivalent de quinze divisions. De nombreux combattants innocents périrent ainsi, capturés par l'ennemi, ainsi que leur famille. Paradoxe du destin, le propre fils du dictateur fut un des premiers touchés par ce décret féroce. En effet, le 19 juillet 1941, Hitler annonçait que le fils du Tsar Rouge, Yakov Staline, était détenu par les Allemands. En apprenant la nouvelle, le dictateur du Kremlin se contenta de grommeler : « L'imbécile, il n'a même pas été capable de se tirer une balle dans la tête ! » Et il fit aussitôt arrêter sa bru. Après la fin du siège de Stalingrad, début 1943, le Führer proposa à Staline d'échanger son fils contre le maréchal Paulus. Mais le dictateur refusa, expliquant à sa fille qu'il ne faisait pas de commerce avec les nazis. Tout le monde allait connaître la fameuse formule attribuée au Tsar Rouge

1. Mille cent quatre-vingt-neuf arrestations et cinq cent cinq exécutions de déserteurs eurent lieu en une semaine. Les sections spéciales, dont l'autorité allait croissant, rendaient compte chaque semaine des arrestations et des exécutions de recrues soviétiques.

par sa police secrète, et propagée à travers le pays : « Je n'échange pas un lieutenant contre un maréchal ! »

De son côté, Beria accentuait la répression tout en lâchant du lest. Pour soutenir l'effort de guerre, il devenait indispensable de libérer de prison des morts en sursis. « Nous ne pouvons plus compter sur personne ! » s'exclama Staline lors d'une discussion sur la défense aérienne.

Un grand ingénieur aéronautique, Yakovlev, prit alors la parole :

– Camarade Staline, cela fait plus d'un mois que notre commissaire adjoint a été arrêté. Nous ne savons pas pourquoi, mais il est inimaginable qu'il soit un ennemi du peuple. Nous avons besoin de lui. Nous vous demandons d'étudier son cas.

– C'est vrai qu'il est en prison depuis quarante jours, mais il n'a pas avoué. Il n'est peut-être pas coupable, répondit froidement Staline. Le lendemain, le malheureux commissaire reparut à son bureau et reprit ses fonctions.

Quoique la guerre fournît à Staline une occasion de les relâcher, bon nombre de prisonniers restèrent derrière les barreaux. Notamment son beau-frère, Aliocha Svanidze, qui était en prison depuis décembre 1937. Celui-ci, condamné à mort sur l'ordre du dictateur, fut avisé qu'il serait gracié s'il implorait le pardon. Le malheureux répliqua fièrement qu'il était innocent : « Je ne vais pas demander pardon pour des fautes que je n'ai pas commises. » Et il cracha à la figure du bourreau : « Voilà ma réponse à Staline ! » Il fut donc fusillé.

Le Tsar Rouge annonça sa mort à ses acolytes avec un brin d'admiration morbide : « Il a donc refusé de faire amende honorable. Quelle âme fière ! »

Se repliant devant l'envahisseur allemand, la police secrète nettoyait ses propres prisons. Beria fit fusiller cent cinquante-sept des prisonniers les plus connus, dont la sœur de Trotski.

Pendant ce temps, Hitler continuait sa grande offensive sur Moscou. Le matin du 5 octobre 1941, le commandant de la défense aérienne de la capitale rapporta au Kremlin une information inquiétante : un avion avait aperçu une longue colonne de chars remontant la route nationale à seulement cent kilomètres du Kremlin.

Il n'y avait plus un moment à perdre. Staline appela son meilleur général, qui se trouvait dans Leningrad encerclée. Joukov arriva au Kremlin le matin du 7 octobre. Il y découvrit Staline « incroyablement vieilli qui faisait les cent pas, sa pipe à la main, vêtu de sa vieille tunique et de ses pantalons bouffants rentrés dans ses bottes. Il était devenu un petit homme fatigué, à la mine hagarde. Son regard avait perdu sa fermeté légendaire et sa voix manquait d'assurance[1]. »

Le dictateur bavardait avec Beria et, « n'ayant pas vu que j'étais arrivé », raconte Joukov, lui donnait les instructions suivantes :

« Vu la situation critique, les organes (c'est ainsi qu'il avait l'habitude d'appeler sa police secrète) doivent tâter le terrain en vue d'une négociation de paix séparée avec l'Allemagne. »

Suivant ses ordres, Beria tenta vainement une deuxième fois d'établir des contacts secrets avec les Allemands, cette fois-ci par l'entremise d'un « banquier occidental ». En vain.

---

1. Cité d'après les *Mémoires* de Joukov, Fayard, 1970 ; Moscou, 1988.

La bataille de Moscou

Convaincu qu'il pouvait encore sauver Moscou, le général Joukov réussit à renforcer quelque peu les lignes de défense. Mais les combats se rapprochaient. Les ambassadeurs étrangers furent alors invités à quitter la capitale. Puis les évacuations commencèrent. La plupart des fonctionnaires moscovites et leur famille furent envoyés sur les bords de la Volga[1].

L'ambiance devint apocalyptique. Dans les gares, quelques centaines de militaires faisaient un cordon pour retenir la foule. À la mi-octobre, l'anarchie régnait dans la ville déserte. On pillait les appartements vides, les réfugiés erraient à travers Moscou comme des fantômes, harcelés par des bandes de voyous. Dans les édifices officiels on brûlait les archives. La nuit, les canons antiaériens illuminaient le ciel, mais le Kremlin à demi abandonné disparaissait dans l'obscurité, sous un camouflage surréaliste. En effet, des artistes engagés par la police secrète avaient peint, sur une énorme toile, les façades d'une rangée de maisons pour cacher

1. À Kouïbychev, l'ancienne Samara, située sur la Volga. La ville devait servir de nouvelle capitale au cas où Staline serait contraint d'abandonner Moscou.

les contours de la forteresse des tsars. Plus que jamais, le Kremlin répondait à la grande symbolique russe du « château assiégé ».

De plus en plus souvent, Staline quittait la vieille forteresse et passait la nuit sur un matelas, enveloppé de son grand manteau rapiécé, dans les souterrains du métro[1]. Les raids aériens allemands sur Moscou s'intensifiaient, et les services secrets signalaient régulièrement la présence de parachutistes nazis « à six kilomètres du Kremlin ».

C'est alors que « le général froid », cet allié habituel de l'armée russe, réapparut sur le devant de la scène. Cette fois-ci néanmoins, il joua en faveur des Allemands, car les flaques de neige fondue commençaient à geler et permirent à leurs chars de faire de nouvelles percées. Tout semblait perdu.

Le 15 octobre, Beria annonça : « Les communications avec le front sont rompues. Évacuez tous ceux qui sont incapables de défendre Moscou. Distribuez de la nourriture aux habitants. » La panique gagna la foule qui commença à piller les magasins. Des émeutes éclatèrent dans les usines où l'on pensait que le gouvernement avait tout simplement abandonné la ville.

Staline allait-il lui aussi quitter la capitale ? La question était sur toutes les lèvres. Bien entendu, la police secrète avait son plan d'évacuation et, sur une piste, quatre avions se tenaient prêts à décoller à tout moment.

---

1. Ni le Kremlin ni sa datcha ne possédaient encore de bunkers antiaériens. Un compartiment spécial avait été aménagé pour lui dans un wagon entièrement isolé des autres rames par des panneaux.

Dans cette atmosphère tragique, même le redoutable Beria perdit son sang-froid légendaire et prôna sans ambages la fuite. « Ils nous tireront comme des lapins », déclara-t-il. Staline suggéra alors que l'ensemble du Bureau politique quittât la ville le jour même, lâchant comme à contrecœur qu'il partirait le lendemain matin. Le seul dirigeant qui devait rester était Beria, chargé d'organiser la résistance clandestine. Ses unités avaient déjà commencé leur travail en minant les ponts de la capitale. Ils avaient également placé de la dynamite dans les datchas du Tsar Rouge.

Si étonnant que cela puisse paraître, en ces moments fatidiques, Staline trouva le temps de relire des ouvrages d'Hitler et souligna : « Les Russes sont une masse d'esclaves-nés qui ressentent le besoin d'un maître – à l'opposé de la “mission civilisatrice” des Allemands à l'Est – du *Drang nach Osten* (la poussée vers l'Est de l'Allemagne). » Selon Hitler, les Slaves, incapables de créer eux-mêmes un État en Russie, devaient accepter l'instauration et le maintien d'un noyau germanique au sein de ses couches supérieures dirigeantes.

Offensé par cette lecture, le Tsar Rouge se tourna vers une nouvelle biographie d'Ivan le Terrible où il annota en marge « Quel professeur ! » et « Nous vaincrons ! ».

Mais quelles étaient les intentions réelles du dictateur ? À vrai dire, comme autrefois son tsar favori Ivan IV, le dictateur rouge était en proie à l'hésitation[1]. S'il

1. Staline souligna aussi dans la biographie du maréchal Koutouzov, vainqueur de Napoléon et héros du roman de Tolstoï *Guerre et Paix*, qui avait abandonné Moscou en 1812 : « Jusqu'au dernier moment, personne ne savait ce que Koutouzov comptait faire. »

avait émis l'idée de quitter Moscou en ce 15 octobre, le chef du Kremlin donna toutefois l'ordre de diffuser sur les ondes le message suivant : « Nous défendrons la capitale jusqu'à la dernière goutte de sang, et Staline reste au Kremlin… »

Jamais, même dans les années de clandestinité révolutionnaire ou pendant la guerre civile, Staline ne subit une telle pression. Il travaillait sans relâche jusqu'à quinze heures par jour. Comme me commentera plus tard son chef de cabinet : « Le Guide ressentait physiquement le poids de sa responsabilité devant l'Histoire. »

Que faire ? Telle était la question que se posait encore Staline pendant le dîner qui fut servi par sa maîtresse, Valetchka, une femme simple et joyeuse.

D'une manière impromptue il demanda :

– Comptes-tu quitter Moscou ?

Le patriotisme de cette paysanne la poussa à répondre sans hésitation :

– Moscou est notre mère patrie ! Il faut la défendre.

– Voilà comment parlent les vrais Moscovites ! tonna Staline.

Sur-le-champ, le dictateur appela Joukov :

– Peut-on vraiment défendre Moscou ? II m'est douloureux de vous poser cette question, mais il faut que vous me parliez sincèrement.

Le courageux chef de guerre répondit oui, sans hésitation.

– Vous êtes sûr de vous, c'est encourageant, constata Staline réconforté.

Désormais sa décision semblait prise. Mais pour l'annoncer, ce grand acteur politique choisit un décor approprié digne des grands drames historiques de la Russie éternelle. Une sorte de reconstitution du décor de l'opéra *Boris Godounov* ! Il demanda qu'on le mène à la gare où se pressaient des Moscovites désemparés.

Sous une tempête de neige, il marcha le long des rails jusqu'au train en partance, flottant dans son grand manteau râpé, le regard usé, et s'exclama : « Il n'y a pas d'évacuation. On reste ici jusqu'à la victoire ! » Ces mots furent évidemment colportés à travers tout le pays.

Puis, seul dans une vieille Packard décapotable, derrière son chauffeur, Staline traversa la ville. Ses gardes du corps avaient recommandé de fermer la voiture, mais le Tsar Rouge avait repoussé cette suggestion d'un geste de dégoût. Et, enfoncé dans son siège, très pâle, il salua de la main les passants. Le mythe avait joué une fois de plus ! On assista à cette extraordinaire communion entre Staline et le peuple moscovite.

De retour au Kremlin, le dictateur dit calmement à ses gardes : « Je ne quitterai pas Moscou, et vous restez avec moi ! » Le 19 octobre, il convoqua ses collaborateurs pour connaître leur avis sur la question. Beria, qui pourtant s'était montré dubitatif, fut comme d'habitude le premier à sentir le vent tourner, et déclara sans ambages : « Si vous partez, Moscou tombera. » Et tous se félicitèrent de la décision prise par leur chef.

Le soir même, les forces de la police secrète furent lâchées dans les rues et exécutèrent les déserteurs par centaines. Quand le lendemain un haut fonctionnaire téléphona pour discuter de l'évacuation vers l'est, le dictateur le coupa aussitôt :

– Dis-moi, est-ce que tes camarades ont des pelles ?

– Pardon, camarade Staline ?

– Je dis : avez-vous des pelles ?

– Eh bien oui, nous en avons ! Et qu'est-ce que nous devons en faire ?

– Dis à tes camarades de les prendre et de creuser leur propre tombe, cria le dictateur.

– Nous ne quitterons pas Moscou. Et eux non plus ne partiront pas.

Pendant ce temps, à Berlin, le service de presse du Reich annonçait avant l'heure que la Russie était « finie ». Mais en réalité, les troupes nazies, embourbées et souffrant du gel, étaient déjà épuisées.

Personne ne savait que Staline disposait encore de sept cent mille hommes secrets. Le Tsar Rouge apprit, grâce à son espion Richard Sorge, que Tokyo avait abandonné l'idée d'attaquer la Russie. Ainsi put-il utiliser l'armée d'Extrême-Orient, qui avait à l'origine pour mission de défendre les frontières orientales contre le Japon.

À vrai dire, nous pouvons considérer Sorge comme un des véritables sauveurs de Moscou. Car, juste avant son arrestation, au moment le plus critique de l'offensive allemande, il avait envoyé un renseignement crucial : le Japon avait finalement décidé d'entrer en guerre, non pas contre l'Union soviétique, mais contre les États-Unis, afin de conquérir le Pacifique du Sud-Est[1].

1. Pendant trois ans, Sorge sera interrogé par les Japonais. Clausen, son radio, pour sauver sa vie et celle de sa femme, livra le code soviétique. Un échange contre des espions japonais arrêtés en Sibérie fut un temps envisagé, mais Staline s'y refusa. Finalement, le 7 novembre 1944, Sorge et son principal complice japonais Ozaki Hotsumi furent pendus à la prison de Sugamo. Le Présidium du Soviet suprême de l'URSS attendra jusqu'en 1964 pour conférer à Sorge, à titre posthume, le titre de « Héros de l'Union soviétique » et lancer une campagne de glorification, en faisant émettre un timbre à son effigie et baptiser rues, écoles et bateaux à son nom.

Staline crut-il cette fois son agent – à la différence de juin 1941 ? Ou bien était-il déjà persuadé, depuis le blocus économique du Japon décrété par Roosevelt en juillet 1941, que la guerre était inévitable entre Tokyo et Washington ?

En tout état de cause, le Tsar Rouge ordonna de dégarnir le front sibérien et de jeter à l'ouest toutes ses dernières forces contre l'armée allemande.

Staline insista pour se rendre sur le front et assister à une attaque des artilleurs russes devant arroser les positions allemandes. Le dictateur prit la route, mais à l'approche des zones de combat, sa limousine fut légèrement atteinte par le tir d'un char. Ses gardes du corps refusèrent alors d'aller plus loin, et le dictateur dut se contenter d'observer les explosions à distance.

Incontestablement, le Tsar Rouge avait retrouvé le moral. Le 30 octobre, il interrogea ses acolytes :

– Et le défilé militaire, comment allons-nous l'organiser ?

– Impossible ! répondit catégoriquement le commandant de la capitale.

En entendant cette proposition, ses compagnons crurent d'ailleurs que leur chef blaguait. En effet, les Allemands étaient à moins de soixante-dix kilomètres de la capitale et des parachutistes nazis étaient de nouveau signalés à Moscou même !

Mais Staline poursuivit d'un ton calme :

– Je tiens à ce qu'un défilé militaire ait lieu le 7 novembre, jour de notre fête nationale. Si jamais un raid aérien se produit pendant la parade et qu'il y a des morts et des blessés, il faudra évacuer ceux-ci rapidement pour que le défilé puisse continuer. Il faudrait filmer l'événement et le projeter dans tout le pays. Je ferai un discours...

Quand on demanda à quelle heure commencer la parade, Staline indiqua : « Que personne ne le sache, jusqu'à la dernière minute, pas même moi ! » Une semaine plus tard, les hommes de la police secrète ramassèrent les chaises du théâtre Bolchoï et les transportèrent le plus discrètement possible dans une station de métro.

Le même soir, les dignitaires du Kremlin descendirent en ascenseur jusqu'à la station où ils virent un train à quai.

Après s'être sustentés, à peine prirent-ils place sur les fauteuils dorés du Bolchoï que Staline surgit comme un diable d'une boîte. L'orchestre joua Moussorgski. Puis le chef du Kremlin parla une demi-heure sur un ton très ferme : « S'ils veulent la guerre totale, ils l'auront ! »

Lors de ce discours, Staline se présenta davantage comme le continuateur de l'œuvre des grands tsars de la Russie éternelle que comme le successeur de Lénine.

Le lendemain, le 7 novembre 1941, la parade devait commencer à huit heures du matin. Un peu plus tôt, alors qu'une tempête de neige soufflait sur Moscou, rendant peu probable une attaque allemande, Staline grimpa les marches menant au mausolée. Il dit rassuré : « Dieu est avec nous ! »

Extrêmement nerveux Beria avait chargé ses espions chevronnés de venir immédiatement les prévenir si les Allemands attaquaient.

Staline prononça un discours dans lequel il fit vibrer la corde sensible du peuple, s'adressant encore une fois à ses « frères et sœurs ». Il évoqua la mémoire des grands chefs militaires du pays, en premier lieu le saint orthodoxe, Alexandre Nevski, qui avait écrasé les chevaliers Teutoniques en 1242…

Le 13 novembre, le chef du Kremlin rappela son général préféré, Joukov, afin de donner l'ordre de préparer une contre-attaque. Selon lui pourtant, l'armée ne disposait pas de réserves suffisantes pour lancer un tel combat. Malgré tout Staline insista. Cette contre-attaque improvisée ne réussit pas à freiner l'offensive allemande, et le 15 novembre, un dernier coup de boutoir nazi permit de briser les lignes de défense. Staline, très préoccupé, demanda de nouveau à Joukov s'il pouvait encore défendre Moscou.

« Nous tiendrons certainement, mais il nous faut au moins deux armées de plus et deux cents chars au moins[1]. »

Staline lui offrit alors les dernières réserves – trois armées –, mais indiqua : « Pour l'instant, nous n'avons plus un seul char. »

Cette fois-ci, Joukov déclencha une grande contre-offensive et parvint à repousser les troupes nazies à près de trois cents kilomètres de Moscou. Il avait perdu cent cinquante-cinq mille hommes en vingt jours. Mais désormais, pour le monde entier, la *Blitzkrieg* ordonnée par Hitler avait à l'évidence échoué.

Quand Staline téléphona au valeureux Joukov pour le féliciter, il s'entendit répondre par son aide de camp : « Il dort, on n'arrive pas à le réveiller. » « Bon, laissez-le dormir tout son soûl…, son grand soûl », répliqua, magnanime, le dictateur.

1. Joukov raconta cette scène dans ses *Mémoires, op. cit.*

Vassili Grossman fut de tous les combats de la Seconde Guerre mondiale, en tant que correspondant de guerre de l'Armée rouge. Ses notes prises au jour le jour – qui inspireront son chef-d'œuvre *Vie et Destin* – ont été retrouvées. Ainsi décrivait-il l'échec allemand à la fin de 1941 : « Gel mordant. Neige qui crisse. L'air glacé coupe la respiration. Les narines deviennent collantes, les dents font mal. Sur les axes clés de notre avancée gisent des Allemands gelés. Les corps sont absolument intacts. Ce n'est pas nous qui les avons tués, c'est le froid. De petits malins redressent les Allemands gelés sur leurs jambes ou à quatre pattes, ils créent de savants groupes sculptés, fantastiques. Les corps gelés sont debout, les poings levés, les doigts écartés, certains ont l'air de courir en rentrant la tête dans les épaules. Ils portent des chaussures et de petites capotes toutes minces, en papier, des tricots qui ne gardent pas la chaleur. La nuit, avec la lune qui brille, les champs enneigés paraissent bleu foncé, et dans la neige bleue se dressent, installés çà et là par les petits malins, les corps sombres des soldats allemands gelés[1]… »

En gagnant la bataille de Moscou, Staline remporta sa première victoire. Cependant, l'équilibre des forces allait changer dans l'entourage du Tsar Rouge.

Au début du mois de janvier 1942, le chef du Kremlin proposa de confier à Beria le contrôle d'une industrie vitale : l'armement. Mais cet homme de quarante-trois

1. *Carnets de guerre, de Moscou à Berlin, 1941-1945*, textes choisis et présentés par Antony Beevor et Luba Vinogradova, Calmann-Lévy, 2007.

ans, intelligent et infatigable, prétendit alors ne pas être à la hauteur de cette tâche :

« Ce n'est pas l'expérience qui compte ici, vociféra Staline, nous avons besoin d'un organisateur compétent comme vous. Servez-vous de prisonniers ! »

Ainsi le Fouché de Staline devint-il aussi son grand capitaine de l'industrie. Et s'appuyant sur sa police secrète, il profita de la guerre pour accroître son pouvoir.

Au même moment, le maître du Kremlin lança une vague de contre-offensives sur l'ensemble du front (en l'espace de quelques mois, la Wehrmacht perdra cinq cent mille hommes).

Staline craignait surtout que les Allemands attaquent à nouveau Moscou. Mais Hitler convoitait alors le blé ukrainien et le pétrole du Caucase. Commettant de lourdes erreurs stratégiques, le Führer sépara ses forces en deux : une partie traverserait le Don jusqu'à Stalingrad, tandis que l'autre se dirigerait au sud vers les champs de pétrole caucasiens.

Le Tsar Rouge ordonna à Beria : « Prenez les hommes que vous voulez et tout l'armement dont vous avez besoin, mais arrêtez les Allemands. »

Le chef de la police mobilisa cent cinquante alpinistes chevronnés et organisa une équipe insolite, embarquant même dans l'aventure son fils âgé de dix-huit ans. Les commandants de Transcaucasie ne furent pas longs à comprendre le message de Beria : « Si vous mentionnez encore une fois le mot "repli", je vous casse le cou ! »

Néanmoins, en juillet 1942, les troupes allemandes de Paulus avançaient vers la Volga, la route de Stalingrad semblait leur être ouverte…

La Luftwaffe bombarda massivement la ville. Les usines ainsi que les voies de chemin de fer furent détruites, et le ravitaillement fut bloqué.

La plus grande de toutes les batailles de la Seconde Guerre mondiale commençait.

Stalingrad

Le 12 août, alors que le désastre planait sur Stalingrad, Churchill arriva à Moscou annonçant que les Occidentaux n'ouvriraient pas de deuxième front.

La situation était de nouveau dramatique. « Si Stalingrad se rend, tout le Sud sera coupé du centre du pays et nous ne pourrons plus le défendre. Ce ne sera pas seulement une catastrophe pour cette ville. Nous risquons de perdre notre pétrole et le principal axe fluvial du pays ! » s'inquiétait Staline.

Le danger était en outre considérable, car la Turquie pouvait entrer en guerre, transformant définitivement la situation géopolitique.

Il fallait donc organiser immédiatement la défense. Le chef du Kremlin supervisa lui-même les opérations. Où qu'il se trouvât, et en dépit de ses soixante-trois ans, le Tsar Rouge travaillait seize heures durant. Le plus souvent, il passait la journée dans sa datcha, à Kountsevo, puis un convoi de Packard l'amenait à Moscou tôt dans la soirée. Parfois, il descendait simplement de son appartement du Kremlin jusqu'à son bureau.

La police secrète jouait inévitablement un rôle prépondérant dans l'organisation de sa vie quotidienne.

Son secrétaire, revêtu de l'uniforme de général des services secrets, faisait la loi dans l'annexe de son bureau où régnait un ordre impeccable. Il n'y avait rien de superflu dans cette pièce dépouillée ; les visiteurs avaient montré leurs papiers et avaient été fouillés plusieurs fois. Même les maréchaux devaient se défaire de leur pistolet avant d'entrer « chez Staline ».

En l'absence du dictateur, les arrivants saluaient ceux qui attendaient en silence. Les personnes qui se connaissaient échangeaient quelques mots, puis un calme tendu retombait. Un murmure parcourait la salle lorsque Staline arrivait vers huit heures. Sa démarche était devenue pesante en ces années de guerre, sa peau semblait encore plus mate et plus marquée, ses cheveux plus gris, ses dents noircies et ses yeux plus jaunes et plus bridés.

Le bureau du dictateur, situé à un bout de la pièce, croulait sous des piles de documents dans leur dossier. Il y avait aussi un radiotéléphone, plusieurs postes de téléphone de différentes couleurs ainsi que des crayons bien taillés.

Le dictateur se levait de temps à autre pour faire les cent pas, bourrant sa pipe avec son tabac géorgien favori, Hergovina Flor. Les civils étaient assis en rang contre le mur, faisant face aux portraits des grands chefs de guerre de l'époque tsariste ; de l'autre côté d'une grande table, les généraux avaient vue sur les tableaux représentant Marx et Lénine. « Il s'arrêtait devant la personne à qui il parlait et la fixait droit dans les yeux. [...] Son regard tenace et perçant semblait voir à travers l'âme du visiteur », décrivit Joukov.

À la fin du mois d'août 1942, Staline demanda au valeureux général de partir immédiatement pour

Stalingrad et le nomma au poste de commandant en chef adjoint des forces armées. Mais Joukov se rebiffa et repoussa cette promotion :

– Je n'ai pas bon caractère, ce serait difficile de travailler avec moi.

– Le pays est au bord du désastre. Il faut sauver Stalingrad par tous les moyens, quel que soit le sacrifice. Qu'est-ce que votre caractère vient faire là-dedans ? répondit sèchement le dictateur.

Effectivement, les Allemands avaient pris presque toute la ville. Staline réitéra alors son ordre aux troupes : « Pas un seul pas en arrière », tandis que Beria veillait à ce que « les semeurs de panique et les lâches soient liquidés sur-le-champ » et que des « unités de barrage prennent place derrière les lignes pour tuer les hésitants ».

« Pour la Patrie ! Pour Staline ! » criaient les officiers de la police secrète dans les faubourgs de la cité dévastée. Ainsi le choix du fantassin soviétique revenait à être tué par les Allemands ou fusillé par les siens.

Cette bataille décisive opposa plus d'un million d'hommes. On se battait maison par maison, rue par rue.

La capitulation de Stalingrad aurait entraîné la défaite de l'URSS, le Tsar Rouge en était intimement convaincu. Aussi ne lésina-t-il pas sur les moyens. Des dernières troupes fraîches de Sibérie furent envoyées sur les bords de la Volga et plusieurs centaines de milliers de détenus du goulag se virent intégrés dans l'Armée rouge.

Finalement, en novembre 1942, la bravoure de ses combattants et le génie militaire de Joukov produisirent un retournement et quelque trois cent mille Allemands furent encerclés. Trois mois plus tard, c'était une bande disparate de cent mille soldats déguenillés et affamés qui brandissaient le drapeau blanc de la reddition. La glorieuse armée allemande de Paulus était battue.

Staline tint à visiter Stalingrad en ruine. Il traversa à pied le centre de la ville et se rendit à l'endroit où, encore quelques jours plus tôt, se déployait l'état-major du maréchal Paulus. La ville était morte. Les survivants se terraient dans les caves. Tout était calciné, des bâtisses énormes, des monuments, des squares, des tas de fils électriques, des plantes. Au milieu de pierres calcinées se dressait miraculeusement un pavillon en bois…

Lors d'un déplacement, la voiture du dictateur fut accrochée par une voiture militaire conduite par une femme. Staline ordonna à son chauffeur d'arrêter et descendit. Le reconnaissant, la conductrice complètement affolée commença à pleurer. Elle répéta en sanglotant : « C'est moi qui suis coupable ! » Staline la rassura : « Ne pleurez pas. C'est la guerre qui est coupable, et non pas vous. Notre voiture est blindée et elle n'est pas endommagée, et vous, vous allez réparer la vôtre. »

La victoire

Cette victoire des « esclaves slaves » sur les « maîtres nazis » impressionna le monde entier. Ce fut le véritable tournant de la guerre. À compter du printemps 1943, les Soviétiques, dotés de leurs célèbres Katioucha ou « orgues de Staline », batteries mobiles de roquettes antichars, passèrent à l'offensive.

Désormais, l'URSS disposait non seulement d'un grand nombre d'hommes, mais aussi d'un savoir-faire supérieur et de l'avantage psychologique. Staline allait le renforcer en associant l'Église orthodoxe à sa cause.

Le 3 septembre 1943, la plus ahurissante des conversations eut lieu dans le bureau lambrissé de chêne du dictateur. Molotov, son bras droit, s'adressa tout d'abord au chef des hiérarques de l'Église, le métropolite Serguï.

– Le gouvernement de l'URSS et le camarade Staline personnellement voudraient connaître les besoins de l'Église.

La question était si inattendue que le vieux métropolite garda le silence quelques instants.

– Il faut tout d'abord, répondit-il sereinement, rouvrir les églises, car leur quantité ne correspond pas aux besoins des Russes, et rétablir le patriarcat. Il faudrait aussi rouvrir les séminaires ainsi que d'autres écoles pour former les prêtres, car l'Église manque de cadres.

Staline écoutait en fumant sa pipe. En entendant le mot « cadres » qu'il affectionnait tant, il exhala une épaisse bouffée de fumée et regarda Serguï droit dans les yeux.

– Pourquoi n'avez-vous pas de cadres, où sont-ils passés ? dit-il.

L'assistance resta médusée. Tout le monde savait que le clergé avait été persécuté dans les goulags. Le vieux métropolite déclara alors avec un tact remarquable :

– Nous manquons de cadres pour différentes raisons, l'une d'elles étant que nous formons des hommes au séminaire afin qu'ils deviennent des prêtres et, au lieu de cela, ils se font maréchaux de l'Union soviétique.

Le dictateur scrutait le métropolite sans mot dire. Une étincelle malicieuse éclairait son regard.

– Il est vrai que j'ai étudié au séminaire, j'ai d'ailleurs entendu parler de vous à l'époque. Ma mère a regretté toute sa vie que je ne sois pas entré dans les ordres…

L'atmosphère se détendit, Staline proposa du thé accompagné de friandises et fit venir des experts afin d'élaborer un nouveau statut de l'Église orthodoxe. À la fin du débat, le vieux métropolite était exténué. Lorsqu'il était entré dans son bureau, Staline s'était comporté en dictateur, il le reconduisit par le bras jusqu'à sa voiture, comme un humble diacre vis-à-vis de son hiérarque. Par ce tour de passe-passe s'opéra alors un changement majeur.

En effet, dans l'Histoire soviétique, il y eut deux écoles de pensée : l'une, léniniste, internationaliste et athée, qui prôna la destruction impitoyable de toutes les religions et de leurs institutions ; l'autre, stalinienne, qui découvrit pendant la guerre l'utilité du nationalisme et des religions – et, en premier lieu, du nationalisme russe et de l'orthodoxie – en tant que facteurs de mobilisation dans la lutte contre le nazisme.

Pour Lénine, l'orthodoxie était une idéologie rivale, tandis que pour Staline elle devint un allié précieux conférant une aura « sacrée » à son régime sanguinaire.

À partir de 1943, après les victoires de l'Armée rouge à Stalingrad et à Koursk, et le succès de la conférence de Téhéran, Staline se sentit réellement le maître du monde. « Dès que nous fûmes certains d'avoir remporté la bataille, Staline commença à avoir la grosse tête et à devenir capricieux[1]. »

Les Soviétiques avaient payé le prix fort pour les victoires dont s'enorgueillissait le dictateur : près de vingt-six millions de morts, et presque autant de sans-abri. La famine faisait rage, l'Ukraine était déchirée par une guerre civile nationaliste. Le Petit Père des peuples semblait de nouveau persuadé qu'« un dangereux vent de libéralisme » menaçait la Russie.

La solution à tous ces problèmes : la terreur, selon la vieille tradition du bolchevisme. En cette année 1943, Beria fit arrêter presque un million de personnes dans les territoires libérés par l'Armée rouge !

Avant de lancer de nouvelles purges, la police secrète se démena en Ukraine, où pas moins de trois armées nationalistes combattaient les forces soviétiques. Puis Staline s'attaqua à la région du Caucase et de la Crimée où la loyauté des populations envers le Kremlin était selon lui « plus que douteuse ».

1. Écrivit Mikoyan, *op. cit.*

En février, Beria arriva en Tchétchénie avec dix-neuf mille tchékistes et cent mille hommes de la milice. Les habitants furent sommés de se rassembler sur les places publiques, puis arrêtés et embarqués dans des trains en partance vers l'est. En mars, le chef de la police rapportait à Staline que cinq cent mille personnes étaient en route vers les camps.

L'État fut surtout impitoyable envers ses propres citoyens qui, d'une manière ou d'une autre, étaient passés sous le contrôle allemand. Et Dieu sait si ces malheureux furent nombreux. Plus de soixante millions de Soviétiques (imaginez la France entière) avaient vécu et souffert sous l'occupation. D'autres encore, qui se chiffraient par millions, avaient été contraints d'aller travailler dans les usines et les fermes d'Allemagne. Enfin, des centaines de milliers avaient combattu comme partisans contre les forces d'occupation.

La présomption de culpabilité étant un des éléments fondateurs de ce régime : pour Staline tous étaient suspects. Tout soldat ou officier capturé par l'ennemi était d'office traître à la patrie. Et, chose inimaginable, même s'il s'était échappé et avait regagné les lignes russes.

Tous furent envoyés dans des camps de concentration spéciaux où les services secrets les interrogèrent[1].

Dans le cas des deux millions sept cent mille Soviétiques qui avaient été faits prisonniers par les Allemands, Staline bénéficia de la coopération « loyale » des autorités militaires anglaises et américaines, qui assurèrent le retour de ces malheureux dans leur

1. Rendant compte à Staline du travail effectué par la police politique sur les arrières de l'Armée rouge, Beria indiqua que cinq cent quatre-vingt-deux mille soldats et trois cent cinquante mille civils avaient été « vérifiés » dans ces camps durant l'année 1943.

mère patrie, sachant pertinemment qu'ils y seraient fusillés ou envoyés au goulag. Bon nombre d'entre eux n'avaient aucune envie de rentrer, et en dépit de leurs protestations, on les rapatria de force en Russie : 20 % furent condamnés à mort, ou à vingt-cinq années de camp, et 15 à 20 % seulement furent autorisés à regagner leurs foyers.

Cependant, plus que jamais, le patriotisme russe était focalisé sur la figure héroïque de Staline.

Le 8 mars 1945, alors que ses troupes étaient déjà sur le territoire allemand, le dictateur convoqua Joukov à sa datcha. Le maréchal trouva son chef « absolument exténué ».

Les deux hommes évoquèrent la bataille de Berlin.

Ces années d'épreuves avaient aussi profondément changé le caractère du Tsar Rouge. S'il était encore plus haineux, il était devenu paradoxalement plus sentimental et, chose inimaginable en d'autres circonstances, presque humain. Ce soir-là, il proposa à Joukov :

– Allons nous promener, j'ai besoin de me dégourdir les jambes.

Le printemps précoce aiguisait les sens, calmant les esprits. Tout en marchant, apaisé, Staline parla de son enfance pendant une bonne heure, puis décréta :

– Rentrons prendre le thé. Je veux te parler de quelque chose.

Encouragé par cette inhabituelle atmosphère d'intimité, Joukov osa l'interroger sur le destin de son fils aîné, Yakov.

– Vous savez ce qui lui est arrivé ? demanda-t-il.

Staline demeura un moment silencieux. Les deux hommes firent encore une centaine de pas dans le silence. Puis Staline confia « à voix basse » :

– Il ne sortira jamais de captivité. Ces assassins le fusilleront. Non, mon fils préférerait n'importe quelle mort plutôt que de trahir la mère patrie.

Le dictateur montrait enfin qu'il était fier de son enfant. Il ne savait pas qu'il était mort depuis au moins deux ans[1].

Staline et son meilleur chef militaire poursuivirent leur conversation en mettant une dernière touche au plan d'offensive contre Berlin.

---

1. En effet durant son internement, Yakov fit preuve de courage et de dignité, comme en témoigne le document d'archives de son interrogatoire, daté du 18 juillet 1941 : « J'ai honte devant mon père de rester vivant ! » dit-il à ses geôliers. « Seriez-vous opposé à ce que nous déclarions à la radio que vous êtes prisonnier ? Ou pensez-vous que cela est indifférent à votre père ? – Non, il ne faut pas le dire à la radio… – Pourquoi, parce que votre père occupe le poste le plus important ou parce que vous pensez que votre père vous reniera ? – Je ne veux pas le cacher : c'est une honte ! » Il apprit déjà par la radio la déclaration de Staline selon laquelle il n'y avait pas de prisonniers militaires, mais des traîtres à la patrie. Yakov essaya de s'évader avec un groupe d'officiers polonais. Essai avorté. Lors d'une nouvelle tentative, il fut assassiné. Le 5 mars 1945 arriva chez Staline le témoignage du général yougoslave Stepanovitch qui racontait ses moments de captivité partagés avec Yakov. Voir Volkogonov, *op. cit.* et *Moskvski Novosti*, 2-9 avril 1995.

Les cendres et la gloire

Le 20 avril 1945, Joukov atteignait enfin la banlieue est de Berlin.

C'était la fin de la partie. Le 28, dans son bunker, Hitler épousa Eva Braun puis dicta son testament. Deux jours plus tard, devant la fulgurante percée de l'Armée rouge, le Führer n'avait plus le choix. Il éprouva des ampoules de cyanure sur son chiot et se tira une balle dans la tête avant que sa maîtresse, devenue son épouse légitime, avale le poison.

Il était quinze heures quinze. Venant des étages supérieurs, on entendait le bruit diffus d'une fête où se déroulaient des scènes surréalistes. Les dignitaires nazis vivaient les dernières heures du Reich. Tout le monde semblait atteint d'une fièvre érotique. Partout, même sur la chaise d'un dentiste, on voyait les couples pris dans des étreintes lascives. Oubliant toute pudeur, les femmes s'étaient dénudées sans complexe.

À Moscou, Staline passa brièvement à son bureau du Kremlin à dix-neuf heures trente. Il ignorait encore tout.

À l'aube du 1er mai, le chef d'état-major des forces allemandes, Hans Krebs, se présenta au commandement soviétique, annonçant la mort d'Hitler et demandant le cessez-le-feu. Les généraux soviétiques lui ayant refusé de signer l'arrêt des combats, l'officier partit et se suicida.

Joukov, impatient d'être le premier à communiquer la nouvelle, téléphona à la datcha de Staline. Décidément l'Histoire russe est marquée par une singulière répétitivité. Les mêmes scènes, avec les mêmes acteurs, peuvent se reproduire à des années de distance. En effet, exactement comme en 1941 lorsque Hitler avait lancé son attaque contre l'URSS, les gardes du corps ne voulurent pas passer la communication au dictateur. « Le camarade Staline vient d'aller se coucher », lui répondit-on. « Réveille-le, s'il te plaît, insista Joukov. C'est très urgent, ça ne peut pas attendre demain matin. »

Staline prit enfin le combiné et apprit la mort du Führer. « Voilà, c'en est fini de ce salaud ! »

Moscou fêta la victoire le 9 mai 1945. Et le 24 mai, Staline organisa un banquet en l'honneur des commandants de l'Armée rouge.

Chose étonnante en ces jours de triomphe, ce grand thaumaturge de l'Histoire demanda « solennellement pardon au grand peuple russe » : « Notre gouvernement a commis bon nombre d'erreurs. Il y a eu, en 1941 et 1942, des moments de désespoir, quand notre armée battait en retraite, abandonnant nos villages et nos villes… parce qu'elle n'avait pas le choix. Un autre peuple aurait peut-être dit à son gouvernement : "Vous n'avez pas répondu à nos attentes. Partez ! Nous allons établir un nouveau gouvernement qui signera la paix avec l'Allemagne et nous donnera le repos." Mais le peuple russe n'a pas choisi cette voie, parce qu'il avait foi dans la politique de son gouvernement. Merci à toi, grand peuple russe, pour ta confiance ! » Plus que jamais Staline voulait établir une continuité, privilégiant l'Histoire tsariste : l'absolutisme, le nationalisme et le culte de l'aristocratie en opposition à la démocratie.

Lors de cette réception, d'une manière impromptue, comme autrefois à la veille du défilé de la dernière chance de novembre 1941, Staline proposa à ses maréchaux : « Et si nous célébrions la défaite de l'Allemagne fasciste par une parade ? »

Ainsi fut envisagé un défilé mémorable pour le mois de juin, après le retour des représentants des troupes de Berlin.

Le Tsar Rouge, en grand metteur en scène des tragédies historiques, avait bien l'intention de se poser en vedette absolue et de mener lui-même la cérémonie. N'étant pas cavalier, il prit quelques leçons d'équitation puis, une semaine avant la parade monta le pur-sang arabe qui devait le mener à la tête des troupes. Mais au premier coup d'éperon, l'étalon à la robe grise se cabra. Le dictateur eut beau s'agripper à la crinière du cheval, il fut jeté à terre et se blessa l'épaule. Se redressant, il lâcha : « Joukov conduira la parade ! C'est un cavalier expérimenté. » En effet, le vainqueur de la bataille de Berlin maîtrisa sans peine l'étalon.

Le grand jour, le 24 juin 1945 à neuf heures cinquante-sept, le maréchal Joukov enfourcha sa monture à la principale porte du Kremlin. Dix heures sonnèrent. « Mon cœur battait à tout rompre », écrivit le grand chef de guerre.

Enveloppé de son long manteau, d'un pas lent, Staline arriva seul sur le toit du mausolée de Lénine. La pluie dégoulinait de sa casquette sur son visage impassible.

Selon la grande tradition de la Russie éternelle, toutes les cloches des cathédrales du Kremlin se mirent à sonner à toute volée quand apparut Joukov. L'eau, qui frappait le sol en rebondissant, formait un halo qui rendait invisibles les pieds de son cheval. Et, tel saint Georges sauveur de la Russie, il semblait planer au-dessus des pavés[1]. Tandis que les chars, les orgues de Staline, roulaient à grand bruit, l'orchestre joua *Gloire à toi !* de Glinka. Puis, après un moment de silence total, on entendit le roulement des tambours. Et marchant à une cadence martiale, s'approchèrent les plus valeureux des soldats, triés sur le volet, en grand uniforme, impeccablement alignés. Il faut dire que Staline avait donné l'ordre de les choisir non seulement pour leur bravoure, mais aussi pour leur beauté et leur stature. Ainsi, sous cette pluie torrentielle, deux cents vigoureux géants, brandissant chacun une bannière nazie arrachée à l'ennemi dans les batailles les plus meurtrières, jetèrent les étendards maudits au pied du mausolée où trônait le Tsar Rouge.

Ces instants de triomphe marquaient le zénith de sa vie. La célébration terminée, Staline et les dirigeants se retrouvèrent derrière le mausolée où un splendide buffet les attendait avec des saumons venant du nord, des charcuteries du Caucase, des vodkas variées comme l'ukrainienne au poivre, vodka préférée du dictateur, la biélorusse aux herbes sauvages, et pour les femmes, la fameuse Klukovka, délicieusement parfumée aux baies.

---

1. Son prénom était d'ailleurs Gueorguï, autrement dit en français Georges.

Le soir, un prodigieux banquet fut donné pour les chefs militaires les plus glorieux. L'un d'eux, le maréchal Konev, proposa de créer le titre de généralissime de l'Union soviétique pour Staline. Mais le dictateur rejeta fermement cette idée, soutenant qu'à soixante-sept ans il se sentait fatigué : « Je travaillerai encore un ou deux ans, puis il faudra que je prenne ma retraite. » L'assistance rétorqua vivement qu'il vivrait et dirigerait le pays encore longtemps[1].

Le Tsar Rouge leva ensuite un toast en l'honneur des « simples Russes » : « Sans eux, nous tous, maréchaux et commandants des fronts et des armées, n'aurions été bons à rien », argua-t-il d'une voix agressive.

Les maréchaux ne furent pas dupes, ils comprirent tout de suite le message : c'étaient eux ces « bons à rien », comparés au peuple russe dont le seul et unique symbole était Staline lui-même. (Le ton donné par le chef du Kremlin lors de ce dîner sera lourd de conséquences.)

Désormais auréolé de prestige, cet homme qui avait conquis le monde était redevenu une sorte de dieu absolu. Et, trois jours après la grandiose parade, la presse publiait le décret attribuant au maréchal de l'Union soviétique J.V. Staline le titre de « Héros de l'URSS ».

Apprenant par les journaux cette décision prise par ses acolytes, le dictateur leur déclara froidement : « Je

1. L'évocation par le dictateur de son éventuel départ déclencha une lutte sans merci parmi ses acolytes. Cette guerre de succession fera de nombreuses victimes. En cinq ans, trois successeurs potentiels seront assassinés : Voznessenski, Kouznetsov et sans doute Jdanov.

n'ai pas mené les régiments sur le champ de bataille. Je refuse cette décoration car je ne la mérite pas. »

Ils notèrent cependant que le Tsar Rouge avait daigné accepter le grade de généralissime. Le couturier du Kremlin dessina alors trois costumes excessivement baroques, brodés et ornementés, auxquels fut ajoutée une cape dorée. Finalement, le dictateur opta pour un habit plus sobre : une tunique blanche brodée au col montant, et un pantalon noir galonné de rouge sur le côté.

En juillet 1945, Beria était promu maréchal. En hissant au même rang que Joukov et ses pairs l'homme le plus haï par les militaires, Staline confirma sa suprématie absolue dans la hiérarchie du pays.

Le dictateur gardait aussi la haute main sur les affaires étrangères. Certes ses ministres (Molotov jusqu'en 1949, ensuite Vychinski) représentèrent l'Union soviétique pendant les rencontres internationales. Mais aucun n'avait la moindre liberté de s'écarter de ses instructions. Si, dans les affaires intérieures, le Tsar Rouge accepta de laisser à ses subordonnés un peu plus de latitude, c'est parce qu'il savait que leur rivalité était la meilleure garantie de leur loyauté totale. Aucun de ses acolytes n'avait confiance dans les autres, les alliances étaient temporaires et n'empêchaient pas les plus féroces oppositions.

En attendant, le peuple continuait à vivre dans la misère et dans l'absence de liberté, tirant sa fierté de la grandeur du pays : ses dimensions gigantesques, sa puissance militaire, sa victoire sur le nazisme, ses chantiers pharaoniques.

L'amour et l'illusion

La victoire s'était accompagnée de l'espoir de voir évoluer les choses en Russie. « Nous vivions dans l'attente de la liberté », écrivait le poète Pasternak.

« La guerre est apparue comme une tempête purificatrice, une bouffée d'air pur, un vent de délivrance… La réalité de ses horreurs, du danger qu'elle nous faisait courir, de la mort qu'elle suspendait au-dessus de nous, la menace, a été un bien auprès de la domination inhumaine de l'imaginaire ; la guerre nous a apporté un soulagement parce qu'elle limitait le pouvoir magique de la lettre morte. Les forçats n'ont pas été les seuls à respirer soudain plus librement, à pleins poumons : tous, sans exception, à l'arrière comme au front ont ressenti un véritable bonheur en se jetant avec ivresse dans le creuset d'une lutte terrible, mortelle et salutaire. » Ainsi narra-t-il cette période dans son roman emblématique *Le Docteur Jivago*.

Pendant la guerre, Pasternak fut aux côtés de ses compatriotes. Il n'était pas placé sur le devant de la scène, comme ses confrères proches de Staline qui écrivaient des feuilletons patriotiques pour mettre en valeur l'héritage des grands princes et des tsars de toutes les Russies, symboles de la victoire contre l'Allemagne. Le poète sillonna le pays pour s'associer pleinement à ces simples combattants du front.

Pour sa femme, cette période fut désastreuse. Non seulement elle souffrait de la séparation d'avec son époux imposée par la guerre, mais elle fut surtout anéantie par la mort d'un de ses fils, emporté par la tuberculose.

Après la guerre, les Pasternak reprirent espoir. Le poète retrouva le plaisir d'un contact direct avec un public qui l'adulait. Ses œuvres furent traduites à l'étranger et ses traductions de Shakespeare unanimement applaudies par les Anglais. Il continuait à travailler sur le roman qu'il considérait comme l'œuvre de sa vie. Il n'avait pas encore choisi le titre de ce livre. Au début, ce devait être *L'Expérience d'un Faust russe*. Pasternak désirait y conter le destin de quelques-uns de sa génération, dont lui-même, sous la dictature de Staline.

Paradoxalement, il se sentait « terriblement libre », plus qu'avant la guerre. Comme tant d'autres revenus du front, il s'était mis à espérer une nouvelle vie.

Cependant, ses illusions quant à l'évolution du régime s'envolèrent vite. Aussi devint-il de plus en plus impitoyable vis-à-vis du système stalinien : « La guerre, écrivait-il encore dans *Le Docteur Jivago*, n'avait pas apporté la lumière et la délivrance qu'ils attendaient ; pourtant les signes avant-coureurs de la liberté flottaient dans l'air depuis la fin de la guerre, et ces années n'avaient pas d'autre contenu historique. »

Pasternak réagit tout de suite aux nouvelles campagnes lancées contre les intellectuels[1]. Dans ses

---

1. Par Andreï Jdanov, bras vengeur de Staline. Le 14 août 1946, Jdanov condamnait radicalement deux revues littéraires, *Zviezda* et *Leningrad*, clouant au pilori la poétesse Anna Akhmatova et l'écrivain Zotchenko.

lettres, il exprimait sa fureur en parlant « d'un retour aux cruautés et au sophisme des années les plus bêtes et les plus sombres d'avant-guerre ». Néanmoins il ne fut pas arrêté. Le dictateur continua étrangement à épargner cet « habitant du Ciel », même si les dirigeants de l'Union des écrivains l'accusèrent « de s'être coupé du peuple » et d'être « un poète aux horizons limités à l'enclos de sa datcha, un émigré de l'intérieur ».

Le désespoir s'empara de nouveau du poète. À la veuve du poète géorgien Nina Tabidze, il écrivit : « Tout est redevenu comme avant… Cette fois, tous veulent ma peau. Je suis dévoré comme un hareng de la tête à la queue. »

Pendant ce temps, l'épouse de Pasternak ne parvenait pas à se remettre de la disparition de son enfant. Tout en continuant à tenir la maison, cette femme brisée était devenue l'ombre d'elle-même.

Le mois d'octobre 1946 fut particulièrement froid à Moscou. Une neige fine et piquante rougissait les pommettes saillantes des passants. Pasternak se rendit au siège de sa revue littéraire préférée, *Novy Mir*. Le poète était toujours très populaire et son entrée attira tous les regards (en effet, les Russes placent la poésie au-dessus de tous les arts).

Il remarqua tout de suite une grande jeune femme, blonde aux yeux gris. Une autre dame d'un certain âge, aux verres de lunettes très épais, la saisit par le bras et s'adressa à Pasternak : « Laissez-moi vous présenter Olga[1], une de vos admiratrices ! » dit-elle aimablement. Celle qui allait devenir l'un des symboles de la fémi-

1. Ivinskaïa.

nité du XXe siècle, la future Lara du *Docteur Jivago*, était secrétaire de la rédaction.

Flatté et séduit, il s'exclama : « Il est intéressant de constater qu'il me reste encore une admiratrice ! » Le physique de Pasternak inspirait des sentiments variés. Pour les uns, son visage ressemblait à une tête de cheval aux lèvres sensuelles, pour les autres, les femmes surtout, il possédait une extraordinaire force dc séduction.

Pasternak revint presque quotidiennement à la rédaction de la revue. Il offrit à Olga ses recueils de poèmes, puis alla lui rendre visite chez elle. Ils firent des promenades nocturnes à travers les ruelles du centre de Moscou, le long des murailles de brique rouge des monastères.

Olga décrivait ainsi son compagnon : « Son nez aristocratique, d'une jolie courbure élégante, était un peu court pour ce long visage à la mâchoire lourde de l'obstiné, de l'homme, du chef. On sentait aussitôt que ses baisers vous laisseraient la bouche meurtrie par l'airain de ses lèvres. Il avait le teint brun doré, le hâle d'un homme en bonne santé. Ses yeux étaient couleur d'ambre comme ceux des aigles, et toute sa personne avait une charmante distinction[1]. »

La neige crissait sous leurs pas, les carillons tristes des horloges sonnaient les demi-heures et les heures, Pasternak était amoureux. Il avait besoin de s'exprimer et Olga était suspendue à ses lèvres. Bien sûr, il voulut aussi connaître l'Histoire de sa vie. La jeune

---

1. Olga Ivinskaïa, *Otage de l'éternité. Mes années avec Pasternak*, Fayard, 1978.

femme était née en 1912 dans le centre de la Russie, et sa famille était venue s'installer à Moscou trois ans plus tard. Elle raconta ses études à l'université ainsi que son entrée en 1943, en pleine guerre, dans la revue littéraire où elle s'était vu confier la gestion de la section des jeunes auteurs. Olga avait déjà été deux fois veuve. Son premier mari s'était suicidé en apprenant qu'il était trompé. Quant au deuxième, une véritable crapule, il dénonça sa belle-mère pour propos diffamant sur Staline (la pauvre femme passa trois ans en prison).

Aussi épris fût-il d'Olga, Pasternak ne voulait rien changer à sa vie. Il désirait l'aimer sans pour autant quitter sa femme : trop d'épreuves, trop de combats communs les unissaient. « C'est la vie ! » disait-il, philosophe. « Et qu'est-ce que la vie, sinon l'amour ? Ce merveilleux soleil est entré dans la mienne et c'est si bien. »

Au début de l'année 1947, le poète envoya à Olga un billet qui allait devenir la première lettre de Youri Jivago à Lara : « De tout mon cœur, je vous adresse encore une fois mes meilleurs vœux, vous êtes merveilleuse, je voudrais bien que la vie vous soit douce. » Malgré le vouvoiement, cette première lettre porte le sceau de ce coup de foudre inattendu.

Encore une fois, ce n'était pas simple. Il y avait les enfants[1]. Une frontière invisible se dressait entre Pasternak et la jeune femme. Non seulement leur famille, leurs enfants, mais aussi une appartenance à

1. Léonide, le fils de Pasternak et de sa femme, Stanislas, l'enfant de Zinaïda Neuhaus (d'un premier lit), ainsi que le fils et la fille d'Olga.

des milieux tout à fait différents représentaient tout autant d'obstacles entre ces deux êtres épris l'un de l'autre. Ils avaient un seul atout : leur amour réciproque.

Ce fut pourtant une période heureuse. Après avoir passé la nuit entière à s'aimer, ils marchaient, épuisés, sous les tilleuls des boulevards de Moscou. L'éblouissante floraison des arbres distillait une odeur de miel. Le temps commandait une grande prudence car les mouchards étaient partout. Pourtant les questions politiques touchant le régime de Staline étaient absentes de leurs conversations. En revanche, chaque escapade était prétexte à glorifier les petites choses de la vie comme les pins, les buissons fleurissants ou les bouleaux aux feuilles vert clair. Le poète immortalisa aussi la courette de la maison d'Olga, et même le kimono imprimé à la longue ceinture nouée dans le dos que sa bien-aimée portait lorsqu'elle lui ouvrait la porte.

Pasternak allait souvent seul à Moscou pour voir Olga. Ils restaient étendus sans dormir jusqu'à l'aube et regardaient derrière les fenêtres les premiers rayons du soleil. Ce matin-là, quand il fit tout à fait jour dans la maison, Olga sursauta. Se dressant sur un coude, la poitrine découverte, les cheveux défaits, elle fixa sur lui un regard éperdu.

– Il faut que je m'en aille, dit-il avec précaution.

– Tu pars déjà ? murmura-t-elle à son amant. Soudain elle reprit ses esprits et se couvrit la poitrine de ses bras croisés.

– Où vas-tu ? Tu rentres chez toi n'est-ce pas ? Qu'est-ce que je vais devenir sans toi ? Et que comptes-tu faire avec ta femme ?

Caressant d'une main distraite et tendre ses cheveux, il ne répondit pas…

Leurs confrontations étaient parfois plus violentes. La mère d'Olga en vint à exiger que les amants « normalisent » leur relation. Elle voulait que Pasternak quitte sa femme et se marie avec sa fille. Ses incursions engendrèrent des explications et des disputes. Le poète, qui détestait les scandales, fut blessé par ces scènes qu'il qualifiait de « mauvais romans ».

Olga dira plus tard qu'elle avait honte de ces « scènes stupides ». La femme de Pasternak, de son côté, ne tarda pas à comprendre la situation et lui proposa d'emblée de divorcer. Mais le poète ne l'entendait pas ainsi. Il la menaça même de se donner la mort si elle venait à le quitter.

Lorsque leur fils cadet tomba gravement malade, l'épouse trompée obtint du poète la promesse de ne plus revoir Olga. Voulant éviter toute confrontation directe, Pasternak fit semblant de se plier à ses règles. S'il considérait Olga et ses enfants comme sa famille, il voulait aussi ménager la jalousie des deux femmes.

« La maîtresse est celle qu'on ne peut pas tromper », disent les Russes. Fidèle à ce précepte, Pasternak ne voulait rien changer; Olga l'expliquera dans ses Mémoires : « Certes, il n'était pas sybarite, mais il lui fallait un minimum de confort dans la vie quotidienne et une certaine tranquillité pour travailler. » Surtout face à l'hostilité du régime de Staline.

Comme toujours, Pasternak évoluait sur des sables mouvants. Pour l'épouse trompée tout était suspect : une intonation, un geste, un coup de téléphone, un parfum venu de l'extérieur. Se sentant menacée, elle se transforma peu à peu en une sorte de gendarme, comme disait son mari. Olga préférait se convaincre qu'elle était la muse, l'égérie mythifiée à travers le roman de Pasternak. Certes, elle avait parfois d'inévitables éclats de colère dus à la jalousie ; il lui arrivait de décrocher ses photos du mur pour les remettre après s'être calmée.

En 1949, en dépit de ses difficultés politiques, Pasternak se disait comblé. Mais le piège allait se refermer sur lui, là où il ne l'attendait pas.

Pasternak fut pressenti par le milieu intellectuel anglais pour le prix Nobel de littérature. Mais à l'époque, Staline avait lancé une campagne d'essence antisémite contre le cosmopolitisme, et cette perspective ne fut guère appréciée par le Kremlin. Chaque jour le poète guettait les hommes de la police secrète. Cependant, en octobre 1949, ce fut Olga et non Pasternak qui fut arrêtée. Officiellement, elle était accusée de malversation : elle se serait approprié, à la place du bénéficiaire, l'argent d'une petite pige écrite dans un journal. Plus tard, le KGB reconnaîtra qu'en réalité elle avait été incarcérée pour « antisoviétisme car elle voulait s'enfuir avec Pasternak à l'étranger ».

Olga passa plus de quatre ans au goulag, supportant souffrances, tortures et insultes. Pendant les interrogatoires, on lui demanda ce qu'elle trouvait à « ce vieux Juif » – elle avait trente-sept ans, Pasternak cinquante-neuf. Alors qu'elle attendait un enfant, ses geôliers l'emmenèrent à la morgue et la laissèrent auprès des cadavres toute une nuit. Quand elle retourna dans sa cellule, elle perdit son bébé. Pendant ce temps, Pasternak s'occupait de la famille d'Olga et lui faisait parvenir des lettres par l'intermédiaire de sa mère.

La femme de Pasternak fut sans indulgence vis-à-vis de sa rivale. Quand son mari lui annonça qu'elle avait été arrêtée à cause de lui, l'épouse de Pasternak répondit sèchement : « Alors pourquoi pas moi aussi ; j'ai pourtant vécu plus longtemps avec toi ! » Elle ne parvenait pas à croire qu'Olga pût être incarcérée par le seul fait qu'elle était proche de Pasternak.

En octobre 1952, le poète fut victime d'un infarctus. Sa femme le soigna amoureusement. « Elle m'a sauvé, je lui dois la vie », répétait-il. Mais ces drames personnels n'étaient qu'une goutte d'eau « dans l'océan de malheur » qui engloutissait le pays sous le règne de Staline.

Le fantôme d'Ivan le Terrible

En effet, les camps du goulag étaient surpeuplés et de nouvelles épurations étaient en préparation. Même les collaborateurs les plus proches du tyran, même les plus courageux chefs de guerre, avaient de bonnes raisons de s'inquiéter…

Le maréchal Joukov, qui termina la guerre comme commandant en chef des troupes d'occupation en Allemagne, suscita la jalousie et la suspicion du dictateur. En 1946, le Tsar Rouge le convoqua au Kremlin : « Les services secrets m'ont transmis un rapport sur vos contacts suspects avec les Américains et les Anglais. Ils pensent que vous êtes devenu un de leurs espions. Je ne crois pas à ces sornettes, mais malgré tout, il vaudrait mieux pour vous que vous quittiez Moscou pour un temps… »

Le maréchal fut alors nommé commandant de la région militaire d'Odessa, une région située au bord de la mer Noire, certes fort agréable, mais parfaitement subalterne du point de vue militaire.

Il dut rester loin de Moscou jusqu'à la mort de Staline. Petit à petit, son nom tomba dans l'oubli. Comble de désinformation historique, pour le troisième anniversaire de la victoire, la presse raconta la bataille de Berlin sans même le mentionner, comme si la totalité de l'opération avait été planifiée exclusivement par Staline. Les noms d'autres célèbres commandants disparurent des journaux. Cependant, contrairement à leurs prédécesseurs, ni Joukov, ni les autres maréchaux ne furent arrêtés ou exécutés. Cette stabilité relative concerna aussi le domaine politique. Sur les onze membres du Politburo d'après-guerre, six l'étaient déjà en 1939 et deux autres étaient membres suppléants. Huit sur onze étaient toujours membres du Présidium (le nouveau nom du Politburo) ; un seul d'entre eux, l'économiste Voznessenski, avait été arrêté et exécuté.

En cette même année 1946, Beria devint le premier chef de la police admis au Politburo comme membre de plein droit. Cependant, ses relations avec le dictateur commencèrent à se gâter. Le Tsar Rouge devenait en effet de plus en plus ombrageux et imprévisible, à tel point que sa ressemblance avec le premier tsar Ivan le Terrible devint confondante. Ce fut d'ailleurs en cette période que le grand cinéaste Eisenstein réalisa un film sur ce monarque fantasque. Un projet qui tenait tant à cœur à Staline. Depuis longtemps, comme nous l'avons constaté, le dictateur s'intéressait passionnément au destin de ce tsar qui régna sur la Russie durant plus de trente ans au XVIe siècle (1547-1584). C'est sa cruauté qui l'avait fait surnommer « le Terrible » (ou littéralement « le menaçant » ou « l'ombrageux »). Mais si le Tsar Rouge voyait en son précurseur le bâtisseur d'un grand Empire, il fut surtout séduit par le régime de terreur imposé par les membres de sa garde prétorienne, créée pour lutter contre les boyards. Cet épisode appelé l'*opritchina* dura de six à sept ans. Comme plus tard

Staline, Ivan ne se contenta pas de terroriser physiquement son pays. Il entreprit de le harasser moralement en supprimant les points de repère, en alternant de façon arbitraire les faveurs et les sanctions, les retours à la sagesse et les nouvelles atrocités. Selon les termes du Terrible, « la Grande Peur » était le fondement le plus solide de l'autorité de l'État, car seul le mal, en engendrant la terreur, était capable de rassembler autour de lui des peuples égarés.

Les historiens russes ont souvent discuté les causes de la terreur déclenchée par Ivan IV qui massacra des milliers d'opposants réels ou supposés à son pouvoir autocrate. Traditionnellement, les libéraux condamnaient Ivan pour son despotisme et le décrivaient comme un psychopathe ; les conservateurs le présentaient comme un grand tsar sage et clairvoyant.

Durant les premières années du pouvoir soviétique, le jugement porté sur Ivan le Terrible était extrêmement négatif. Mais dès le début des années 1930, Staline décida qu'il était « indispensable de restaurer dans l'Histoire russe la véritable image de cet homme d'État grand et sage ». Pour se faire, le tsar Ivan le Terrible devait « prioritairement s'incarner au cinéma » – le moyen de communication de prédilection du dictateur. Et pour Staline, seul Sergueï Eisenstein pouvait remplir cette tâche. Comme pour Pasternak, Staline suivait la carrière de ce grand cinéaste depuis les années 1920, quand furent réalisés ses tout premiers films : *La Grève* (1925) et particulièrement *Le Cuirassé Potemkine* (1926) – premier grand succès international du jeune cinéma soviétique.

Il est vrai que celui-ci était le représentant le plus brillant de la nouvelle génération de la culture surgie depuis la révolution. Aux yeux des futurs historiens, il devint le symbole même de la réussite de la politique culturelle de Staline. De son côté, Eisenstein avait un besoin vital du soutien du régime. En effet dans l'industrie du cinéma, seul l'État pouvait sponsoriser ses films. Mais comme dans le cas de Pasternak, cette attirance pour Staline avait de profondes racines psychologiques, liées notamment aux relations complexes qu'entretenait Eisenstein avec son père. Selon le cinéaste, son père était « un tyran domestique[1] ». Avec Staline pour mentor, le cinéaste marcha sur le fil du rasoir. Lui passant commande après commande, le Tsar Rouge ne le laissait pas souffler, le récompensant généreusement ou le châtiant sans pitié. S'il envoya Eisenstein à l'étranger – d'abord en Europe, ensuite aux États-Unis –, ce fut sur ces recommandations : « Étudiez en détail le cinéma parlant. C'est très important pour nous[2]. »

En mai 1937, en pleine terreur, le Politburo discuta le « cas Eisenstein ». Une résolution menaçante était déjà préparée pour « constater l'impossibilité de l'employer comme metteur en scène au cinéma ». En décidant autrement, Staline proposa à Eisenstein de

1. Le père d'Eisenstein était devenu pour son fils une sorte de « Staline à domicile », « le prototype de la tyrannie sociale » à laquelle le cinéaste était « forcé de se soumettre en faisant semblant de se plier, tout en se révoltant de tout son être ». Architecte le plus célèbre de Riga, maître du modern style, il partit avec l'Armée blanche et mourut à Berlin. Cité d'après *Chostakovitch et Staline*, de S. Volkov, Anatolia, éditions du Rocher, 2005.

2. Et lorsque Eisenstein s'attarda en Amérique, Staline le soupçonna aussitôt de « déserter » au profit de son « ennemi numéro un » – Trotski. Ces soupçons étaient nourris par de nombreux rapports des services secrets.

faire un film monumental, une véritable saga sur la Russie médiévale, axée sur Alexandre Nevski, prince de Novgorod au XIIIe siècle. Ce choix était naturellement politique. De toute évidence, alors que la guerre contre l'Allemagne hitlérienne était imminente, Staline jugea opportun de s'adresser à l'inconscient collectif du pays, mettant en exergue le courage et le patriotisme de ce guerrier légendaire. Le prince Alexandre, élevé au rang des saints par l'Église orthodoxe, avait défait l'armée des chevaliers Teutoniques. Cependant, après le revirement effectué par la politique du Kremlin et le pacte de non-agression conclu en 1939 entre l'URSS et l'Allemagne, le film fut retiré de la distribution. Staline demanda alors à Eisenstein de réaliser un film sur Ivan le Terrible...

Si les autorités cinématographiques soviétiques eurent peur d'autoriser la diffusion de la première partie d'Ivan le Terrible, elles furent encore plus inquiètes de la proposer pour le prix Staline, le plus prestigieux du pays, prétextant que cette récompense ne pouvait pas être donnée à une œuvre incomplète. Mais une fois encore, le Tsar Rouge en décida autrement. Après avoir vu cette première partie, le dictateur ordonna de faire une exception pour Eisenstein : non seulement le film fut diffusé, mais il reçut le prix.

En février 1946, un bal fut donné à la Maison du Cinéma, en l'honneur des nouveaux lauréats des prix. Eisenstein y dansa à corps perdu avec une célèbre actrice. Tout le monde remarqua la fougue provocatrice de cette danse fatale, mais personne ne pouvait deviner que c'était la transe de la mort. Du bal, le cinéaste fut transporté directement à l'hôpital frappé par un grave infarctus.

Eisenstein semblait alors avoir le vent en poupe. Pourquoi son cœur lâcha-t-il ?

Le réalisateur venait en fait d'achever la deuxième partie de son film. Quand ses collègues assistèrent à la projection, ils furent saisis d'effroi tant étaient nombreuses les allusions à Staline[1]. Eisenstein avait de bonnes raisons d'être en proie à l'angoisse… Il fallait maintenant montrer l'œuvre au dictateur.

Ulcéré, Staline sortit en effet de ses gonds.

– Il a représenté la police secrète d'Ivan comme un ramassis de crapules, de dégénérés, quelque chose comme le Ku Klux Klan américain, hurla le dictateur.

– Ce n'est pas un film, c'est un vrai cauchemar !… C'est dégoûtant !

Le film fut immédiatement interdit. Sur cette toile de fond dramatique, Eisenstein se remit tant bien que mal de son infarctus.

L'acteur qui incarnait Ivan le Terrible – Nikolaï Tcherkassov, comédien favori de Staline – réussit tout de même à décrocher une audience au Kremlin. D'emblée, le dictateur énuméra tous ses griefs au cinéaste :

– Ivan le Terrible était très cruel. On peut montrer qu'il était cruel, mais il faut montrer aussi pourquoi c'était indispensable d'être cruel !

---

1. Pourtant, d'après les souvenirs du cinéaste Mikhaïl Romm, personne ne put se décider à lui dire en face que le Tsar Rouge transparaissait très nettement sous les traits de son Ivan le Terrible. « Nous voyions encore beaucoup d'autres choses, mais nous n'avons pas osé le lui dire. L'insolence d'Eisenstein, ses yeux brillants, son sourire provocateur et sceptique nous faisaient comprendre qu'il agissait consciemment, qu'il avait résolu de brûler ses vaisseaux. C'était terrifiant. »

Eisenstein et son acteur n'essayèrent même pas de répondre – c'était la tactique dont ils étaient convenus d'avance. Puis, mené par son flair légendaire, le comédien réussit miraculeusement à détendre l'atmosphère en demandant à Staline la permission de fumer. Le dictateur sourit alors avec malice :

– Il me semble que ça n'a jamais été interdit !

Et il offrit à ses interlocuteurs ses cigarettes préférées. Lorsqu'ils se séparèrent, Staline s'enquit même de la santé d'Eisenstein et ajouta : « Ça ira mieux, avec l'aide de Dieu ! »[1]

Eisenstein avait cependant déjà décidé, en quittant le Kremlin, qu'il ne modifierait pas son film. Il ne savait pas qu'il mourrait quelques mois plus tard, à cinquante ans, d'un second infarctus[2].

---

1. Cette conversation au Kremlin fut racontée par Nikolaï Tcherkassov (cité d'après Gerassimov, *Tcherkassov*, Moscou, 1976).

2. La seconde partie d'*Ivan le Terrible* ne sera projetée sur les écrans que dix ans plus tard.

Les crépuscules du Diable

Le temps passa. Réputations et influences se faisaient et se défaisaient au Kremlin. Personne ne savait avec quelle fréquence s'y réunissaient les instances supérieures. Les décisions étaient prises le plus souvent en petit comité, d'une façon informelle, lors des réceptions dans la datcha de Staline auxquelles seuls quelques acolytes les plus influents étaient conviés. Pas la moindre lumière ne filtrait des fenêtres hermétiquement masquées. Le domaine était bien sûr protégé par des unités des services secrets. Staline, comme à son habitude, se tenait debout près du gramophone et, tout en passant des disques, observait ses invités qui dansaient. Tous des hommes. Molotov – sa femme était alors détenue au goulag – valsait avec le numéro deux du Parti polonais chargé de la police politique.

L'atmosphère était lourde, la peur palpable. Si le Tsar Rouge jouait les hôtes aimables, un rien suffisait à le faire sortir de ses gonds. Une serveuse s'arrêtait un instant de trop pour disposer des couverts et il éclatait : « Qu'est-ce qu'elle a à nous écouter ? »

Lors de ces soirées, Staline buvait beaucoup moins que naguère, et seulement du vin de Géorgie, mais pas question pour les invités de ne pas participer aux libations. Ainsi, quelques années plus tôt, un de ses anciens compagnons d'exil refusa obstinément de boire. « Tu le regretteras », l'avait averti le maître de maison. Le lendemain, le malheureux fut arrêté puis fusillé.

Face à l'énorme tâche de la reconstruction, le dictateur pensait plus que jamais qu'il fallait restaurer la discipline et l'autorité patriotique du régime, insistant sur le caractère unique de l'Union soviétique et sur sa supériorité par rapport à l'Ouest. D'ailleurs, le dictateur rouge apprend grâce à ses espions aguerris la phrase blessante que le Premier ministre britannique Churchill aurait prononcée en privé, comparant Hitler à Staline : « Nous avons tué le mauvais cochon. » Profondément blessé, Staline ne pardonnera jamais ces « excès de langage ».

Tous les contacts avec l'Occident étaient interdits sous la menace des plus sévères punitions : la terreur se poursuivait.

En janvier 1948 fut retrouvé à Minsk le cadavre d'un grand comédien, Solomon Mikhoëls, le crâne défoncé, dans une rue couverte de neige. En 1943, le comédien, en tant que président du Comité juif antifasciste de l'URSS, avait fait des voyages aux États-Unis, au Canada, au Mexique et au Royaume-Uni, une tournée qui l'avait rendu d'office suspect.

L'enquête conclut à une mort accidentelle. Il aurait été renversé par un camion. De toutes les hypothèses, c'était la moins crédible. Loin de mettre fin aux rumeurs, la police secrète les encouragea. Très vite s'imposa la thèse de l'assassinat. En réalité, l'acteur fut tué sur l'ordre de Staline. Citons plutôt ce document conservé aux archives du KGB qui a une valeur d'exception, car il donne pour une fois les détails du déroulement d'un assassinat politique en Russie :

« Strictement confidentiel.

Au Présidium du CC du PCUS…

Lors d'une vérification des matériaux de l'enquête sur la prétendue "affaire des médecins saboteurs" ; il a été établi qu'on avait retenu comme élément principal à charge contre un certain nombre de médecins soviétiques éminents, juifs, arrêtés par l'ancien ministère de la Sécurité d'État de l'URSS, des liens avec une personnalité de renom, l'Artiste du peuple de l'URSS Mikhoëls. »

Dans ces documents, le comédien était présenté comme le chef d'un centre juif nationaliste antisoviétique, à la solde des États-Unis, qui aurait mené un travail de sape contre l'Union soviétique. L'accusation de terrorisme et d'espionnage contre les médecins arrêtés était « fondée » sur le fait que deux de ces médecins connaissaient Mikhoëls[1].

---

1. Par ailleurs, les organes de la Sécurité d'État ne disposaient d'aucune information sur une quelconque activité antisoviétique, ni *a fortiori* d'espionnage ou de sape, de la part de Mikhoëls contre l'Union soviétique. Lors de la vérification des documents concernant Mikhoëls, il s'est avéré qu'en février 1948 à Minsk, sur ordre de l'ancien ministre de la Sécurité d'État (MGB), Abakoumov, de l'ancien vice-ministre de la Sécurité d'État, Ogoltsov, et de l'ancien ministre de la Sécurité d'État de Biélorussie, Tsanava, il a été procédé de manière illégitime à la liquidation physique de Mikhoëls.

À ce propos, le ministère de l'Intérieur de l'URSS a interrogé Abakoumov et recueilli les dépositions d'Ogoltsov et de Tsanava.

Abakoumov a déclaré ce qui suit : « Pour autant que je me souvienne, en 1948, le chef du gouvernement soviétique, J. V. Staline, me donna l'ordre urgent d'organiser rapidement la liquidation de Mikhoëls par le personnel du MGB de l'URSS, en confiant cette tâche à des personnes de confiance. On savait alors que Mikhoëls

Le 13 janvier 1953, la presse soviétique publia un communiqué officiel (en réalité rédigé par Staline), selon lequel neuf « blouses blanches », neuf médecins réputés, attachés aux hôpitaux du Kremlin, venaient d'être arrêtés. Ces hommes auraient fait partie « d'un groupe terroriste qui s'est proposé d'abréger la vie de personnalités de l'URSS en sabotant leurs traitements médicaux ». Ils auraient déjà « assassiné » plusieurs dirigeants civils et étaient sur le point de s'attaquer à « des cadres militaires soviétiques de haut rang ». Le communiqué précisait que « la majorité des membres

---

et l'un de ses amis dont je ne me souviens pas du nom devaient se rendre à Minsk. Quand on en fit le rapport à Staline, il ordonna aussitôt d'organiser la liquidation de Mikhoëls à Minsk, sous couvert d'un accident : lui et son compagnon devaient périr écrasés par une voiture. Lors de cette conversation, les cadres dirigeants du MGB de l'URSS à qui on pouvait confier l'exécution furent énumérés. »

La tâche accomplie, un rapport fut adressé à Staline qui apprécia hautement cette intervention et ordonna de décorer les exécutants, ce qui fut fait.

Au sujet des circonstances de la liquidation de Mikhoëls, Ogoltsov (qui dirigea l'opération) fit la déposition suivante : « Comme nous ne pouvions pas avoir la certitude d'une issue positive lors d'un accident de circulation qui, de plus, pouvait provoquer des victimes chez nos collaborateurs, nous décidâmes dans un premier temps de liquider Mikhoëls en le faisant écraser par un camion dans une rue déserte. Mais cette solution, bien que meilleure que la première, ne garantissait néanmoins pas un succès total de l'opération. Voilà pourquoi il fut finalement décidé de le faire inviter dans la soirée, par l'intermédiaire de nos agents, chez des relations, d'envoyer une voiture le chercher à l'hôtel, et de le conduire à la datcha où il serait exécuté. Ensuite, son corps serait posé sur la chaussée d'une rue déserte en ville, sur le chemin de son hôtel, et écrasé par un camion. L'image vraisemblable d'un accident serait ainsi créée : un véhicule renversant des gens de retour d'une fête était un événement relativement fréquent à Minsk, à l'époque. C'est ce qui fut fait… » Cité d'après *Argoumenty i fakty*, n° 19, mai 1992.

de ce groupe » étaient « liés à l'organisation nationaliste bourgeoise juive internationale, créée par les services secrets américains ».

Par son énormité, cette affaire évoquait bien entendu les grands procès d'avant-guerre. Elle donnait un sens nouveau à des purges spécifiquement antijuives qui venaient de se dérouler dans les pays vassaux d'Europe centrale et orientale, où de nombreux dirigeants furent condamnés pour « espionnage sioniste », en novembre 1952, et exécutés au début du mois de décembre. Pendant six semaines, l'URSS subit une tension extrême. On croyait savoir que les quelque trois millions de Juifs que comptait alors l'Union soviétique allaient être « transférés » à brève échéance en Sibérie ou dans le Grand Nord, tout comme l'avaient déjà été d'autres groupes ethniques « punis » : la date du 5 mars passait même pour avoir été retenue. Les non-Juifs n'étaient pas moins accablés, car cette déportation semblait devoir marquer le début d'une nouvelle vague de terreur généralisée.

L'analogie avec la grande terreur des années 1930 était de plus en plus évidente, car, à peine la Seconde Guerre mondiale achevée, Staline lança les préparatifs d'un nouveau conflit à l'échelle planétaire. Celui-ci impliquerait nécessairement le recours à l'arme nucléaire comme l'avait déjà fait le président américain Harry Truman contre le Japon en 1945… N'avait-il pas confirmé la vieille règle selon laquelle un État ne renonce jamais à exercer pleinement la force dont il dispose ?

Mais Staline estimait également que, dans ce conflit, l'URSS disposerait d'un double avantage : des armes nucléaires plus puissantes et plus maniables que celles des Américains, un potentiel classique plus important et mieux aguerri.

Les dés semblaient jetés. Mais la Providence allait en décider autrement.

Le vendredi 27 février 1953, Staline assista à une représentation au Bolchoï, seul dans sa loge. Ne se sentant pas bien, il quitta le théâtre avant la fin du spectacle et retourna à sa datcha. Le lendemain, il fit la grasse matinée puis reçut les dernières informations concernant la guerre de Corée et l'affaire des médecins du Kremlin. Le soir, il dîna en compagnie de ses quatre acolytes : Malenkov, Beria, Khrouchtchev et Boulganine. Les cinq hommes regardèrent un film, puis bavardèrent jusqu'à quatre heures du matin. Le dimanche 1er mars, le dictateur resta enfermé dans ses appartements ; ses domestiques n'avaient pas le droit d'y pénétrer sans avoir été appelés. Quand le soir tomba, vers cinq heures de l'après-midi, la lumière s'alluma dans le bureau. Mais Staline restait toujours enfermé. À onze heures du soir, la gouvernante inquiète força la porte en compagnie de plusieurs gardes du corps. Le maître du Kremlin gisait sur le sol, inconscient. L'agonie se prolongea quatre jours.

Le 5 mars enfin, à neuf heures cinquante du matin, le tyran s'éteignait. Quand les embaumeurs voulurent lui mettre des bottes neuves, ils découvrirent qu'il n'en avait qu'une vieille paire – celle qu'il portait tous les jours.

Beria et Malenkov se rendirent promptement au Kremlin et brûlèrent dans le poêle du bureau du Tsar Rouge les piles de documents les plus compromettants sur leur activité.

Le 6 mars, à six heures du matin, la voix grave et modulée du speaker des grands jours historiques de la guerre et de la victoire de l'URSS annonçait au monde la mort de Staline.

Le corps du défunt fut exposé sous les lustres de cristal de la salle des Colonnes, autrefois salle de bal de la noblesse tsariste. Là même où, pendant les funérailles de Lénine, Staline s'était jadis posé en exécuteur testamentaire du dieu disparu et en grand prêtre de sa pensée.

Dès l'annonce du transfert de la dépouille du dictateur, le peuple déferla vers le centre de Moscou. Cette foule sans âge était au fond une sorte de reflet de la Russie éternelle qui accourait naguère des provinces pour assister aux couronnements et aux funérailles des tsars les plus cruels.

Dans la nuit glaciale, les gens s'entassèrent sur les voies qui menaient vers la salle des Colonnes, pour attendre le moment où il serait possible d'aller « le » voir. Jeunes et vieux, portant des enfants dans les bras, ils avançaient ou reculaient sous la neige avec le flot humain. Le silence, pesant comme celui de la plaine infinie, n'était troublé que par les coups assourdis de l'horloge du Kremlin, le crissement des pas sur la chaussée craquante et les ordres, presque murmurés, des miliciens : « Serrez les rangs. »

« Moment mystique », nota Pasternak. Pour celui qui, comme tant d'autres, avait souffert de cette dictature, la disparition de Staline aurait dû représenter la survie. Mais le souvenir des années qui suivirent ce jour de juin 1941 où commença la guerre contre les nazis était le plus fort. À cet instant, le poète se remémora seulement comment, pour la première fois, Staline s'était adressé au pays d'une voix brisée, désemparée, en appelant ses sujets : « Frères et sœurs » ; comment les soldats, pauvrement équipés et armés, partirent à l'assaut au cri de : « Pour Staline, pour la Patrie ! »

Pasternak avait encore à l'esprit les neuf cents jours du siège de Leningrad et ses centaines de milliers d'habitants morts de faim, les proclamations d'Hitler décidé à asservir les Slaves, ces « sous-hommes », les vingt-cinq millions de tués… Puis la contre-offensive fulgurante, le drapeau planté sur le Reichstag, et enfin ce défilé de la victoire sur la place Rouge, les milliers d'étendards à croix gammée jetés devant le mausolée au pied du dictateur triomphant. Tout cela s'était passé dix ans plus tôt, sous Staline, avec Staline.

Quant à Olga, la bien-aimée de Pasternak, elle apprit le décès du dictateur dans son camp de concentration, où l'annonce de la maladie puis de la mort du tyran ramena l'espérance chez les plus pessimistes, déclenchant une explosion de joie. Dans certains endroits, il fut impossible, en ce 6 mars, de faire travailler les forçats. Là où l'encadrement était meilleur, ils creusèrent quand même la glace et les galeries de mines, mais avec, pour la première fois, l'espoir d'être libérés.

Pour les paysans, encore nombreux dans les camps, la divine Providence s'était manifestée. Olga les vit alors s'agenouiller, se prosterner et embrasser la terre comme leurs ancêtres, les premiers chrétiens. Geste mystique avec lequel, depuis des siècles, ils rendent grâce au Ciel de les avoir délivrés du malheur, des fléaux naturels, de la peste ou de la famine.

Les héritiers

Le fantôme du Tsar Rouge allait désormais planer sur le pays. Aucun autre personnage historique du XXe siècle – ni Trotski ni même Lénine – n'ont provoqué une telle fixation dans les mentalités. Ainsi, chaque successeur du Guide allait être contraint de se positionner face à la dualité du dictateur qui se présentait à la fois comme défenseur de l'héritage des tsars et révolutionnaire.

Staline n'ayant pas formellement désigné son successeur, le pouvoir échut collégialement au Bureau politique. Mais il fallait un chef. Qui, parmi les acolytes, allait l'emporter ?

La plupart des boyards du Tsar Rouge étaient d'assez extraordinaires personnages, impliqués, comme nous l'avons vu, dans les choix stratégiques et les crimes du régime.

Beria, qui avait régné pendant quinze ans à la tête de la police politique – record absolu de longévité à un tel poste –, passait au printemps 1953 pour le futur maître. C'est lui qui fut chargé d'organiser les funérailles du dictateur. S'il avait été autrefois un bel athlète au corps droit, aux yeux perçants, il avait monstrueusement grossi.

Mais il y avait aussi Khrouchtchev, fils de paysan, ancien ouvrier, quasi analphabète, qui avait été le serviteur zélé de la terreur, et avait appris sur le vif les rouages du haut sérail. Le 2 mars, alors que Staline agonisait, il sut se faire attribuer l'intérim de la présidence du Conseil des ministres. S'il laissa finalement ce poste à Malenkov le 6 mars, c'était pour obtenir la direction du Parti dès le 14 mars. Les dés tombèrent d'eux-mêmes : Malenkov, Beria et Molotov, le vétéran de la diplomatie, constituèrent un triumvirat. Les trois hommes marchèrent en tête des funérailles solennelles de Staline[1]. Beria lâcha alors ces mots énigmatiques : « C'est moi qui ai liquidé le tyran[2]… »

Désormais, le bruit allait courir que le dictateur avait été assassiné. Il est certes impossible de l'affirmer, mais, là encore, il existe plusieurs éléments troublants. D'abord, on sait maintenant qu'il y eut un rapport d'autopsie et que celui-ci a disparu. Pour quelle raison ? Mystère. En revanche, il est incontestable que la mort du dictateur était pour Beria un soulagement ; s'il ne l'avait pas provoquée, il s'en était néanmoins réjoui devant témoins.

Avait-il fait empoisonner Staline ? S'agissait-il d'une simple vantardise ? On ne connaîtra jamais la réponse[3].

1. Voir *Le Retour de la Russie, op. cit.*

2. Selon le témoignage de Molotov.

3. Hélène Blanc (*op. cit*) écrit à ce propos : « On se souviendra que son cadavre momifié, extrait du mausolée de la place Rouge en 1961, fut enterré dans une fosse très spéciale, capitonnée de béton et recouverte d'une dalle de granit. Est-ce pour mieux faire disparaître des preuves éventuelles ? Sans nul doute, grâce aux derniers progrès scientifiques, à condition de s'en donner la peine, on pourrait découvrir bien des cadavres dans les placards de la police secrète soviétique… »

La logique du régime ayant toujours été de placer les services secrets au-dessus de l'État et du Parti, Beria semblait nettement avantagé. Il croyait alors pouvoir donner toute sa mesure.

De fait, il se comporta pendant cent jours comme le troisième Tsar Rouge, en proposant un véritable programme de désoviétisation allant de la détente avec l'Occident jusqu'à l'introduction de l'économie de marché – chose à laquelle, même vingt ans plus tard, personne n'oserait s'attaquer. S'agissait-il d'une libéralisation en trompe-l'œil, selon les méthodes de la manipulation stalinienne ?

En tout état de cause, les décrets pris par Beria au printemps 1953 furent effectivement appliqués et la gigantesque terreur qui avait marqué les règnes de Lénine et de Staline ne reprit jamais. Après avoir promu des cadres nationaux dans les Républiques soviétiques, il se fit l'avocat d'une politique plus souple en Europe centrale. Il ne croyait pas, en particulier, à la soviétisation de l'Allemagne de l'Est, et penchait pour une Allemagne unifiée et neutre.

Ses projets auraient pu sonner le glas de la guerre froide et diminuer la domination du Parti communiste. Sur ce plan-là, Beria fut en quelque sorte le précurseur des futurs réformateurs. Mais il en faisait trop aux yeux de ses pairs qu'il bousculait et méprisait. Leur réaction ne se fit pas attendre.

Le 26 juin, en effet, les membres du Présidium se rallièrent à Khrouchtchev et le firent arrêter en pleine réunion au Kremlin. Quatre maréchaux firent irruption et ceinturèrent Beria qui n'avait rien vu venir. Gardé au secret, il fut fusillé plus tard avec quelques acolytes. L'ancien chef de la police secrète fut déshabillé dans les caves et attaché à un crochet. Un rapport de police raconte qu'il faisait tant de bruit en suppliant qu'on le laissât et en appelant à son secours « Nikita » (Khrouchtchev), qu'on lui enfonça une serviette dans la bouche. Il reçut finalement une balle dans la tête. Officiellement, Beria aurait été exécuté le 23 décembre 1953.

Khrouchtchev sortit donc triomphant de cette épreuve de force.

Ce petit bonhomme rondouillard avait tout vu. Inscrit au Parti depuis 1918 et zélateur du Tsar Rouge depuis 1930, il avait été à deux reprises, avant et après la guerre, le vice-roi de Staline en Ukraine, envoyant de nombreuses personnes au goulag. Les documents permettant de connaître son rôle exact dans la famine organisée en Ukraine, qui fit entre cinq et huit millions de victimes entre 1932 et 1933, n'ont pas été retrouvés. Mais les archives restantes sont suffisamment parlantes.

Durant la grande terreur des années 1936 et 1937, alors qu'il dirigeait la région de Moscou, Khrouchtchev a personnellement établi des quotas « d'éléments socialement nuisibles », signé des listes et donné des ordres, prenant ainsi part à l'exécution de plusieurs centaines de milliers de personnes. Et lorsqu'il devint chef du Kremlin en 1953, à cinquante-neuf ans, il détruisit immédiatement plus de deux cents pages de son dossier personnel, concernant sans doute ses plus graves forfaits.

Qui fut en réalité Khrouchtchev ? L'homme de la déstalinisation ou le sauveur du système totalitaire ? Car sa démarche fut marquée par de profondes contradictions. S'il projeta une certaine lumière sur les crimes de Staline, son but était néanmoins de perpétuer la domination du Parti communiste en continuant à renforcer la nomenklatura, cette corporation fermée qui réunissait de hauts dirigeants du Kremlin. Son message avait tout de la manipulation et était notamment destiné aux hommes forts du régime : « La terreur ne vous vise plus, disait-il en substance, vous pouvez profiter de vos privilèges. »

Son fameux « rapport secret » exonérait également la classe dirigeante des crimes de l'ère précédente, rejetant exclusivement toute la responsabilité sur le chef et son âme damnée Beria.

Le jovial successeur de Staline ne pouvait pas imaginer qu'il venait aussi de porter un coup décisif au système soviétique en critiquant le culte du chef auréolé. En dévoilant que le Parti s'était laissé guider par un « psychopathe », il mettait en cause « l'infaillibilité doctrinale » et condamnait le principe de la « religion politique » qui fut – comme nous l'avons vu – à la base du système. Et, à court terme, le rapport secret déboucha sur la révolte de Budapest à l'automne 1956. En rompant avec le mythe de Staline, il déclencha le processus irréversible qui mena trente-cinq ans plus tard, après moult aléas, à la chute de l'Union soviétique…

En 1954, la police secrète changea encore une fois de nom pour une appellation devenue mythique : le KGB. Son appareil fut immédiatement repris en main et purgé. Des centaines de ses membres furent purement et simplement exclus des services de sécurité, et quelques dizaines d'entre eux se virent condamnés à mort ou à de lourdes peines de prison. Le KGB reprit tout de même ses couleurs sous la houlette d'Alexandre Chelepine, le dynamique et relativement jeune chef des services secrets soviétiques entre 1958 et 1961. Comme il ne faisait pas mystère de son ambition de devenir le maître du Kremlin, il se vit à son tour écarté. Khrouchtchev continua ainsi à pratiquer les assassinats politiques dans la pure tradition stalinienne, surtout parmi les Ukrainiens. En 1957, il chargea un certain Stashinsky (appartenant au département 13 du KGB, chargé des opérations d'assassinat et de sabotage) de tuer Lev Rebet, un émigré ukrainien réfugié en Allemagne de l'Ouest. En octobre 1959, par le même Stashinsky il fit éliminer Bandera, le principal dirigeant nationaliste ukrainien à Munich, à l'aide d'un pistolet à gaz chargé de cyanure, qui eut pour effet de déclencher une attaque cardiaque et ne laissa aucune trace. Cette affaire prit cependant une allure inattendue. Au cours d'une de ses missions à l'étranger, Stashinsky tomba sincèrement amoureux d'une jeune Allemande de l'Est, Inge Pohl, qu'il épousa en 1960 et qui lui fit prendre conscience de l'immoralité de sa conduite passée. En 1961, tous deux se réfugièrent en Allemagne de l'Ouest, où Stashinsky se constitua prisonnier. En 1962, son repentir et ses aveux lui valurent de n'être condamné par un tribunal allemand qu'à huit ans de prison pour complicité de meurtre.

Pour l'heure, comme après la guerre, les gens désiraient avant tout reprendre une vie normale et tenter d'oublier les épreuves apocalyptiques de l'époque stalinienne.

En cette année 1953, pressentant la libération de sa bien-aimée Olga du goulag, Pasternak informa la fille de sa maîtresse, que le poète avait beaucoup aidée pendant cette période difficile, qu'il désirait, selon sa formule, « modifier le caractère de ses rapports avec sa mère ». Autrement dit, il voulait rompre.

Mais il lui fut plus facile de le dire que de le faire. En la revoyant, à peine marquée malgré les années de goulag, l'écrivain ne put résister et leur amour reprit de plus belle.

Citons Olga, seul témoin de ces retrouvailles : « Après le déchirement de la séparation, nous reçûmes ce cadeau inattendu du destin et ce fut de nouveau la magie noire des mains brûlantes surpassant tout et le triomphe de deux êtres dans la bacchanale du monde. »

Pasternak cacha quelque temps la libération d'Olga à ses amis et surtout à sa femme. Cependant, des âmes charitables se chargèrent d'en informer son épouse.

Celle-ci exigea alors qu'il cesse de la voir. De nouveau le poète promit…

En ces jours magiques, Pasternak termina le dernier chapitre de son roman *Le Docteur Jivago.* Le titre de ce livre fait référence au survivant de l'Apocalypse. Jivago signifie en slavon « vivant » ou « survivant ». Vivre et survivre – tel est la croyance de Youri Jivago –, tel fut celui du poète face à la dictature de Staline.

Il fallut de nouveau organiser la vie quotidienne. Pendant l'été 1954, Olga loua une petite datcha aux environs de Moscou, mais c'était trop loin de la maison de son bien-aimé. Elle choisit alors une formule plus pratique, mais risquée aux yeux de l'opinion publique : s'installer à deux pas de chez Pasternak. Désormais leurs rapports allaient être en quelque sorte officialisés.

Pasternak vivra dès lors entre la petite et la grande datcha (la petite pour la maîtresse et la grande pour l'épouse). Dans ces circonstances, la stratégie de Zinaïda fut de renforcer sa position de femme légitime, de « tsarine » de la grande datcha, où elle recevait les confrères du poète et leurs amis communs. La petite datcha était destinée à une charmante bohème.

Un tapis rouge pelucheux, une petite table bleue et des sièges de jardin meublaient la pièce. Dans un coin ronflait un petit poêle faisant office de cheminée, et au-dessus de la table se balançait une tulipe en soie orange accrochée au bout d'un cordon. Une porte donnait sur la véranda…

C'est dans ce modeste décor qu'allait se développer le véritable drame du *Docteur Jivago*. La réalité fut digne de la fiction. En effet, à travers l'Histoire de Youri Jivago, riche fils d'industriel, est décrit tout l'itinéraire de l'intelligentsia russe sous Staline. Les drames de la vie réelle furent aussi forts que l'Histoire lyrique de Lara[1]. L'intrigue de ce roman vécu se développa étape par étape.

À partir de 1954, d'abord à contrecœur mais avec intelligence, l'épouse de Pasternak accepta ce *statu quo*. Elle y parvint au fil de discussions, de disputes, de déclarations d'amour et de haine. Cette femme blessée pressentait bien que toute pression sur le poète pouvait non seulement faire exploser leur foyer, mais le mener au suicide. Elle était également consciente de sa propre dépendance affective envers son mari.

Pasternak donnait des subsides à chacune des deux femmes. Les honoraires de théâtre allaient plutôt à son épouse, tandis que les droits d'auteur de sa poésie étaient souvent destinés à sa maîtresse. L'argent n'avait pas grande importance pour lui, cela servait essentiellement à entretenir les deux foyers et à aider ses amis : « Nous sommes sur terre des invités », avait-il coutume de dire. Et d'ajouter : « L'argent n'a de valeur que dans la mesure où il assure liberté et tranquillité pour le travail qui est notre seul devoir. »

Souvent les amants sortaient dans la nuit noire en marchant sur la neige durcie où glissait le faisceau lumineux de leur lampe électrique. L'été, en passant le long des petits jardins, ils écoutaient le concert des grenouilles : « Si j'ai connu ce qu'on appelle le vrai bonheur, dans ma vie, écrivit Olga, ce fut en 1956, 1958, 1959 et même 1960. Ce fut le bonheur d'être tous les

---

1. Lara a eu trois hommes dans sa vie : très jeune, elle a été séduite par un homme grossier et sans scrupule ; son mari est devenu un révolutionnaire pur et dur qui l'a quittée pour satisfaire entièrement son abstraite passion ; enfin Jivago.

jours en contact avec l'être aimé, de le rencontrer le matin et de passer avec lui les soirées d'hiver, de lire, de recevoir ensemble les hôtes qui nous étaient chers… »

Pasternak se sentait cependant parfois coupable de sa double vie. À plusieurs reprises, il avoua qu'en rentrant chez lui où l'attendait son épouse, il voyait soudain devant lui un « Petit Chaperon rouge perdu dans la forêt ». Écartelé entre les deux femmes, le poète comptait beaucoup sur Dieu pour l'aider.

De son côté, Zinaïda essayait de vivre loin des commérages. Tout un pan de la vie de son mari lui échappait. Ses amis s'indignaient qu'elle n'intervienne pas plus brusquement et lui prodiguaient des « conseils ».

L'amour n'est pas seulement sensualité, mais aussi projet, éthique, pratiques communes. Le poète décida d'assumer jusqu'au bout sa dualité. Malade, il restait à la grande datcha, et lorsque la vie reprenait le dessus, il retrouvait Olga. Si elle s'absentait, il lui téléphonait et lui faisait le récit de sa journée.

Dans ce singulier parcours, les questions politiques jouèrent pourtant un rôle essentiel. Le fantôme de Staline planait toujours sur les vies et les destins, même si, en février 1956, Khrouchtchev avait déjà prononcé son discours « secret » sur les crimes du dictateur.

Trois mois plus tard, Radio Moscou annonçait au cours d'une émission en langue italienne la parution du roman de Pasternak, *Le Docteur Jivago*. Par l'intermédiaire de son agent littéraire à Moscou, l'éditeur italien Feltrinelli demanda immédiatement à l'auteur de lui confier son ouvrage. L'écrivain n'en possédait qu'une copie et la lui prêta, sans l'accord de l'Union des écrivains. Il n'allait jamais la revoir. Mais à la mi-juin, il reçut un contrat s'engageant à faire traduire et à publier *Le Docteur Jivago* en langue italienne, dans un délai de deux ans.

Si la femme de Pasternak fut réticente face à cette proposition, Olga semblait au contraire vouloir saisir cette chance.

Désormais cette bataille allait être attisée par l'immixtion de la police secrète. Le KGB commença une véritable campagne de dénigrement contre Pasternak et « sa maîtresse ». Dans les rapports des services secrets soviétiques, celle-ci était présentée comme une aventurière débauchée qui poussait Pasternak à émigrer à l'étranger. Son épouse était davantage défendue. Quand, au grand dam des autorités, l'écrivain se vit octroyer en octobre 1958 le prix Nobel, c'en fut trop pour Moscou. Le président du KGB réclama l'expulsion de l'écrivain.

Fallait-il accepter ou renoncer à ce prix ? Une fois encore, la maîtresse et l'épouse adoptèrent des attitudes différentes. Zinaïda pensait que Pasternak ne devait pas quitter le pays. En effet, il était aimé en Russie et souhaitait lui-même y vivre toute sa vie, car ses lecteurs s'y trouvaient. En outre, elle ne voulait pas abandonner son fils. Elle avait déjà perdu un enfant et si elle quittait le pays, la carrière de son fils pianiste serait brisée, s'il n'était pas envoyé en prison. Pasternak déclara alors à sa femme : « Si tu refuses de partir avec moi, je ne partirai pas. »

Subissant la pression du KGB, Olga dut accepter de rencontrer régulièrement ses agents. Selon le fils de Pasternak[1], le poète était parfaitement au courant de ces rendez-vous et était persuadé qu'elle y défendait

1. Evgueni, du premier lit.

ses intérêts. Mais par-dessus tout, la pauvre femme craignait d'être de nouveau emprisonnée.

Au début du mois de novembre 1958, le poète trancha enfin. Il renonça au Nobel et écrivit aux autorités : « Le départ hors des frontières de ma patrie équivaut pour moi à la mort, c'est pourquoi je vous prie de ne pas prendre à mon égard cette mesure extrême. »

Les dernières années de sa vie allaient être cauchemardesques. Entre 1957 et 1960, tous ses faits et gestes furent épiés par le KGB. Des hommes en manteau de cuir, roulant en voiture noire, faisaient désormais partie de la vie quotidienne du poète. Des micros furent installés dans les deux datchas. Des rapports ultrasecrets étaient régulièrement envoyés au Kremlin.

Comme jadis sous Staline, il arrivait aux fonctionnaires du KGB de transformer les ragots du milieu littéraire en véritables romans-feuilletons, y ajoutant toujours un petit couplet psychologique qui pouvait différencier leur envoi d'un banal rapport de police. Toutes les déclarations importantes du poète étaient rapportées et toutes ses fréquentations passées au crible.

Sur cette toile de fond Pasternak tomba malade. On détecta d'abord des problèmes de prostate. Exclu de l'Union des écrivains, privé de tout subside officiel, il continua d'écrire. Sa dernière œuvre, *Beauté aveugle*, un drame historique symbolisant le destin de la Russie, restera inachevée. À bout de nerfs, il écrivit le 3 janvier 1959 à un de ses amis, McGregor : « J'ai eu tort d'attendre des manifestations de clémence suite aux lettres que j'ai publiées (dans la presse soviétique). La clémence et la tolérance ne sont pas dans la nature de mes interlocuteurs, les insultes et les humiliations vont me poursuivre. Le nœud coulant qui se resserre de plus en plus autour de ma gorge a pour but de me forcer à me mettre à genoux, du point de vue matériel, mais cela n'arrivera jamais. J'ai franchi le seuil de la nouvelle année avec des idées de suicide et dans la colère. »

Dans ce contexte, son évolution politique l'amena à des conclusions définitives à propos du système porté au pinacle par Staline. En 1917, comme nous l'avons vu, le poète avait accepté la révolution d'Octobre, désormais il rejetait le régime totalitaire en bloc.

Face aux tentatives de son épouse de trouver un terrain d'entente avec les dignitaires soviétiques, Pasternak trancha et déclara haut et fort : « Je suis adulte, je comprends que je ne peux rien exiger, que je n'ai aucun droit. Que devant un froncement de sourcil du pouvoir suprême, je ne suis qu'un moucheron que l'on peut écraser, et personne ne pipera mot. Mais cela ne sera pas aussi facile. Avant d'en arriver là, quelqu'un, quelque part, finira par avoir pitié de moi… »

L'affaire Pasternak reflète parfaitement le durcissement du régime. Après avoir écrasé la révolte de Budapest en 1956, Khrouchtchev mena une impitoyable campagne antireligieuse dans les années 1960, parfois pire que sous le règne de Staline, avant de donner l'ordre de tirer sur des ouvriers, à Novotcherkassk en 1962.

L'espoir d'une véritable déstalinisation s'était définitivement évaporé.

La santé de Pasternak inquiétait de plus en plus ses proches. Avait-il été contaminé par les produits radiologiques, selon le procédé rodé à l'époque par le KGB ? Rien ne le prouve, même si le bruit courut à ce propos à Moscou.

L'épouse de l'écrivain écrira dans ses Mémoires[1] : « À ce qu'on disait, cette dame (Olga) lui faisait des crises de nerfs, exigeait une rupture avec moi, et moi, je ne savais pas toujours comment expliquer les variations de son état général. »

Au printemps 1960, Pasternak continuait de se rendre chaque jour chez Olga.

La petite cour de la maison avec ses pins, ses bouleaux et ses buissons qui commençaient à fleurir était couverte d'ombre et de soleil. Le poète semblait de nouveau en bonne santé, il était gai, et son amante arrivait à se convaincre que ses inquiétudes étaient vaines. Pour les fêtes de Pâques, une jeune Allemande avec qui il correspondait depuis plus de deux ans vint voir l'écrivain. L'attitude des étrangers se distinguait de celle des Russes, partagée en deux clans. Les uns, comme la majorité des écrivains de la vieille génération, fréquentaient plutôt la grande datcha, tandis que les jeunes poètes se rendaient le plus souvent à la petite. Les étrangers, eux, fréquentaient les deux. Après sa visite à la grande datcha, la jeune Allemande accompagna donc le poète chez Olga…

Comme toujours au moment de Pâques, il y avait sur la table des œufs peints, un bouquet de fleurs embaumait. Pasternak s'amusait des effusions de son interlocutrice bavaroise qui faisait la coquette et se précipitait vers lui à tout instant. Redoutant la jalousie de sa maîtresse, il répétait : « Quelle effrontée ! »

Ce jour-là, il se sentit très mal. Depuis quelque temps déjà, on avait remarqué que son visage avait pris une

1. Les témoignages de Zinaïda Pasternak sont cités d'après les *Lettres à Zina*, suivi de *Souvenirs* par Zina Pasternak, Stock, 1995.

teinte jaunâtre. « Dommage, dit-il en quittant Olga, je vais sans doute être obligé de garder un peu le lit... Chaque fois que je le pourrai, je te donnerai de mes nouvelles... Peut-être l'occasion se présentera de te faire venir à la datcha. Mais tant que je ne t'aurai pas fait signe, au nom du Ciel, n'entreprends aucune démarche pour me voir. Je dois me rétablir et venir chez toi en bonne santé pour être digne de toi. Il est bien possible en effet que ce soit une punition de Dieu... »

À son retour à la grande datcha, une amie qui vivait à l'époque chez les Pasternak l'aida à se rendre dans son bureau.

« N'effrayez pas ma femme, lui dit-il, l'art a toujours deux sujets : il médite sans cesse sur la mort et sans cesse il crée la vie. La vie est comme une grande assemblée. Chacun peut y dire son mot. Mais on ne peut pas parler éternellement ; il faut bien céder sa place à un autre... il me reste encore à me livrer aux mains de la mort[1]... »

Quelques jours après ce malaise, Pasternak se rendit à la petite datcha. Il marchait sur le sentier, une serviette à la main, quand Olga l'aperçut. Elle se précipita vers lui. Il l'embrassa, comme si ce baiser pouvait lui donner un regain de force et de réconfort. Dans le jardin, il faisait presque sombre, la lumière du soleil et les nuages se confrontaient dans le ciel. Il s'arrêta un moment et se retourna vers la petite datcha, regarda ses fenêtres et remarqua la façon particulière dont elles brillaient : « Tant que je vivrai, je me souviendrai de cette journée... »

---

1. D'après Olga Ivinskaïa, *Otage de l'éternité, op. cit.*

Olga ne savait pas qu'en ce samedi 23 avril 1960 ils allaient échanger les derniers mots de leur vie. Après avoir diagnostiqué un infarctus, les médecins décelèrent de surcroît des métastases dans ses poumons. Le 30 mai 1960, à quinze heures trente, s'éteignait l'auteur du *Docteur Jivago*. Sur son lit de mort, il avait dit à sa femme : « La vie a été belle, très belle, mais il faut aussi mourir un jour. J'ai aimé la vie et toi. »

N'avait-il pas écrit aussi à Olga : « Ma vie, mon ange et mon amour éternel » ?

Un seul journal littéraire publia l'information, sans mentionner le lieu et l'horaire des obsèques. Le KGB fit tout pour empêcher que les funérailles deviennent nationales. Pourtant, dans les trains de banlieue et partout dans les gares, des inscriptions manuscrites sur des pages de cahier ou des feuilles étaient placardées : « Le plus grand poète de notre époque, Boris Pasternak, est mort. Les obsèques civiles auront lieu aujourd'hui à trois heures de l'après-midi, à Peredelkino. »

Le cercueil englouti sous une montagne de fleurs était exposé dans la grande datcha. Au piano se relayaient les virtuoses, notamment Sviatoslav Richter.

Le jour de l'enterrement, une foule défila devant la maison, recueillie et respectueuse. Olga, assise sur un banc devant la porte interdite, pensait à son bien-aimé, indifférente à tout. Des voisins étaient simplement venus lui dire : « Il est mort. » Son arrivée à la grande datcha fut accompagnée de murmures et de regards curieux. Proscrite par la famille, elle dut comme tout le monde faire ses adieux au défunt sans s'attarder devant la dépouille. Il était revêtu du costume gris foncé de son père. Son visage était beau et paraissait jeune.

Au moment où la foule s'exclamait « Gloire à Pasternak ! Hosanna ! », les cloches de l'église de la Transfiguration se mirent à sonner les vêpres. Tous les participants aux obsèques furent bien évidemment photographiés par des agents du KGB en civil. Les jeunes gens restèrent longtemps avant de se disperser. Près de la tombe, ils récitaient sa poésie. Ce lieu devint l'endroit privilégié des rencontres entre les dissidents politiques et les journalistes occidentaux qui pensaient, à tort, que ces rendez-vous seraient ainsi plus discrets qu'ailleurs…

Après l'effondrement de l'URSS, à l'occasion de travaux effectués sur la tombe du poète, on a trouvé toute une panoplie de micros encastrés dans un banc, reliés directement au siège du KGB. Mais Pasternak tient quand même sa revanche posthume sur le fantôme de Staline, car des centaines d'hommes et de femmes se retrouvent encore sur sa tombe à l'occasion de chaque anniversaire de sa mort, récitant des vers et faisant brûler des cierges.

Zinaïda consacrera toute sa vie à la mémoire de son époux, à la remise en ordre de ses manuscrits, et participera activement à la commission créée sur son initiative afin d'assurer son héritage littéraire. Elle disparut à son tour six ans plus tard. Dans l'intervalle, le KGB fit tout pour attiser l'animosité envers Olga, présentée comme une femme vénale. Vol, spéculation, vices sexuels lui furent attribués. Deux mois après la mort de Pasternak, elle fut arrêtée pour la deuxième fois et envoyée au goulag pour huit ans de travaux forcés, et sa fille fut contrainte de partager son sort. L'accusation était simple et sans appel : contrebande. Ce que le KGB résumait ainsi représentait tout simplement les honoraires reçus par elle – selon la volonté de Pasternak – à la suite de la publication à l'étranger du *Docteur Jivago*. Décidément, les méthodes staliniennes restaient en vigueur.

Olga fut finalement libérée au bout de quatre ans. Mais elle ne fut réhabilitée qu'en 1988, pendant la perestroïka[1]. Cependant, les lettres et les manuscrits de Pasternak appartenant à Olga, confisqués lors de sa deuxième arrestation, ne lui furent pas rendus et restèrent dans les archives littéraires d'État. En avril 1994, elle écrivit au président russe ce qui suit : « J'ai quatre-vingt-deux ans, et je ne veux pas quitter cette vie calomniée et humiliée. Tout ce qui se passe ne me blesse pas moins que les balivernes et les flots de calomnie spécialement dirigés contre moi. Je ne peux pas accepter le triomphe de l'arbitraire et c'est pour cela que je considère ma réhabilitation et ma citoyenneté russe comme une fiction inutile. »

Elle mourut en 1995 en femme blessée. Le fantôme de Staline la poursuivit encore après sa mort. Une lettre datée du 10 mars 1961 fut trouvée dans les archives secrètes du Comité central du PCUS. Dans cette missive, Olga, à l'époque de nouveau incarcérée, demandait au Kremlin de prendre envers elle des mesures de clémence : « J'ai fait tout ce qui était en mon pouvoir pour éviter la publication du *Docteur Jivago* à l'étranger. Il était au-delà de mes possibilités de neutraliser en même temps. Je voudrais souligner que Pasternak a lui-même écrit ce roman et lui-même

1. Au retour du goulag, Olga a eu la possibilité de voir le célèbre film *Le Docteur Jivago* et a dit fièrement : « J'étais néanmoins plus belle que l'actrice incarnant Lara. »

choisi la manière par laquelle il souhaitait être rétribué. On ne peut pas le décrire comme une victime innocente[1]. »

À partir de cette phrase, un journal russe présenta Olga comme un vulgaire agent du KGB informant les services secrets des activités de Pasternak. Ces conclusions furent lourdes de conséquences. De nouveau la bonne société moscovite commença à jaser. Pourtant cette « révélation » n'apportait rien de neuf car la famille du poète savait pertinemment qu'entre 1956 et 1960, Olga rencontrait les agents du KGB avec l'accord explicite de Pasternak. Ce document, en revanche, est révélateur de l'ambiance ambiguë qui régnait dans la société totalitaire, obligeant des millions de gens à faire des compromis impossibles pour sauver leurs proches ou eux-mêmes. Les observateurs sérieux, comme le fils de Pasternak, Evgueni (qui n'éprouvait pas de sympathie particulière pour la maîtresse de son père), se disaient choqués par le caractère « insultant et dégoûtant » de cet article. « Dans la course aux sensations, il a sali la mémoire de cette femme désespérée dans les geôles du goulag. »

La fille d'Olga, Irina, qui fut arrêtée avec sa mère en 1960, souligne à ce propos : « Ma mère a passé huit ans au goulag et supposer qu'elle était agent du KGB est une humiliation suprême. »

« Les époques passeront, nombre de grandes époques, écrivait Pasternak. À ce moment-là, je ne serai plus de ce monde. On ne retournera pas au temps de nos pères et de nos grands-pères, ce qui d'ailleurs

1. Ces extraits de lettre sont cités d'après *The International Herald Tribune*, 28 novembre 1997.

n'est ni indispensable ni souhaitable. Mais enfin l'esprit noble, créateur et grand, demeuré si longtemps caché, réapparaîtra. Ce sera l'époque des sommes. Votre vie sera riche et féconde comme jamais. Souvenez-vous de moi… »

Dans les Mémoires de Khrouchtchev[1], on trouve un passage sur *Le Docteur Jivago* : « Je regrette que cette œuvre n'ait pas été publiée, parce qu'une œuvre intellectuelle ne doit pas être jugée par des méthodes… pour ainsi dire policières. » Mais le successeur de Staline parlait après l'heure ; du temps où il dirigeait le Kremlin son attitude était bien différente. À cette époque Pasternak était persécuté. Après la mort de Staline, la liberté des artistes continuait à être une illusion. Khrouchtchev – inculte – n'était pas, à la différence de son prédécesseur, intrigué par le génie littéraire, comme le constata Pasternak : « Même le terrible et cruel Staline ne jugeait pas déchoir en accédant à mes demandes concernant les personnes arrêtées, en m'appelant lui-même au téléphone pour en parler… » Le nouveau chef du Kremlin n'avait rien à dire au poète. Pasternak résumait ainsi sa position : « Le pouvoir suprême n'a qu'à lever un sourcil et l'on m'écrasera comme une punaise… »

En fait, les successeurs du Tsar Rouge furent marqués par un même esprit totalitaire se résumant à l'adage : la fin justifie les moyens. Sous Staline, ils avaient connu la peur absolue. Le retour à une existence « normale » constituait pour chacun d'entre eux un besoin immédiat, presque physique, permettant d'en finir avec la terreur.

---

1. *Souvenirs, op. cit.*

Khrouchtchev avait gagné contre Beria parce qu'il avait su utiliser ces peurs viscérales. Et quand il se décida à évoquer une partie des crimes de Staline, quelques acolytes comme Molotov ne s'y opposèrent que pour des raisons tactiques, voire médiatiques. « Enquêter sur les activités de Staline revient à remettre en question toute l'œuvre de l'Union soviétique », estimait Molotov. « Pour quel avantage ? Dans quel but ? À quoi bon remuer le passé ? Pour cette génération Staline personnifiait d'innombrables victoires du peuple. Réexaminer les erreurs éventuelles du successeur de Lénine, c'était s'interroger sur le bien-fondé de toute notre action. Et les gens nous diront : "Mais où étiez-vous donc vous-mêmes à cette époque ? Et qui vous donne le droit de juger ?" »

Mais comment abattre le mythe stalinien sans porter atteinte au régime, sans renoncer à la répression ? Depuis cette nuit du 30 octobre 1961 où, après un vote à main levée des délégués du XXIIe congrès du PCUS, la momie du Petit Père des peuples fut prestement retirée du mausolée, Staline disparut du discours officiel.

Pourtant les méthodes passées persistaient bel et bien. Ainsi le président du KGB de l'époque, Semitchastny, révéla avoir été contacté en 1964 par Brejnev qui lui proposa tout bonnement d'organiser l'assassinat du successeur de Staline, Khrouchtchev. Dieu que les traditions séculaires sont vivaces !

Brejnev, alors chef de file du complot contre ce dernier, aurait suggéré d'introduire un empoisonneur dans les cuisines présidentielles et aurait aussi évoqué la possibilité d'organiser un accident d'avion tandis que Khrouchtchev rentrait d'un voyage officiel au

Caire ! Le chef du KGB refusa, mais il accepta de mettre sur écoute les lignes téléphoniques du chef du Kremlin…

À l'automne 1964, quand Khrouchtchev partit passer ses vacances au bord de la mer Noire, des collaborateurs, riant sous cape, vinrent lui dire au revoir. Lorsqu'il revint le 13 octobre, il trouva à son arrivée à l'aéroport un comité d'accueil restreint, composé du président du KGB et d'un officier supérieur de la sécurité. « Ils vous attendent », lui annoncèrent-ils.

Le règne de celui que Staline surnommait son bouffon préféré s'acheva donc par un coup d'État fomenté par les boyards du Kremlin, désirant assurer leurs postes menacés par des réformes improvisées.

Brejnev fut alors proclamé le nouveau Tsar Rouge.

Le « compromis historique »

Qui fut Brejnev ? Le gardien des mythes du Petit Père des peuples ou un dirigeant pragmatique? Qu'allait-il faire? Comment mettre fin à la tyrannie tout en en conservant les dépouilles?

Ce méridional natif d'Ukraine, maître en intrigues politiques, jovial amateur de chasse, de bonne chère et de voitures de sport, finit par trouver une solution miracle : non plus réformer le système, mais reconnaître *de facto* le rôle des grands clans formés en son sein, y compris celui de la mafia.

Ce pragmatisme était peut-être une affaire de génération, car, né en 1906, il fut le premier dirigeant à avoir grandi sous le régime soviétique. Sans doute était-ce aussi une affaire de tempérament. C'était en effet un homme habile à mettre sur pied des compromis et sachant se contenter, à la différence de ses prédécesseurs, d'un rôle de premier boyard parmi ses semblables. Évoquant cette période, le célèbre dissident soviétique Alexandre Guinzbourg prononça cette phrase plutôt paradoxale : « L'URSS est un pays unique au monde : depuis vingt ou trente ans, pas un seul communiste n'y est né. »

En effet, l'idéologie communiste, ébranlée par la révélation des crimes de Staline et par une certaine ouverture de l'Union soviétique sur le monde extérieur, s'était alors définitivement transformée en un rituel obsolète sans grande influence sur les esprits. Cet effritement idéologique fut cependant largement compensé par un patriotisme spécifiquement néostalinien. Nous avons vu ce processus prendre une ampleur particulière pendant la Seconde Guerre mondiale – que les Soviétiques appelaient « Grande Guerre patriotique ».

Vivant dans la privation permanente de biens de consommation et dans l'absence de liberté, la population tirait sa satisfaction de la grandeur du pays, de sa puissance militaire, de sa victoire sur le nazisme. Mais l'oppression permanente accrue par la terreur stalinienne trouvait un exutoire dans l'idée d'un État fort.

Sur le plan intérieur, Brejnev se montra dans l'ensemble assez conforme à la tradition héritée du Petit Père des peuples. Certes, son règne (1964-1982) ne fut pas la grande terreur, mais une sorte de néostalinisme mou. Si la police politique n'était plus omniprésente, les terribles hôpitaux psychiatriques et les camps de travail n'avaient guère disparu et les dissidents étaient poursuivis. Sakharov, le père de la bombe thermonucléaire russe, fut assigné à résidence parce qu'il dénonçait, comme Soljenitsyne dans *L'Archipel du goulag*, les violations des droits de l'homme. Ce dernier fut d'ailleurs déchu de sa nationalité et expulsé en 1974.

Puis vieilli et malade, se mouvant avec une difficulté croissante, Brejnev se révéla incapable de faire face au retour de la crise économique. Il parvint malgré tout à se maintenir au pouvoir grâce à la faveur de la classe sociale des bureaucrates[1]. Il faut dire que depuis la mort de Staline, la corruption était omniprésente. Toute fonction, surtout politique, devint alors très lucrative grâce à des privilèges de plus en plus exorbitants. Une véritable économie en trompe-l'œil s'installa dans l'ensemble du pays où fleurirent ateliers clandestins et bilans truqués. Les fonctionnaires débrouillards volaient sans vergogne, couverts par des hiérarques du Parti. Selon les estimations du KGB, au début des années 1990, cette thésaurisation souterraine allait constituer environ 30 % du PNB soviétique, occupant un ouvrier sur cinq.

Mais pour la pègre traditionnelle, c'était trop. Refusant d'être jetés en prison tandis que les dignitaires du régime volaient impunément l'État, les mafieux déclarèrent la guerre aux pontes de la nomenklatura. Ainsi les apparatchiks furent-ils amenés à traiter directement avec le milieu et à arroser les parrains afin d'être protégés. Un compromis historique fut donc conclu…

1. Environ 15 % de la population.

Le maître à penser

Dans ce contexte, Brejnev avait placé à la tête du KGB une figure d'exception : Iouri Andropov. Il occupa cette fonction de 1967 à 1982. Nous reviendrons à ce personnage, non seulement parce qu'il continue à animer les débats publics, mais surtout parce qu'il demeure le maître à penser du président Poutine.

Du KGB troublé par les transformations poststaliniennes, Andropov sut en refaire un instrument efficace, multipliant par trois la puissance de son réseau d'espionnage à l'étranger. Paradoxalement, ce personnage énigmatique représentait aussi l'espoir des modernistes cherchant l'évolution du régime.

Cette réputation libérale tenait d'abord à son allure personnelle, celle d'un diplomate policé et courtois, conforme à l'image d'un haut fonctionnaire chargé des relations avec l'étranger.

Pour la galerie, Andropov affichait ses origines juives et un pseudo-enthousiasme pour le monde anglo-saxon : il lisait ou faisait lire des livres et des périodiques américains, écoutait des disques de jazz et ne buvait en société que du whisky.

Ambassadeur en Hongrie de 1954 à 1957, il avait dû y diriger la répression après l'insurrection de Budapest, mais il était finalement parvenu à mettre en place un gouvernement à la fois relativement modéré et loyal à Moscou.

Fut-il pour autant, comme le présentent aujourd'hui certains spécialistes, le symbole de l'occidentalisme au sein du régime ? « Le type même du néostalinien », me dira de lui, avec sa lucidité légendaire, Alexandre Yakovlev, futur idéologue des réformes de Gorbatchev. D'après celui-ci, sous Andropov, la portée globale des opérations du KGB dépassait largement celle de tous les services secrets occidentaux combinés. En sus de tous ses agents professionnels, cette organisation disposait d'une armée d'élite spécialement entraînée qui comptait environ sept cent mille membres.

Andropov essaya effectivement de maintenir la lutte contre la subversion idéologique au premier rang de ses préoccupations. Même si à la grande terreur de Staline, il préféra selon ses termes « la prophylaxie », son refus forcené de toute forme de pluralisme politique opposait un démenti à l'image du personnage policé.

Plutôt que de faire marcher un mécanisme de terreur, Andropov prétendait attribuer au KGB un rôle d'instrument de contrôle ou de réflexion politique, même s'il n'hésitait pas à citer les mots de Staline prononcés en 1924 en guise d'instructions à l'ambassadeur soviétique en Afghanistan : « L'important n'est pas que le poing frappe, mais qu'il soit toujours suspendu au-dessus de chacun. »

D'une grande intelligence, subtil et cultivé, ce chef mythique de la police politique comprenait que l'arrangement brejnévien – chaque boyard dans son fief – mènerait le système au désastre. Il commença donc d'abord par s'attaquer à la corruption à grande échelle. Puis mûrit alors au cœur de la police politique l'idée d'une réforme du système « à la chinoise », autrement dit, une manière d'ouvrir l'économie en continuant les répressions.

En novembre 1982, la disparition de Brejnev permit au clan Andropov de s'emparer du pouvoir absolu. La boucle était bouclée. Au fil des ans, le KGB se substitua à l'État décadent. Les décisions stratégiques étaient élaborées par les services secrets ; le plus souvent, le Kremlin les entérinait. Pour se protéger, le gouvernement soviétique dut donc abandonner une large part de ses prérogatives au profit du KGB.

Après la chute de l'URSS en 1991, on découvrit un laboratoire clandestin dans les locaux du Département aux Affaires internationales du Parti. Un véritable trésor d'espionnage : piles de passeports vierges de tous les pays étrangers, fichiers des agents, tampons des organismes officiels occidentaux, des partis politiques connus, sans oublier l'indispensable panoplie permettant aux agents clandestins de se travestir (perruques, moustaches, etc.). Tout un symbole ! Preuve manifeste de la parfaite symbiose existant entre le Parti communiste et les services secrets…

Cependant, à la différence de Staline, Andropov n'aimait pas impliquer directement ses services dans les assassinats. Le chef emblématique du KGB préférait utiliser des « intermédiaires », autrement dit les services secrets des « pays amis », notamment bulgares. En effet, un procédé discret d'assassinat fut mis en œuvre par des agents bulgares dans les années 1970. Ce savoir-faire atteint son apogée à Londres en septembre 1978, lors de l'élimination de l'écrivain dissident bulgare, Gueorguï Markov[1]. Le principe consistait à camoufler un fusil pneumatique dans la pointe d'un parapluie, la détente se trouvant dans la poignée. La munition, une bille de 0,1 mm de diamètre, contenait un toxique chimique dérivé du ricin, fourni par le KGB. La pénétration de la bille sous la peau donne l'impression d'une légère piqûre, mais le poison se diffuse sournoisement dans les chairs sous-cutanées, déclenchant peu de temps après de fortes températures. La victime décède dans les trois jours.

1. Comme le confiera publiquement l'ancien chef du contre-espionnage du premier directorat du KGB, le général Kalouguine. Voir *The Guinness Book of espionage*, par Mark Lloyd, Da Capo, 2001.

Le pape Jean-Paul II

Andropov a-t-il également armé le bras de Mehmet Ali Agça, auteur de la tentative d'assassinat contre Jean-Paul II ? Commis depuis plus de vingt ans, l'attentat du 13 mai 1981 n'a pas encore révélé ses secrets.

Lorsque le 16 octobre 1978, le conclave rendit son verdict au Vatican, un vent d'inquiétude souffla sur la place Rouge. Deux télégrammes ultrasecrets expédiés au Kremlin par l'ambassadeur soviétique en Pologne, puis par le patron de l'antenne du KGB à Varsovie, annonçaient la victoire de l'athlète de Dieu polonais.

Depuis le début des années 1970, le Renseignement soviétique connaissait bien Karol Wojtyla. Le KGB parlait alors de son « anticommunisme virulent », s'inquiétant de l'énorme popularité dont il jouissait en Pologne et dans la hiérarchie de l'Église catholique. Dès 1973, il fut considéré comme un « danger potentiel principal ». Andropov ordonna donc de surveiller « très étroitement » l'archevêque de Cracovie et décida de déclencher une opération de désinformation et de déstabilisation baptisée « Progrès ». Quatre personnages hauts placés allaient être mêlés à ces actions. Tout d'abord Boris Aristov, l'ambassadeur d'URSS en Pologne, chargé d'envoyer au Kremlin des comptes rendus réguliers sur les agissements de l'archevêque ; puis Vadim Pavlov, le résident du KGB à Varsovie, destiné à le déstabiliser. On utilisa également deux « illégaux », dont la mission était d'infiltrer l'entourage de l'athlète de Dieu. Le premier, Ivan Bounik (nom de code Bogum), philosophe d'origine ukrainienne né en France, devait sympathiser avec plusieurs collaborateurs de Wojtyla. Le second, Oleg Bouriene (nom de code Derevliev), était chargé de suivre les évolutions de la doctrine et les prises de position politique de l'archevêque. II écoutait la quasi-totalité de ses sermons. Une autre source d'information fut Mgr Stanislaw Wielgus, nommé vingt ans plus tard à la tête de l'Église polonaise. (Il a finalement reconnu ces faits révélés et aussitôt démissionné en 2007[1].) Cette étroite surveillance se révéla pour autant inefficace puisqu'elle n'enraya pas l'ascension fulgurante de l'archevêque.

Wojtyla élu, Brejnev malade ne prenait plus les décisions importantes. Mais ses deux principaux collaborateurs, le maréchal Oustinov, ministre de la Défense, et l'inéluctable Andropov, ne comptaient pas en rester là. Ils décidèrent donc de prendre « des mesures opérationnelles » contre ce pape devenu encombrant, et le plan secret – désormais déclassifié – fut ratifié par le secrétariat du Comité central du Parti le 13 novembre 1979. En clair, cela allait du discrédit à l'élimination physique. Le KGB

1. Stanislaw Wielgus a reconnu publiquement avoir été recruté par la SB (les services secrets communistes) dès 1967, alors qu'il étudiait à l'université de Louvain en Belgique, et avoir obtenu une bourse grâce à l'intervention de la police politique. En échange, le prêtre dut fournir des rapports confidentiels et cela jusqu'à la fin du régime communiste. Le prélat fut bien un agent de la police secrète polonaise pendant vingt ans, après avoir suivi une formation spéciale d'informateur.

utilisa alors son arme favorite : la désinformation à outrance, dans la plus pure tradition stalinienne.

On fit d'abord croire que le nouveau saint-père était une sorte de paléo-communiste bon teint. On raconta sous forme d'anecdote qu'à peine élu, son premier coup de téléphone avait été pour le ministre de l'Intérieur polonais à qui il aurait dit : « Ça y est, j'ai rempli ma mission. » Et, tandis qu'en Occident, philosophes et journalistes « amis » tentaient de donner corps à ces rumeurs, le maître mot était de faire croire que la fumée sortie de la cheminée du Vatican n'était « pas blanche mais rouge », car « il aurait déchiré dans le brasier sa carte du Parti »…

La seconde étape du plan consistait à demander aux autorités politiques polonaises de durcir le ton à l'égard de l'enfant du pays. « La Pologne est la nation la plus catholique du monde et certains membres du Parti communiste se réjouissent même ouvertement de l'élection de leur frère ! » écrivit avec inquiétude l'ambassadeur Aristov dans un de ses télégrammes.

Le dirigeant polonais Edward Gierek, Premier secrétaire du Parti, refusa cependant de prendre ses distances avec le Vatican. Pis, il invita le souverain pontife à effectuer rapidement un voyage sur sa terre natale. Celui-ci eut lieu en juin 1979. Cette visite, un triomphe, marqua la première étape du culte dont l'évêque de Rome allait être l'objet.

Pour les héritiers de Staline, c'en était trop. Furieux, Brejnev téléphona lui-même à son affidé et lui lâcha, à la fin de la conversation : « Ça va vous coûter cher ! » En novembre 1979, Moscou créait une commission présidée par Andropov pour contrecarrer la politique du Vatican. On essaya de nouveau de placer dans l'entourage du saint-père des collaborateurs qui influenceraient sa politique et l'obligeraient à se rapprocher du Kremlin. On envoya notamment à Rome de nombreux « étudiants polonais » accueillis à bras ouverts par leur aîné, mais qui parfois étaient aux ordres d'Andropov… Dans le même temps, le leader polonais Gierek était limogé et remplacé par Stanislas Kania, homme de confiance du KGB à qui l'on demanda de prendre ses distances avec Jean-Paul II. Mais les Polonais vénéraient déjà leur pape, et le syndicat Solidarność, ouvertement chrétien et de moins en moins discrètement anticommuniste, donna de la voix. De guerre lasse, Moscou révoqua à son tour Kania et fit nommer à sa place le général Jaruzelski.

Si Moscou desserra progressivement l'étreinte qu'il imposait à Jean-Paul II, c'est qu'entre 1982 et 1985, les apparatchiks du Parti et les têtes pensantes du KGB se consacraient alors à leurs luttes internes pour prendre le pouvoir. Andropov, très diminué par une maladie incurable des reins, n'avait qu'une idée en tête : trouver un héritier capable de mettre en pratique ses idées…

Puis en 1985 vint l'heure de Mikhaïl Gorbatchev. Plutôt que de combattre vainement le pape, le nouveau maître du Kremlin, encouragé par sa femme Raïssa et son principal conseiller Alexandre Yakovlev, préféra tirer parti de la situation.

Gorbatchev avait alors à cœur de faire passer sa perestroïka, mais à son rythme, à l'inverse de Ronald Reagan qui souhaitait accélérer les choses. Fin connaisseur des arcanes communistes, Jean-Paul II comprenait quant à lui ce que signifiait la rupture avec le grand héritage de Staline, cette fameuse « souveraineté limitée » des peuples des pays satellites, doctrine chère à Brejnev. Mettant en garde l'Occident contre le danger que représentaient les dix mille têtes nucléaires du bloc de l'Est, le pape incita les capitales occidentales à ne pas brusquer les choses, à agir, comme le suggérait Gorbatchev, « étape par étape ».

Le réformateur soviétique trouva donc en Jean-Paul II un fidèle allié. Tous deux allaient avancer de concert vers une sortie du communisme sans effusion de sang. Si j'osais, je dirais que c'est le saint-père qui a dicté aux dirigeants du monde entier le scénario de la marche des pays de l'Est vers l'éloignement de l'ombre démesurée de Staline.

Certes, les deux hommes partageaient le même diagnostic, mais leur avis divergeait sur les moyens de résoudre le problème polonais.

Huit ans après la prise du pouvoir par les généraux, Varsovie frôlait le chaos politique et économique. L'état de guerre introduit en Pologne ne régla cependant rien ; les grèves se multipliaient à travers tout le pays. Les militaires polonais se proposèrent donc de frapper, comme en 1981. Mais le général Jaruzelski s'opposa à l'utilisation de la force et proposa de conclure une sorte de contrat social à la polonaise, donnant davantage de pouvoir à Solidarność[1].

1. Les discussions autour de la Pologne reflétaient le processus type de prise de décision au sommet du Kremlin durant les années Gorbatchev. Généralement, les délibérations étaient menées dans le fameux salon décoré de boiseries de noyer jouxtant le bureau du président soviétique. Quatre ou cinq personnes y participaient : Gorbatchev, Krioutchkov, le ministre de la Défense Yazov, son idéologue Yakovlev et Chevardnadze, ministre des Affaires étrangères. Les deux derniers, sincèrement démocrates, faisaient habituellement bloc, tandis que Gorbatchev jouait le rôle de « pseudo-arbitre », même si souvent il s'entendait préalablement avec ceux-ci.

Les Polonais restaient en contact permanent avec la capitale soviétique. Désormais, le message de Gorbatchev était clair : de Prague à Varsovie, il fallait en finir avec l'époque où l'URSS s'arrogeait le droit d'intervenir. Sa logique était déterminée par des considérations de politique intérieure : l'utilisation de la force aurait été fatale à la perestroïka : « Nous ne pouvons pas recourir à la force car cela signifierait la fin des réformes. »

À la fin du mois d'août 1989, vingt et un ans après l'intervention soviétique à Prague, le Kremlin fut confronté à un choix définitif. À la surprise générale, Solidarność avait remporté la victoire sur les communistes au premier tour des élections. Les communistes devaient donc quitter le pouvoir, mais comment faire sans le feu vert du Kremlin ? Gorbatchev décida de prendre l'initiative de rassurer Varsovie, le 22 août, en lançant au téléphone ces quelques mots au Premier ministre polonais, le communiste Rakowski : « Il faut que tu te résignes à la nouvelle donne. Tu dois faire avec. »

En quelques minutes fut ainsi balayé l'héritage de Staline en Europe de l'Est. Le premier gouvernement non communiste de l'après-guerre fut constitué en Pologne, avec la nomination d'un militant catholique de Solidarność à sa tête. De ce fait, Gorbatchev, selon sa formule, « renvoya l'ascenseur » à l'athlète de Dieu… La stratégie de Jean-Paul II s'était révélée payante.

Mikhaïl Gorbatchev

Andropov avait commis sa plus grande erreur d'analyse en choisissant pour successeur Gorbatchev.

Celui-ci avait en effet été mandaté par le KGB pour sauver l'Empire soviétique, non pas pour le transformer radicalement et encore moins le détruire. Mais le jeune apparatchik originaire de Stavropol agit à sa guise et lança des réformes d'envergure…

Bien sûr, la police politique avait repéré depuis longtemps ce beau garçon au front marqué de taches de vin[1].

De retour dans sa région natale, le jeune Gorbatchev gravit très vite les échelons de l'appareil. En une dizaine d'années, il devint secrétaire fédéral de cette région agricole phare, où se trouvait une station balnéaire renommée pour ses eaux ferrugineuses. De grands personnages du Kremlin y venaient en cure, notamment Andropov. Le premier contact avec ce parrain très influent remonte au mois d'avril 1969.

1. Gorbatchev est né le 2 mars 1931 dans le Sud de la Russie, au sein d'une famille paysanne. Il poursuivit des études de droit à Moscou. En 1952, il épousa Raïssa, une étudiante en philosophie, avant de terminer ses études l'année suivante.

Lors de leurs rencontres, Gorbatchev et Andropov évoquaient souvent la nécessité de faire des réformes pour « améliorer » le système hérité de Staline. Ils ne se posaient pas de questions sur sa moralité, mais sur la décadence du régime, cherchant les moyens de lui redonner de la vigueur. Pour autant, leurs thèses visaient toutes le même résultat politique : le maintien au pouvoir de l'élite du KGB et du Parti, au prix d'une révision de la doctrine, le rapprochant de la social-démocratie occidentale.

Dès lors, Gorbatchev eut le vent en poupe. L'année suivante, Andropov faisait désigner son poulain secrétaire du PC chargé de l'agriculture. Puis sa nomination au poste supérieur de membre du Politburo s'accompagna de l'attribution d'une nouvelle et luxueuse datcha, voisine de celle d'Andropov. L'été venu, Gorbatchev téléphona à son parrain politique pour l'inviter à déjeuner, « comme au bon vieux temps »…

– Eh oui, répondit le chef du KGB, c'était le bon temps. Mais aujourd'hui, je dois décliner ton invitation.

– Mais pourquoi donc ?

– Parce que dès demain on commencera à cancaner : dans quel but ? De quoi avons-nous parlé ? Nous serons encore en chemin que l'on sera déjà en train de faire un rapport au Kremlin. Si je te dis cela, c'est avant tout dans ton intérêt.

Et durant tous ces étés passés à quelques mètres l'un de l'autre, les deux hommes n'eurent plus la possibilité de se rencontrer en privé.

Andropov continua néanmoins à soutenir son poulain, surtout lorsqu'il accéda au pouvoir en 1982. S'il n'eut pas le temps de réaliser tous ses desseins, car il disparut quinze mois plus tard, il avait néanmoins fait savoir qu'il souhaitait voir Gorbatchev lui succéder. Mais les vieux boyards du Kremlin en décidèrent autrement. Au bout de quatre jours de délibérations, le secrétariat général fut confié à l'insipide Tchernenko, soixante-treize ans. Le nouvel élu allait disparaître à son tour, treize mois après son accession au pouvoir.

Finalement devenu chef du Kremlin en mars 1985, Gorbatchev entreprit de consolider son emprise sur les principaux centres de décision du pays, non sans faire une erreur capitale. Selon sa formule : « Nous avons voulu garder notre influence sur le Parti, oubliant le KGB, ce véritable État dans l'État, l'adversaire le plus dangereux des réformes. »

Pourtant, que n'avait-il répété avec son ambiguïté légendaire : « Nous allons utiliser le PCUS et le KGB (les instruments de Staline) pour tuer le stalinisme. [...] Il ne faut pas laisser ces monstres en liberté[1]. » Si ce flou politique permit à l'homme de la perestroïka de mettre ses adversaires devant le fait accompli, les incohérences de sa démarche lui seront fatales. Certes, son élan réformiste permit l'expression culturelle et politique. Mais ce formidable changement était risqué et sans doute trop brutal pour l'homme de la rue, soucieux avant tout de son pain quotidien. Quant à l'explosion de la centrale de Tchernobyl le 26 avril 1986, elle illustrait toute la défaillance d'un pays incapable de se protéger contre les risques de l'industrie moderne.

Maître en manœuvres et en arrangements inattendus, Gorbatchev favorisa donc la réforme politique au détriment de la transformation économique. (La

1. Cité d'après Alexandre Yakovlev, *op. cit.*

première mesure prise concerna la lutte contre l'alcoolisme, avec pour résultat le développement de distilleries clandestines et du marché noir, rappelant ce que la prohibition entraîna aux États-Unis.) La criminalité et l'économie parallèle en sortirent renforcées. Ainsi commença la belle époque de la mafia.

Libérés du contrôle totalitaire, les grands barons rouges – les directeurs d'entreprises d'État – en profitèrent pour écouler les surplus à leur profit hors des circuits officiels. Et tandis que se développait une formidable pagaille, les trafiquants amassèrent des fortunes. Du jour au lendemain, des apparatchiks, anciens ministres et hauts responsables du Parti, se travestirent en banquiers ou hommes d'affaires, devenant *de facto* propriétaires de secteurs entiers de l'économie. Et cela avec la bénédiction du KGB, qui les qualifiait de « milliardaires autorisés ».

À dessein, Gorbatchev avait purgé le Kremlin de ses ennemis déclarés tandis qu'il ménageait la police politique, soutien efficace dans la lutte pour le pouvoir suprême. En fait, il y eut deux projets de réforme tout à fait inconciliables : celui de la police politique, visant à sauver le système totalitaire, et celui des réformateurs plus radicaux, prévoyant la sortie du communisme. Mais les hommes du KGB et du complexe militaro-industriel ne souhaitaient pas ce genre de relâchement. Ils voulaient une reprise en main nationaliste de l'appareil de production, à l'image de Poutine aujourd'hui.

En attendant, Gorbatchev continuait à jouer sur tous les tableaux, incarnant à la fois le symbole de la réforme tout en demeurant le chef de la nomenklatura. En réalité, il n'acceptait pas sa vocation d'apprenti sorcier. Dépassé par les événements, il essayait de les contrôler, sinon de manipuler les représentants de deux tendances opposées de son entourage.

Tout restait ambigu. « Nous sommes plongés dans le chaos », déclarait Gorbatchev, conscient que le pays affrontait une crise sans précédent. Un député proche du KGB s'écria alors : « Une main de fer ! Un Staline, voilà ce qu'il nous faut ! »

À cet appel, le président de l'URSS n'avait répondu mot. Mais, en privé, il soulignait sa rupture définitive avec l'héritage du Petit Père des peuples, répétant d'une manière pathétique : « Tout le monde sait que je ne serai pas un dictateur. Si j'avais voulu en être un, il m'aurait suffi de garder les pouvoirs dont je disposais déjà… »

En cette année 1991 l'Histoire s'accéléra. Le 7 janvier, les parachutistes de l'Armée rouge entraient dans les États baltes pour empêcher l'éclatement de l'URSS. En réaction, le 19 février, Boris Eltsine, chef de l'opposition démocratique, appelait à « déclarer la guerre à la direction soviétique ». Dans la foulée, la Géorgie proclamait son indépendance. Fin avril, Gorbatchev réunissait dans sa datcha les dirigeants des Républiques favorables à une « union innovée ».

Puis, au début de l'été 1991, après moult hésitations, Gorbatchev projeta enfin de limoger le chef du KGB ainsi que d'autres ministres allergiques aux réformes, dès la signature du Traité de l'Union fixée le 20 août, devant proclamer la fin de l'URSS.

Immédiatement, la direction du KGB tira cette conclusion logique : l'introduction de l'état d'urgence, le seul recours pour arrêter la perestroïka en mettant tout le monde devant le fait accompli…

Et, comme au temps de la police des tsars, ces démarches furent de nouveau marquées par une série de manipulations à double fond. L'opposition démocratique disposait en effet d'une taupe au sein du KGB. Et, par ses soins, les réformateurs furent informés qu'un coup de force se fomentait. Le maire de Moscou, Popov, eut une conversation à ce sujet avec Metlok, l'ambassadeur américain en URSS, et en informa Boris Eltsine. Yakovlev en parla plusieurs fois à Gorbatchev.

Personne n'ignorait donc qu'un coup d'État se préparait : Eltsine, Gorbatchev, les Américains… C'était dans l'air.

Pourtant, quinze ans après, le grand public s'interroge toujours. Pourquoi, à l'époque, ont-ils tous gardé le silence sur ce qu'ils savaient ? En réalité, chacun jouait son propre jeu, pensant que, dans cette situation embrouillée, il pouvait sortir vainqueur au détriment des autres.

Le 4 août 1991, Gorbatchev partait pour la Crimée passer ses vacances d'été. Le lendemain de son départ, le chef du KGB et ses complices (dont les plus importants étaient les ministres de la Défense et de l'Intérieur) se constituèrent en Comité pour l'état d'urgence. Et, durant deux semaines, ils préparèrent les mesures d'exception destinées à empêcher la signature du Traité de l'Union prévue le 20. Le but de cette action était de permettre aux conservateurs de s'attribuer des pouvoirs exceptionnels et de rétablir la censure, sans ternir l'aura démocratique de Gorbatchev décernée par l'Occident.

Parallèlement, le chef/directeur du KGB fit vider les cellules de deux étages de la prison principale de Moscou pour permettre d'y recevoir d'éminents prisonniers. Dans l'éventualité où l'affaire tournerait mal, un bunker fut installé pour le Comité, au siège des services secrets. La machine stalinienne était prête à tourner.

Le 18 août, les conjurés tentèrent une dernière fois de convaincre Gorbatchev d'introduire l'état d'urgence. En vain. Aussi l'assignèrent-ils « temporairement » à résidence, annonçant le lendemain que le président se trouvait dans l'incapacité d'assumer ses fonctions pour « raisons de santé ».

Les conspirateurs ne tardèrent pas à comprendre que les vieux mécanismes autocratiques étaient déjà trop usés pour permettre un retour en arrière.

Le coup d'État échoua donc en quatre jours, sans effusion de sang. Un miracle dans ce pays aux dix mille têtes nucléaires, et où la violence est une tradition…

Et, allant à l'encontre de l'objectif des putschistes, le résultat de cette « action spéciale » accéléra l'éclatement de l'Union soviétique. Sur les sept mille réformateurs que le KGB prévoyait d'incarcérer, pas un seul ne fut arrêté.

Gorbatchev, hagard, rentra à Moscou.

Toutes les Républiques de l'Union soviétique proclamèrent alors leur indépendance. L'Empire de Staline s'effondra comme un château de cartes.

La dictature que les bolcheviques avaient instaurée le 7 novembre 1917 aura duré soixante-treize ans et demi…

À vrai dire, sur le plan technique, l'échec de ce coup de force s'explique simplement. Le ministre de la Défense, Yazov, vétéran de la guerre, avait averti les conjurés : « Si vous voulez tirer sur la foule, je ne vous suivrai pas. » Ses chars entrèrent donc dans Moscou sans munitions, privant *de facto* les putschistes du soutien de l'armée.

Ce revers doit être également mis au crédit de la détermination d'un Boris Eltsine fort d'une légitimité conquise au suffrage universel lors de son élection au poste de président de la Russie en juin 1991. En montant sur un tank et en appelant à la résistance, il a laissé de lui une image symbolique.

Mais ce 19 août 1991 demeure un moment fatidique, car il a démontré que les structures centrales du système stalinien avaient pu imploser en quelques heures.

L'agonie de l'Empire totalitaire se prolongea quatre mois. Début décembre, les dirigeants russes, ukrainiens et biélorusses proclamèrent que « l'URSS avait cessé d'exister ».

Le 23 décembre 1991, Eltsine, président de la Russie, et Gorbatchev[1] se rencontrèrent pour régler la passation de pouvoir. Pendant plusieurs heures, le président de l'URSS déchu transmit à Eltsine quelques secrets de Staline, y compris les protocoles du pacte signé avec Hitler en 1939, et les documents concernant l'assassinat par les services secrets du dictateur, des officiers polonais à Katyn en 1941.

L'aigle impérial à deux têtes fut choisi comme emblème, et bientôt les restes de la famille impériale allaient être inhumés en grande pompe à Saint-Pétersbourg.

Boris Eltsine avait promis de débarrasser son pays de l'idéologie communiste, mais sa démarche fut une fois encore contradictoire. D'une part, il présentait la nouvelle Russie en héritière de l'URSS, d'autre part, il fit du tsarisme sa référence majeure.

1. Il démissionna de son poste du président de l'Union soviétique le 25 décembre 1991.

À vrai dire, Eltsine avait décidé de privilégier « la réconciliation nationale » plutôt que la reconnaissance des crimes du système totalitaire. Le simulacre du « procès du PCUS » en 1992 à la Cour constitutionnelle de Moscou se solda par un non-lieu. Cette parodie du tribunal de Nuremberg ouvrit la voie au concept néostalinien de la continuité de l'Histoire russe : Empire des tsars – Empire soviétique – État russe, qui prit de l'essor sous Poutine. Quant à ses services secrets actuels, ils se revendiquent comme les dignes héritiers du KGB, leur grand prédécesseur…

La chienlit

En cette fin d'année 1991, le nouveau maître du Kremlin, Eltsine, préconisa de privatiser toutes les entreprises russes. Le but à atteindre était de provoquer des changements suffisamment profonds pour que tout retour en arrière (sous-entendu : vers le système de Staline) soit techniquement et politiquement impossible.

Cependant, en pratique, ce processus se déroula dans une opacité totale. Trois profils types d'acteurs de la nouvelle économie émergèrent. Tout d'abord la nomenklatura qui, dans la plupart des cas, avait profité des circonstances pour faire fructifier une partie du trésor de guerre du Parti communiste et s'était reconvertie dans les affaires. Ensuite la mafia, puis les nouveaux hommes d'affaires indépendants. Ainsi était né un nouveau centre du pouvoir disposant de moyens financiers exceptionnels[1].

1. D'après les sondages menés par le professeur Levada, ces derniers allaient tôt ou tard être obligés de passer sous contrôle des deux premiers (respectivement 40-45 % et 35-40 %) ; 40 % des entreprises privées et jusqu'à 60 % des entreprises d'État ainsi que plus de 50 % des banques en Russie allaient être contrôlées par les groupes criminels liés aux puissants représentants des lobbies occultes, traçant leur chemin à travers la jungle du postcommunisme. Dans

Ce climat fébrile vit la décentralisation la plus radicale de l'Histoire russe. La moindre fonction importante se pesait en argent, tout s'achetait et se vendait. Bien entendu, plus ces *businessmen* étaient proches du pouvoir, mieux se portaient leurs affaires. À partir d'un certain seuil (évalué en millions ou même en milliards de dollars, ou encore en cumul de pouvoirs), tout mafieux pouvait tôt ou tard devenir un important homme politique. Des milliardaires protégés par le pouvoir firent des fortunes rapides, rachetant notamment à prix bradés les fleurons de l'industrie russe[1].

Le monde criminel et celui de la politique se retrouvaient en parfaite osmose. L'analyse de ce phénomène fut énoncée d'une manière concise par le principal conseiller des réformateurs de l'époque, l'Américain Jeffrey Sachs : « L'élément fondamental de notre erreur provient de l'écart énorme entre la rhétorique des réformateurs et leurs activités réelles… À mon avis, les dirigeants russes ont surpassé en folie les idées des marxistes sur le capitalisme : ils ont considéré que le rôle de l'État se réduisait à servir un cercle restreint de capitalistes, se remplissant les poches en un temps record. Il ne s'agit pas d'une "thérapie de choc" mais bien d'un acte prémédité, parfaitement

---

ce contexte chaotique, plus de cent milliards de dollars partirent à l'étranger en 1991. Entre 1992 et 2000, vingt milliards de dollars sont sortis chaque année vers l'Occident. Il s'agit d'une fuite de capitaux sans précédent dans l'Histoire économique mondiale ! (Ces sondages sont rapportés d'après des conversations que j'ai eues avec l'économiste Nicolas Chmelev, membre de l'Académie de Russie, qui réalisa ces études.)

1. Transneft pour le pétrole et Aeroflot pour l'aviation civile furent respectivement sous-évaluées de quinze milliards et de six cents millions de dollars.

réfléchi et cynique, visant à concentrer les biens russes entre les mains d'un petit groupe[1]. »

Sous Gorbatchev, le territoire soviétique avait été partagé en zones d'influence entre les groupes mafieux, mais l'ère Eltsine vit s'engager une guerre sanglante entre clans rivaux. Bientôt, des bandes armées, organisées, se partagèrent territoires et zones d'influence. Le terme italien de *mafia* était désormais sur toutes les lèvres. Les racketteurs se montrèrent d'ailleurs très convaincants, pratiquant couramment tortures, rapts et assassinats.

La collusion entre ordre privé et ordre public était inévitable, car elle était solidement ancrée dans la tradition de la manipulation politique en Russie. En effet, en 1927, Staline avait déjà conclu un pacte avec les principaux parrains afin qu'ils dénoncent, *via* leurs réseaux d'indicateurs, les malheureux qui avaient réussi à fuir les camps de prisonniers politiques. À la fin de l'ère Gorbatchev, les parrains de la pègre traditionnelle étaient devenus les rois de la sécurité privée, élargissant leurs activités dans les affaires. Dans les secteurs les plus rentables, ces milices furent si bien implantées qu'il fut toujours impossible de créer une entreprise touchant à la distribution de l'alcool ou du sucre, au jeu ou au pétrole, sans « être couvert ». Commerçants, banquiers et hommes d'affaires, russes ou étrangers, devaient, selon une expression locale, « avoir un toit ». Ainsi, pour vendre des automobiles à Moscou, fallait-il par exemple être protégé par un toit tchétchène.

Les retraités de la police secrète ou de l'armée fournirent les plus gros effectifs de ces milices. Les

1. D'après Hélène Blanc et Renata Lesnik, *Le Mal russe*, éditions de l'Archipel, 2000.

hommes issus de l'ex-KGB, spécialisés dans la protection des membres du Politburo, sont encore de nos jours les mieux cotés sur le marché de la sécurité, avec une mention spéciale aux anciens des commandos et aux parachutistes revenus de la guerre d'Afghanistan ou de Tchétchénie, pour qui le prix de la vie humaine ne vaut plus grand-chose.

Ainsi le crime commandité devint-il fréquent. Les prix des tueurs à gages variaient en fonction de l'importance de la personne. De nos jours pour une somme « modique » (de cinq mille à cent cinquante mille dollars), il est facile de conclure un contrat. La purge du KGB lancée par Boris Eltsine mit au chômage des bataillons d'officiers surentraînés. Ce nouveau type de *business* apparut comme un moyen de se défendre contre le racket. Les entreprises comprirent vite l'intérêt d'être défendues par des compagnies privées professionnelles gardant des liens avec les services secrets officiels, plutôt que par des malfrats imprévisibles. Sur les cinq millions de militaires soviétiques, près de deux millions sont restés dans les ministères de force. Les autres ont rejoint les armées privées, où ils sont payés au moins dix fois plus que par le gouvernement.

Les « mini-KGB privés » intégrés, qui narguaient les services secrets officiels affaiblis, allaient jouer un rôle clé dans les guerres oligarchiques des années 1990[1]. Ceux qui veulent s'aventurer dans les mystères de Moscou gardent en mémoire le désarroi des ex-« guébistes » à cette époque. Sentant le pouvoir leur

1. « Au groupe Most, créé par le magnat des médias Vladimir Goussinski, c'est carrément l'ancien patron du 5e département du KGB, Filip Bobkov, célèbre pour la répression des dissidents, qui s'installe. » *Le Figaro*, 12 février 2007.

échapper, ils se regroupèrent en de nombreuses « amicales » chargées de sauvegarder, selon leur formule, « les bijoux de la famille » – à commencer par l'héritage historique –, en verrouillant l'accès aux archives (pour cacher les crimes du régime totalitaire). En réalité, ces amicales étaient de simples paravents des services secrets officiels se trouvant à la jonction de la politique et des affaires. Et une véritable symbiose se créa entre les agents secrets en exercice, les anciens membres du KGB et la mafia.

Cet univers allait jouer un rôle prépondérant à la fin du règne de Boris Eltsine, entre 1998 et 1999, quand il lui fallut choisir un héritier[1].

Les services secrets préconisèrent alors la mise en orbite d'un jeune premier, antithèse d'un Eltsine malade et diminué, un homme actif, compétent, séduisant, et de surcroît d'une entière loyauté à l'égard du clan eltsinien.

Les échéances électorales de 2000 se rapprochaient, il fallait donc trouver un moyen de revenir sur le devant de la scène : la guerre en Tchétchénie allait alors offrir à la police politique une véritable échappatoire. La conduite de ce dossier fut confiée à celui qui fut d'abord promu le 29 mars 1999 chef des services secrets d'Eltsine : Vladimir Poutine, le protagoniste des derniers chapitres de ce livre.

À cette époque, le personnage était encore entouré de mystère.

---

1. La Constitution de 1993 ayant donné au président russe le pouvoir de ne briguer que deux mandats de quatre ans, Eltsine en était à son deuxième mandat, élu en 1991 et en 1996.

Les cagoules de Poutine

Ce jeune officier du KGB avait jusqu'alors donné l'image d'un homme excellant dans l'art de brouiller les pistes. Fidèle à ses vieilles méthodes des services secrets, il semblait être un caméléon-né. Ce fut du moins l'impression qui me vint à l'esprit quand, au début des années 1990, à Saint-Pétersbourg, j'eus l'occasion de l'observer pour la première fois en privé. Poutine ne semblait guère homme à se laisser aller au bonheur d'être. Ce n'est pas dans sa nature. Conformément aux recettes classiques de l'école d'espionnage du KGB, il faisait croire à tous ses interlocuteurs qu'il était comme eux, un des leurs : un miroir dans lequel chacun se reflétait, se retrouvait. Parfois, il n'hésitait pas à imiter les mimiques, les grimaces, les façons de parler. Ce talent, développé pendant ses années de formation d'espionnage, lui permettait de se couler dans n'importe quel moule.

Né le 7 octobre 1952 à Leningrad, Vladimir Poutine manifesta dès sa jeunesse le désir de devenir un homme aux multiples visages.

Dès sa tendre enfance, un lien particulier semble s'être établi entre Poutine et Staline. En effet, son grand-père fut le cuisinier du dictateur rouge et son père, un membre des services secrets staliniens pendant la Seconde Guerre mondiale. Il faillit bien se faire prendre par les nazis, mais put leur échapper en se cachant sous l'eau des marais, respirant avec un roseau creux. Celui-ci raconta souvent à son fils « l'Histoire de cette grande guerre conduite sous la bannière de Staline ». Ses récits frappèrent l'imagination du jeune Poutine[1].

Quoiqu'il eût été militant actif du Parti communiste, M. Poutine père fut déçu par le choix de son fils. Plutôt que le voir entrer au KGB, il aurait voulu qu'il soit ingénieur.

Pour sortir de sa solitude, le jeune Poutine, comme autrefois Staline, chercha tout naturellement à s'identifier à un idéal extérieur. Pour lui, ce ne fut pas un bandit caucasien ou Lénine, mais les espions légendaires.

En 1975, enfin diplômé de l'université, ce jeune homme de petite taille, costaud et sportif, fut appelé par le KGB, parce qu'il était un des meilleurs étudiants. Ainsi intégra-t-il les services de contre-espionnage de sa ville natale où il allait s'occuper tout particulièrement des opposants au régime. Il comprit vite que la fonction d'espion n'était pas un métier comme les autres…

De nos jours, le chef du Kremlin n'hésite pas à présenter les agents du KGB comme l'élite qui défend les intérêts supérieurs de la Russie. Cependant, ces

1. D'après Hélène Blanc et Renata Lesnik, *op. cit.*

« gardiens du Temple » ont bel et bien conservé leurs méthodes. Les écoles spéciales des services secrets russes enseignent le sang-froid, l'art de la dissimulation, de la mise en scène, sans oublier le double, voire le triple langage.

Cette éducation assez particulière porte bien entendu sur les techniques les plus sophistiquées d'interrogatoires, de pression psychologique ; la maîtrise des armes : arme blanche, arme à feu ; poisons divers, substances chimiques, bactériologiques, gazeuses. Sans compter, entre autres choses, la science des explosifs. On apprend aussi à provoquer des accidents et à simuler des suicides ressemblant à s'y méprendre à un fait divers ou à une mort naturelle. Ainsi les gens des services secrets ont-ils leur idéologie, leur logique, leur propre vision du monde.

La démocratie ? Comme disait un des condisciples de Poutine, « de toute façon pour les hommes du KGB, elle n'existe nulle part sur la planète. Partout, n'est que la manipulation. Alors un peu plus, un peu moins… »

Les agents du KGB possèdent toujours leur culture politique, leur jargon et même leurs blagues ; bref, une structure mentale, une psychologie spécifique marquée par la culture du secret[1]…

Et, à l'instar de Poutine, se revendiquer de la Tcheka, services secrets durant la révolution « bolchevique », n'a rien d'anodin. Vladimir Poutine est fier du passé stalinien. Sans jamais avoir exprimé le moindre doute, il a occulté la période des années 1920 à 1950, lorsque la police politique liquidait des millions d'innocents, ou encore l'époque des années 1970, quand Andropov

1. Voir Hélène Blanc, *KGB connection*, *op. cit.*

faisait enfermer les dissidents dans des hôpitaux psychiatriques.

Le chef du Kremlin prétend qu'il ne connaissait pas l'étendue de la terreur politique, ni au temps de Staline ni plus tard. En faisant table rase du passé, on supprime allégrement des millions de victimes…

Le désir le plus intime du jeune Poutine était de devenir un James Bond, repensé à la russe. Il aurait pu y parvenir après une nouvelle formation suivie à Moscou en 1978, destinée à façonner les futurs espions infiltrés en Occident. Ses condisciples témoignent qu'à cette époque il évoquait souvent l'Histoire de la Russie, citant le rôle de Staline pendant la guerre, comme symbole de grandeur et de volonté. Pour Poutine, les tsars, Staline, le KGB et les forces armées constituent en effet tout l'héritage glorieux de son grand pays.

Élève brillant et solitaire, le jeune homme travaillait assidûment. Ses rares loisirs – il était un excellent judoka – étaient consacrés au sport. L'apprenti espion s'initia alors à l'allemand – qu'il parle sans accent –, ainsi qu'à plusieurs dialectes. Mais son rêve se brisa. Au lieu de le détacher à l'Ouest, on le renvoya dans sa ville natale. Cette fois-ci, il fut affecté au service local du KGB chargé de l'espionnage.

En 1985, la chance sourit à Poutine. Il fut envoyé à Moscou pour suivre une nouvelle formation, à l'Institut du Drapeau rouge (aujourd'hui Académie des renseignements extérieurs). Là, il fut préparé à se rendre à l'étranger et reçut un nom de code, Platov, sans doute en souvenir du célèbre chef de guerre cosaque de l'époque napoléonienne. Puis il fut finalement affecté à Dresde, au cœur du dispositif d'espionnage soviétique qui travaillait en étroite collaboration avec la police politique d'Allemagne de l'Est, la Stasi.

S'il se souciait de l'évolution de la situation en Allemagne devenue incontrôlable, il n'était qu'un fonctionnaire subalterne, loin des activités du groupe mythique « le Rayon », chargé d'assurer le déboulonnage des « vieux staliniens » en Allemagne de l'Est.

En 1989, après la chute du mur de Berlin, le retour en Russie fut difficile pour l'officier du KGB. Il avait trente-huit ans.

Pourquoi le futur président ne fut-il pas affecté au siège du KGB à Moscou ? Il l'explique par sa propre analyse lucide de la crise générale en URSS. À vrai dire, on ne lui avait rien proposé, sinon un placard à l'université de sa ville natale où il fut nommé adjoint du recteur et chargé des relations internationales, tout en gardant sa fonction de lieutenant-colonel du KGB…

Deuxième Poutine : Saint-Pétersbourg

À la fin de l'année 1989, le maire démocrate de Saint-Pétersbourg, Anatoli Sobtchak, proposa à Poutine de devenir son chef de cabinet. Ce ne fut cependant pas un marché de dupes. Au moment de cet engagement, le maire, comme il me l'a dit lui-même, savait pertinemment que Poutine appartenait toujours aux services secrets, mais il espérait de ce fait pouvoir obtenir des informations sur la situation dans sa ville.

Souvent en visite à l'étranger, Sobtchak lui déléguait ses pouvoirs. Le jeune adjoint au maire devint très vite le gestionnaire clé de la ville. « La méthode Poutine » remonte à cette époque. Ainsi travaillait-il avec tout le monde, évitant d'être dépendant d'un seul clan, tout en entretenant des contacts privilégiés avec les services secrets et l'armée.

En 1996, le maire perdit les élections à la mairie de Saint-Pétersbourg. Son adjoint décida alors de quitter sa ville natale.

Troisième Poutine : l'ascension

Pour trouver une nouvelle affectation, Poutine disposait de son réseau à Moscou, au sein de l'administration présidentielle où travaillaient plusieurs anciens de Saint-Pétersbourg.

Cependant, la proposition d'emploi qu'on lui fit ne vint pas de ses alliés, mais de l'intendant du Kremlin, Pavel Borodine, qui lui offrit une place dans ses services. Poutine fut donc chargé de s'occuper des affaires légales et des avoirs russes à l'étranger.

À cette époque s'amorçait déjà la fin de règne pitoyable du président. Eltsine, qui avait eu un nouvel infarctus, était hospitalisé et se préparait à subir une opération à cœur ouvert.

Il s'agit là de la période la plus délicate de l'ascension de Poutine.

Comme autrefois à propos des persécutions des dissidents des années 1950, celui-ci répète invariablement ne pas avoir été au courant des contrats douteux qui auraient été conclus par ses patrons au Kremlin. Pourtant, en ces années-là, il se trouvait aux postes stratégiques.

Le 20 juillet 1999, Poutine était nommé « de manière impromptue » – selon sa formule – au poste de chef des services secrets (le FSB, abréviation de Service fédéral de Sécurité).

Le futur gendre d'Eltsine (également son conseiller), Yumachev, lui aurait soufflé : « Vous avez un adversaire nationaliste : prenez un successeur plus nationaliste ; vous avez un adversaire proche du KGB : prenez encore plus de KGB ; vous avez un adversaire en bonne santé : prenez un jeune et en meilleure santé[1]. »

Le portrait-robot de Poutine était donc dressé. Aussi fut-il poussé en première ligne par un jeu de forces obscures animé par ses parrains politiques.

Les premiers sponsors du futur président russe furent bien évidemment ses pairs, les gens de l'ex-KGB, qui aidèrent leur camarade à consolider son propre pouvoir. La deuxième catégorie de ces tuteurs fut les militaires. En échange de son soutien, le commandement de l'armée comptait être associé à la direction du pays et imposer une politique renouant avec la tradition néostalinienne : réarmement, reconstruction au moins partielle de l'ancienne URSS.

Après des années d'humiliation, les services secrets et l'armée allaient occuper à nouveau une place prépondérante sur l'échiquier politique.

Ses troisièmes parrains, enfin, furent les « boyards » de la famille eltsinienne. Même s'ils ne formaient pas un groupe monolithique, ils soutinrent dans l'ensemble le poulain du pouvoir.

Pourtant, lorsqu'en ce mois d'août 1999, le président Eltsine lui proposa la succession, Poutine refusa[2].

1. Son adversaire de l'époque était le Premier ministre Primakov, éminent arabisant venu de la galaxie du KGB.

2. Par l'intermédiaire de l'oligarque Beresovski, le rendez-vous eu lieu à Biarritz dans l'hôtel trois étoiles où Poutine passait ses vacances.

« C'est un destin trop dur », objecta-t-il. Il se laissa cependant rapidement convaincre.

Le clan eltsinien savait que Poutine n'avait jamais trahi ses chefs. En outre, celui-ci allait donner au président sortant tous les gages nécessaires en le protégeant des attaques politico-judiciaires qui visaient sa famille.

La nomination au poste de Premier ministre, en août 1999, offrit à Poutine de nouveaux moyens pour influencer les gouverneurs des régions et les dirigeants des grandes entreprises. Le chemin de l'élection présidentielle était-il débroussaillé. Il fallait malgré tout s'assurer le soutien de l'électorat (Eltsine était alors au plus bas des indices de popularité).

La série énigmatique d'attentats sanglants du mois d'août 1999 à Moscou et en province, qui fit deux cent quatre-vingt-treize morts au total, changea définitivement l'atmosphère en provoquant un réflexe sécuritaire et légitimiste au sein de la population.

Poutine, qui grâce au soutien des oligarques contrôlait déjà pratiquement tous les médias, dénonça violemment à la télévision la responsabilité tchétchène, promettant, selon sa célèbre formule, de « poursuivre les terroristes jusque dans les chiottes ».

Décidément, les attentats accompagnent souvent les successions au Kremlin...

En septembre 1999, la Russie se lançait dans la guerre contre les indépendantistes tchétchènes avec l'appui de l'opinion publique mise en condition par cette vague de terrorisme.

Désormais, rien ne pouvait arrêter l'ascension de Poutine. La guerre renforça son alliance avec l'armée.

Il exploita tout aussi habilement la vague nationaliste. Fait unique dans l'Histoire de la Russie, en deux semaines, il passait de 1 % d'avis favorables en tête des sondages avec 70 %. Il parvint à personnifier la soif d'une revanche historique qui, depuis la fin de l'Empire soviétique, était présente dans la conscience collective russe.

Le 31 décembre 1999, Boris Eltsine annonçait sa démission. Conformément à la Constitution, le Premier ministre devint alors président par intérim pour trois mois, le temps d'organiser des élections.

En mars 2000, Vladimir Poutine était élu chef de l'État russe au premier tour de scrutin.

Son « projet patriotique » visant à ratisser le plus largement possible fut consciemment construit comme une accumulation d'idées vagues. Tout y était : la nostalgie de l'URSS, un complexe impérial et messianique s'appuyant sur l'orthodoxie, le fantôme du concept « eurasien », particularisme difficilement définissable et, surtout, le souhait d'un État fort assurant le rétablissement de l'ordre après « la pagaille » des années Gorbatchev-Eltsine…

Quatrième Poutine : le retour du KGB

Fort de ce message, le président Poutine fut triomphalement élu à deux reprises en 2000 et en 2004, utilisant avec brio – pour reprendre sa formule – « la formidable capacité d'adaptation des agents du KGB ». N'avait-il pas lui-même effectué une reconversion spectaculaire, tout en demeurant fidèle à sa maison mère ?

Officiellement, le KGB est mort en 1991. En tant que principal animateur du putsch, son chef fut poursuivi en justice. Les structures furent démantelées et divisées en plusieurs organes. Le FSK, chargé du contre-espionnage, le Fapsi des communications, le SRV du renseignement extérieur, le Service de protection de la sécurité des organes du pouvoir, et les gardes-frontières. Passant de sept cent mille à quelque quatre-vingt mille employés, cette police politique nouvelle formule sortit affaiblie, principalement chargée de la lutte contre la corruption, le trafic de drogues et la mafia.

Cependant, dès 1995, en plein conflit tchétchène, le Service fédéral de Sécurité retrouvait non seulement une partie de ses compétences mais aussi les méthodes autrefois utilisées contre les dissidents soviétiques. Dès la fin des années 1980, les hommes des services secrets avaient réussi à infiltrer pratiquement toutes les importantes structures dirigeant l'économie de l'ombre. En contact direct avec les pays de l'Ouest, ils étaient aptes à faire face à ces grandes transformations.

La force de Poutine se tenait donc dans l'utilisation efficace des méthodes apprises durant sa carrière d'espion. Mettant à son profit tout le potentiel de l'ex-KGB, il se montra d'ailleurs reconnaissant envers ses collègues. Dès son investiture, les intimes du président furent nommés aux postes clés[1].

Pendant sa présidence, ce premier cercle du pouvoir fut ainsi formé par les représentants de trois factions : l'ex-famille eltsinienne, défendant les intérêts des grosses entreprises privées ; les économistes libéraux, incarnant Saint-Pétersbourg ; d'autres collègues appar-

1. Voir annexe III.

tenant au milieu de la Sécurité d'État, les membres de l'ex-KGB.

Ces derniers, nettement plus nombreux, défendent ouvertement l'héritage néostalinien, mettant en avant la discipline patriotique, davantage d'unanimisme de la part des représentants officiels de l'État, de prudence chez les médias et de soutien des hommes d'affaires.

Ce courant volontiers autoritaire, qui traverse tel un fil rouge toute l'Histoire russe depuis trois siècles, prétend défendre les traditions nationales en refusant d'imiter l'Occident. Il regroupe tout à la fois une partie du clergé orthodoxe, des nationalistes russes et des nostalgiques de la « main forte ».

Leur politique étrangère se résume ainsi à une convergence illusoire des intérêts russes, chinois et de ceux des nations islamiques, pour créer ensemble une sorte de syndicat des mécontents qui s'opposera tout à la fois à la mondialisation et à l'extension jugée néfaste des libertés politiques.

Le clan pétersbourgeois, plus dynamique et moins passéiste, considère l'économie comme levier essentiel du redressement national, mais il considère aussi que la Russie doit suivre un chemin unique, car elle n'appartient ni à l'Occident ni à l'Orient. Pour tous, la Russie doit rester une superpuissance.

Pourtant, les hommes des services secrets gèrent la maison Russie comme le faisait hier la nomenklatura de Staline, pour leurs intérêts personnels, ce qui se confond avec la sauvegarde de leur pouvoir. Au total, sept hommes de son entourage[1] ont la haute main sur 40 % du PIB ; la substance de l'État russe est à présent

1. Voir annexe III.

transmise à de très grandes sociétés qui, derrière le paravent du marché, demeurent la propriété exclusive de l'État.

Si d'aucuns manifestent une inquiétude face à la multiplication des cas de corruption parmi ses hommes de confiance issus des services secrets, Poutine répond alors avec un sourire ironique en coin : « N'ayez aucune crainte, ils aiment d'abord l'argent, pas le pouvoir[1]. »

Ainsi Poutine rétablit-il peu à peu une sorte de réminiscence de l'autocratie en Russie, œuvrant pour une centralisation administrative inspirée des idées de son maître Andropov : faire encadrer par le KGB toutes les autres structures étatiques, y compris l'armée. Selon les traditions héritées de Staline, le pouvoir russe refuse désormais la moindre critique et demeure hanté par l'obsession du contrôle. Poutine fit donc rétablir les prérogatives du KGB : instruire des procès contre les conspirations ou tentatives de complots, le terrorisme, la contrebande, etc., la pleine liberté d'installer des écoutes. Poutine a également fait passer un oukase donnant autorisation aux services secrets d'éliminer en n'importe quel point du globe les « ennemis terroristes » de la Russie ! Ces organes ont tenu dès lors le haut du pavé et, s'étant hissés au premier plan, dominent maintenant toutes les sphères de la société russe : l'exécutif, le législatif, le monde des affaires, la vie quotidienne et évidemment le crime organisé.

Si la police secrète a toujours été au cœur de l'État russe, une autre tradition stalinienne veut qu'on ne lui permette jamais d'acquérir trop d'influence. Car un tsar qui s'appuierait exclusivement sur elle serait

1. Cité d'après *Le Point*, 13 octobre 2006.

condamné. Le président a sans doute médité plus d'une fois sur le destin de Beria, éliminé dans des conditions dramatiques.

Poutine déclare pourtant chercher à rétablir les grands fiefs verticaux, mais au service d'une technocratie moderne, ouverte sur le marché mondial, et non plus seulement au service des grandes baronnies répressives du passé. En véritable manipulateur, il joue sur tous les tableaux : l'ex-KGB contre l'armée ou encore contre les oligarques.

Comprenant qu'il ne pourrait conserver la confiance de l'opinion, le soutien des services secrets et de l'armée qu'en prenant des mesures contre la corruption, dans ce pays où l'économie était largement criminalisée, il lança l'assaut contre celle-ci[1].

1. Attaqué pour sa gestion, et particulièrement mis en cause dans des affaires de blanchiment d'argent (un milliard de dollars au total), l'oligarque numéro un Berezovski sentit le vent tourner et s'exila à Londres où il passa à l'opposition. De sa luxueuse résidence de Kensington, voisine de la demeure de feu la princesse Diana, il clamait à qui voulait l'entendre qu'il préférait « être un réfugié politique et non pas un prisonnier politique ».

Le secret Poutine

Une étape importante de la prise du pouvoir économique par le clan Poutine remonte à février 2003, quand, au cours d'une rencontre avec le patronat russe, le président eut un échange un peu vif avec Mikhaïl Khodorkovski, l'homme le plus riche de la Russie, à propos de la politique pétrolière du pays[1].

Cet incident anodin fut un signe annonciateur d'ennuis pour le tsar du pétrole.

Quelques mois plus tard, sous les chefs d'accusation les plus variés (allant de la privatisation frauduleuse à l'assassinat), le magnat entra dans la ligne de mire du Parquet général. Comme disait Staline : « Il nous faut un homme, les accusations nous les trouverons. » Le public russe, quant à lui, s'est réjoui sans ambages des malheurs du richissime homme d'affaires qui ne se gênait pas pour afficher son désaccord avec les positions officielles russes, notamment sur l'Irak. Finançant les partis libéraux, il sut également persuader des

1. Khodorkovski était à l'époque la plus grosse fortune russe citée par Forbes : architecte de la fusion avec Sibneft du sixième groupe pétrolier mondial Youkos, il fut l'instigateur de la construction de l'oléoduc Angarsk-Daqing vers la Chine.

députés de voter contre l'impôt sur les ressources naturelles voulu par le gouvernement.

Tandis que Vladimir Poutine restait insondable, le Parquet général développait imperturbablement ses instructions.

À la fin du mois d'octobre 2003, le milliardaire du pétrole était finalement incarcéré et condamné à huit ans de détention pour fraude fiscale à grande échelle.

Celui qui avait financé l'opposition libérale au Kremlin fut envoyé en Sibérie (lieu hautement symbolique pour tous les captifs de la Russie éternelle à travers les siècles), à sept mille kilomètres de Moscou, à proximité d'une mine d'uranium connue pour les dangers de ses émissions radioactives… Le « jeune loup » se présenta alors comme un nouveau David face au Goliath du pouvoir autoritaire, alléguant que Poutine avait voulu « le faire payer pour sa résistance politique ».

Le choix de cette prison sibérienne était de toute évidence délibéré. « Il faudra désormais sept heures de vol depuis Moscou pour rejoindre l'aéroport le plus proche de sa prison. Après, il y a encore six cents kilomètres à parcourir sur des routes non carrossables. »

La famille de l'ancien magnat du pétrole songea à acheter un appartement près du camp. Mais la radioactivité dans la région rendait une installation hasardeuse[1].

---

1. Les Khodorkovski ont trois enfants, dont des jumeaux de onze ans. Le petit village perdu au fin fond de la Sibérie connut alors une formidable effervescence. Les autorités locales furent vite débordées, car depuis la détention du magnat dans la colonie pénitentiaire, conformément au règlement en vigueur, neuf chambres situées dans un pavillon spécial sont réservées aux visites matrimoniales. Ainsi l'épouse du magnat reçut-elle l'autorisation de

Surnommé « l'Intelligent » par ses congénères (un millier de détenus dont la moyenne d'âge est de vingt-quatre ans), le prisonnier clame à l'envi que Poutine a essayé de « l'isoler complètement du pays et du peuple, et de le détruire physiquement. Mais, poursuit-il, le combat ne fait que commencer… »

Un autre événement bouleversant de la fin des années Poutine fut l'assassinat d'un ancien officier des services secrets russes installé au Royaume-Uni depuis 2000, Alexandre Litvinenko.

Que s'est-il réellement passé à Londres le 1er novembre 2006, au cours de son rendez-vous au bar de l'hôtel Millenium, avec un ancien collègue du KGB (qui travaille maintenant dans la sécurité des entreprises), Andreï Lougovoï ? Les deux hommes entretenaient des relations commerciales, Litvinenko faisant profiter son ancien collègue de ses contacts britanniques. Ce 1er novembre, Lougovoï était à Londres pour assister à un match de football, accompagné de Dimitri Kovtoun, son partenaire, lui aussi ancien agent secret. Dans l'après-midi, vers seize heures, Litvinenko déjeuna dans un restaurant japonais de Piccadilly, en compagnie de Mario Scaramella, un consultant italien, spécialiste des problèmes du renseignement. Tout ce beau monde appartenait donc à l'univers de

---

passer de temps à autre trois jours avec son mari, emportant avec elle poêles, pommes de terre, carottes, oignons, choux, salades et de l'huile de tournesol. Les proches ont également droit à six parloirs annuels d'une durée de quatre heures. Le reste du temps, le plus célèbre prisonnier de la Russie partage sa cellule avec cent soixante détenus !

l'espionnage[1]. Quelques heures plus tard, Litvinenko se sentit mal, ressentant les premiers symptômes d'une mystérieuse maladie. Une longue et pénible agonie commença. Litvinenko mourut le 23 novembre, victime d'un empoisonnement au polonium 210, produit hautement radioactif.

Dès le lendemain de sa mort, ses proches diffusaient un message du défunt accusant Vladimir Poutine et les services secrets russes d'avoir provoqué sa mort.

Le polonium 210 étant facilement repérable, les enquêteurs de Scotland Yard ont ainsi pu rapidement remonter la piste à partir de tous les endroits fréquentés par le défunt : l'hôtel Millenium, le restaurant japonais, la clinique où il fut soigné, un bureau de son employeur, l'ancien oligarque russe Boris Berezovski réfugié à Londres. Les enquêteurs ont aussi retrouvé des résidus de radioactivité dans beaucoup d'autres lieux : le stade de football, des avions de la British Airways empruntés par les Russes pour retourner à Moscou. Tous les contacts du défunt furent donc contaminés, mais à un degré bien inférieur[2].

---

1. Scaramella voulait consulter Litvinenko, une connaissance de longue date, sur la fiabilité de messages électroniques censés révéler un complot ourdi par des « groupes criminels » russes pour éliminer plusieurs personnes… dont Litvinenko et Scaramella. « Des faux ! » aurait dit le Russe à l'Italien.

2. Lougovoï, Kovtoun mais aussi Scaramella. Il ne suffit pas d'être au contact d'une personne irradiée, il faut aussi avoir absorbé la substance elle-même. L'équipe envoyée à Moscou a même découvert des traces de radioactivité à l'ambassade du Royaume-Uni, là où Lougovoï s'était rendu la veille du décès de Litvinenko pour s'expliquer sur sa rencontre avec le Russe exilé. La piste radioactive mena l'enquête à Hambourg, en Allemagne. Kovtoun y avait passé quelques jours, courant novembre.

Sans faire de déclaration formelle, Scotland Yard laissa entendre à la presse que l'empoisonnement de l'ex-agent russe Alexandre Litvinenko avait été « parrainé par un État et orchestré par les services de sécurité russes ». De sources policières anglaises, c'est bien le 1er novembre 2006, lors d'une rencontre à l'hôtel Millenium avec les ex-agents russes Andreï Lougovoï, Dimitri Kovtoun et un troisième homme nommé Vladimir Sokolenko, que l'ex-espion aurait absorbé dans son thé une dose radioactive fatale. La théière avait continué d'être utilisée avant d'être récupérée par les enquêteurs, alors qu'elle émettait de fortes radiations.

Le Parquet britannique a annoncé en mai 2007 qu'il comptait poursuivre Lougovoï, « concluant que les preuves apportées par la police sont suffisantes pour l'inculper pour le meurtre d'Alexandre Litvinenko par empoisonnement volontaire[1] ». Les Britanniques ont demandé son extradition et les Russes ont immédiatement refusé de le faire.

Cette affaire, aussi rocambolesque soit-elle, a fait ressurgir à travers le monde le fantôme de la peur, base principale du fonctionnement stalinien. Elle a entaché d'une manière dramatique l'image de marque du président Poutine à l'étranger, tandis qu'en Russie, il conserve toute sa popularité.

Pourquoi est-il si populaire dans son pays ? Parce qu'il s'adresse à cet inconscient collectif issu de la Russie impériale, marqué par l'image du château assiégé. Ses proches l'expriment d'ailleurs ouvertement : « Puisque nous ne serons jamais aimés, nous devons recommen-

1. Cité d'après *Le Figaro*, le 23 mai 2007.

cer à faire peur. Nos dix mille têtes nucléaires n'existant plus, aujourd'hui, nos seuls amis, alliés et armes principales sont le gaz et le pétrole. »

Le destin de la Russie est-il lié à l'Occident ou à des alliances particulières telles que la Chine ou les anciens alliés de l'URSS ? Poutine semble encore hésiter. Pour autant, on assiste à la renaissance de l'ancien mode de pensée, fondé sur le particularisme. Le poète Alexandre Blok l'a dit : « Nous sommes les Scythes. Avec les yeux bridés. Nous sommes différents. » Au fil des pages, nous avons vu comment Poutine a conçu un maillage idéologique, politique – et bien évidemment économique – si puissant qu'il peut sans risques s'éclipser de la première ligne.

La réhabilitation impériale, le retour du KGB et le verrouillage des circuits décisionnaires lui ont assuré un rôle indispensable dans un système dont il demeurera pour longtemps le personnage clé.

L'Histoire, même si elle bégaie, est le meilleur sésame permettant de comprendre les aspects les plus déroutants d'une Russie qui semble vouloir entrer à reculons dans le nouveau millénaire. Elle pèse même de tout son poids, incompressible comme ces statues déboulonnées de Lénine que j'avais jadis fait parvenir au sculpteur César. Après le putsch de 1991, ses amis m'avaient en effet demandé de lui en envoyer quelques-unes pour qu'il les travaille à sa manière. Panne de création ou sentiment de commettre un acte sacrilège ? En tout cas, il ne put y toucher et elles gisent, toujours intactes, dans un atelier de Normandie.

Selon la formule de feu mon ami César, l'Histoire s'est révélée incompressible. Et le fantôme de Staline plane encore sur la Russie !

ces. [illegible]

[illegible]

[illegible] de pensée [illegible] Alexandre [illegible]

La [illegible]

[illegible]

[illegible]

[illegible]

[illegible] en [illegible] de [illegible]

Annexe I

Chronologie

1879 : Naissance à Gori (Géorgie) de Joseph Djougachvili, plus tard dit Koba, puis Staline (« l'Homme d'acier »).

1880, 5 février : Attentat de S. Khaltourine contre Alexandre II (explosion d'une bombe au palais d'Hiver).

1881, 1er mars : Assassinat d'Alexandre II par les populistes.

1881-1894 : Règne d'Alexandre III.

1887, 1er mars : Tentative d'attentat contre Alexandre III à Saint-Pétersbourg ; Alexandre Oulianov, le frère aîné de Vladimir Oulianov (le futur Lénine), est impliqué.

1891 : Début de la construction du Transsibérien.

1891-1917 : Alliance franco-russe.

1894-1917 : Règne de Nicolas II.

1894 : Tragiques mouvements de foule pendant les fêtes du couronnement de Nicolas II à Moscou (catastrophe de la Khodynka).

1894 : Staline est admis au séminaire orthodoxe de Tbilissi, capitale de la Géorgie. Il est expulsé cinq ans plus tard et entre dans la clandestinité.

1896 : Nicolas II en visite officielle en France.
1905 : Guerre russo-japonaise.
Janvier : Première révolution russe.
20 et 21 janvier : Grève générale à Saint-Pétersbourg.
22 janvier : « Dimanche rouge », la police et l'armée tirent sur une grande manifestation pacifique devant le palais d'Hiver.
27 juin-8 juillet : Mutinerie du croiseur *Potemkine* devant Odessa.
5 septembre : Traité de paix de Portsmouth entre la Russie et le Japon.
20 octobre : Grève générale en Russie.
26 octobre : Première réunion du Soviet de Saint-Pétersbourg.
30 octobre : Manifeste du tsar Nicolas Il promettant les libertés politiques et la réunion d'une Douma d'État législative.
1917, 15 mars : Abdication de Nicolas II.
17 mars : Formation d'un gouvernement provisoire.
Juin : Offensive russe sur le front sud ; échec.
24 juillet : Kerenski devient président du Conseil.
Septembre : Tentative contre-révolutionnaire du général Kornilov, arrêtée par la Garde rouge.
14 septembre : Proclamation de la République ; Kerenski à la tête d'un directoire.
7 novembre : Coup d'État d'Octobre sous la direction des bolcheviques.
9 novembre : Formation du Conseil des commissaires du peuple, présidé par Lénine ; décrets « sur la Paix » et « sur la Terre ». Staline est nommé commissaire du peuple aux Nationalités.
1918, 18 janvier : Réunion de l'Assemblée constituante élue à Petrograd.

19 janvier : Dissolution de la Constituante.
28 janvier : Formation de l'Armée rouge.
14 février : Adoption du calendrier grégorien.
18 février : Offensive austro-allemande contre la Russie soviétique.
3 mars : Paix séparée avec l'Allemagne (traité de Brest-Litovsk).
Mars-avril : Corps expéditionnaire antibolchevique des Alliés à Mourmansk.
10-11 mars : Transfert de la capitale de Petrograd à Moscou.
Avril : Corps expéditionnaire japonais et anglais à Vladivostok.
25 mai : Soulèvement contre-révolutionnaire du corps expéditionnaire tchèque.
8 juin : Prise de Samara par les troupes blanches appuyées par l'intervention alliée ; constitution d'un gouvernement contre-révolutionnaire.
28 juin : Formation en Sibérie d'un gouvernement provisoire contre-révolutionnaire.
4-10 juillet : Le Ve congrès panrusse des Soviets adopte la Constitution soviétique.
2 août : Débarquement anglo-américano-français à Arkhangelsk.
30 août : Attentat contre Lénine.
1924 : Mort de Lénine. Dans une lettre testament au Parti, le leader de la révolution suggère d'« écarter Staline car ses défauts ne sont pas acceptables ».
1924-1953 : Staline dirige l'Union soviétique.
1929 : À cinquante ans, Staline est le maître absolu de l'URSS. C'est le début du culte de la personnalité et de la terreur contre les koulaks.

1937-1938 : La grande terreur. Plus d'un million et demi d'éléments antisoviétiques sont tués ou envoyés au goulag.

1941 : « Opération Barbarossa. » Rompant le pacte signé en 1939, Hitler attaque l'URSS le 22 juin. En décembre, les Allemands sont aux portes de Moscou.

1943 : Victoire de Stalingrad, puis de Koursk, tournants de la guerre. La même année, le fils aîné de Staline, Yakov, est abattu dans un camp de prisonniers.

1945, février : Conférence de Yalta. Staline, Churchill et Roosevelt se partagent le monde et décident de créer l'ONU. Grand vainqueur, Staline obtient l'Europe de l'Est.

1948 : Le « coup de Prague ». Les communistes s'emparent du pouvoir en Tchécoslovaquie. La même année, les Soviétiques imposent le blocus de Berlin.

1953 : Après quatre jours d'agonie, Staline meurt le jeudi 5 mars à 21 h 50 dans sa datcha, près de Moscou. Ses funérailles seront grandioses.

1953-1964 : Khrouchtchev dirige l'Union soviétique.

1956 : Devant le XXe congrès du Parti communiste, Khrouchtchev dénonce certains crimes du stalinisme et le culte de la personnalité.

1964-1982 : Brejnev dirige l'Union soviétique.

1979, décembre : Intervention de l'armée soviétique en Afghanistan.

1985, mars : Gorbatchev, secrétaire général du PCUS, lance la perestroïka.

1988-1989 : Retrait des troupes soviétiques d'Afghanistan.

1989 : Élections à candidatures multiples en URSS.

1990 : Instauration d'un régime présidentiel en URSS.

1991, mars : Gorbatchev est élu président de l'Union.

Juin : Eltsine est élu président de la Fédération de Russie. Les habitants de Leningrad choisissent de reprendre pour leur ville le nom de Saint-Pétersbourg.

19-21 août : Tentative de putsch contre le président Gorbatchev.

Décembre : Fin de l'URSS.

1996, juin : Réélection d'Eltsine à la présidence de la Fédération de Russie.

2000, mars : Poutine est élu à la présidence de la Fédération de Russie.

2004, mars : Poutine est réélu à la présidence.

2007, 23 avril : Mort de l'ex-président Boris Eltsine.

2008, mars : Élection présidentielle en Russie.

ANNEXE II

Moscou stalinienne

Boulgakov, l'auteur du *Maître et Marguerite*, est un sésame pour comprendre l'univers stalinien à Moscou. Les événements de son roman se situent autour de l'Étang des Patriarches. C'est dans son appartement, le n° 50, situé 10-12, rue Sadovaïa-Koudrinskaïa, que l'écrivain choisit de faire vivre son intrigue. Au 28, rue Malaïa-Bronaïa, le charmant Café Marguerite nous fait pénétrer dans l'univers du roman. Rue Arbat se trouve, dans la ruelle Spassanolivkoski, la résidence de l'ambassadeur des États-Unis qui servit de cadre aux réceptions décrites dans le roman de Boulgakov. En effet, l'ambassadeur, ami de l'auteur, y organisait à l'époque des réceptions fastueuses qui faisaient jaser tout Moscou. L'esprit de Boulgakov demeure omniprésent dans l'atmosphère décadente des soirées privées organisées dans le Moscou d'aujourd'hui, depuis que plusieurs générations ont soudain découvert les plaisirs interdits.

Moscou est aussi marquée par l'esprit de Staline.

S'il a beaucoup détruit la ville, il a fait ériger de nombreux édifices à sa gloire. Le premier monument stalinien reste sans aucun doute le métro. La première ligne fut inaugurée en mai 1935 entre les stations Sokolniki et Parc-de-la-Culture.

Mais dans l'esprit de Staline, le métro n'était pas simplement un moyen de transport : cela faisait partie de toute la symbolique d'une néoreligion que le dictateur voulait instaurer en sa faveur. Les Soviétiques vivaient d'une manière très précaire et les stations de métro décorées de marbre, de bronze et parfois même d'or, impressionnaient la population.

Staline ne parlait pas au hasard lorsqu'il disait à sa belle-sœur que le peuple avait besoin de fétiches et de splendeurs décoratives. D'ailleurs, il choisissait lui-même ces décors, comme l'impressionnante mosaïque et le marbre cramoisi de la station où il prononça le fameux discours appelant à la résistance contre l'envahisseur nazi le 6 novembre 1941. À la station Place-de-la-Révolution, les statues de bronze représentent un véritable musée de l'art stalinien, ainsi que la station Arbatskaïa avec ses lustres et son marbre blanc.

Le métro, comme souvent en Russie, est aussi un univers à double fond, car il existe en dehors du métro officiel un métro secret, conçu à partir de 1947 par le dictateur pour assurer son voyage hors de la ville en cas de crise des grands dignitaires. La station secrète Tcentralnaïa, par exemple, se trouve dans l'enceinte de la station Arbatskaïa, et possède un accès direct au ministère de la Défense. Le goût pour les souterrains secrets, tant apprécié autrefois par Ivan le Terrible, est toujours de rigueur à l'aube du troisième millénaire.

Parmi d'autres monuments staliniens, les sept gratte-ciel ; comme le ministère des Affaires étrangères place Smolenskaïa-Sennaïa ou l'université de Moscou, avec son étoile rouge brillant au sommet d'une flèche haute de deux cent quarante mètres, ou encore la maison de la Nomenclature, si appréciée de nos jours par les nouveaux Russes, qui se trouve au confluent de la rivière Iaousa et de la Moskova, quai Kotelnitcheskaïa.

Ancien médecin devenu écrivain opprimé, Boulgakov comprit dans les années 1930 qu'il fallait regarder le cauchemar stalinien à travers les rapports mystiques existant entre le Bien et le Mal. Le modèle de Woland, autrement dit Satan, sans doute le personnage le plus emblématique de son roman, n'est autre que Staline lui-même. Les relations entre les deux hommes furent d'ailleurs aussi étranges qu'ambiguës. Elles commencèrent avec la création d'une pièce de Boulgakov racontant les péripéties de la guerre civile en Ukraine. L'œuvre s'achève sur l'arrivée des bolcheviques, décrite sur un ton à la fois mystique et comique pour symboliser la venue prochaine du suppôt de Satan (*Les Jours de Tourbine*, au Théâtre d'Art de Moscou en 1927).

Cette œuvre étrange attira l'attention particulière du dictateur puisqu'il assista quinze fois (!) à la représentation de cette pièce, entrant à chaque fois dans le théâtre le plus silencieusement possible.

Le pouvoir et Staline devinrent dès lors la hantise de Boulgakov. Mêlant le fantastique à la réalité, la légende de Faust et les aventures de Ponce Pilate revues par son imagination débordante dans *Le Maître et Marguerite* nous ramènent invariablement aux années des purges.

Boulgakov avait vu Staline se transformer en idole païenne, sous un tonnerre d'applaudissements, pendant une soirée en son honneur au Bolchoï, en 1938. Son regard mystique le perçut alors comme le démon travesti en dieu vivant.

Dans la pièce qu'il consacra à la jeunesse de Staline, *Batoum*, la magie de sa plume n'hésita pas à transformer l'organisateur d'une grève ouvrière en séminariste cherchant le royaume de Dieu, en pasteur espérant l'avènement d'une ère nouvelle. Le Théâtre d'Art décida de mettre en scène cette pièce pour le soixantième anniversaire du dictateur, le 21 décembre 1939, mais dut y renoncer – bien entendu sur les instructions de ce dernier : on ne pouvait pas jouer avec les paroles du chef suprême…

« Il a signé mon arrêt de mort », déclara Boulgakov en sortant du théâtre. De qui parlait-il ? De Satan ou de Staline ? Peu après, les médecins diagnostiquèrent une maladie héréditaire mortelle. Ses dernières paroles furent : « Que l'on sache ! »

Son chef-d'œuvre fut publié et universellement reconnu seulement dans les années 1960. Sur sa tombe, au cimetière moscovite de Novodevitchi, se dresse aujourd'hui la masse de granit noir qui décorait jadis la dernière demeure de Gogol. Tout un symbole pour celui qui, au cœur de la nuit stalinienne, sut percer la nature profonde du tyran.

Annexe III

Quelques repères

L'éclipse du système stalinien est le résultat de deux processus qui se sont déroulés devant nos yeux dans l'espace soviétique : d'une part l'écroulement du régime totalitaire qui a duré soixante-dix ans, d'autre part la chute d'un Empire vieux de plus de trois cents ans.

Ces processus parallèles sont pourtant loin d'être identiques.

La fin de l'Union soviétique, en décembre 1991, sonna le glas de l'Empire russe qui avait déjà menacé de s'effondrer avec la chute du tsar, en mars 1917, en raison de la poussée nationaliste de ses colonies. Ce processus de décolonisation s'accéléra avec l'arrivée au pouvoir des bolcheviques, en octobre 1917. Ainsi, la Pologne devint indépendante, tandis que la guerre civile, menée de l'été 1918 à la fin de 1921, semblait sonner l'hallali de l'Empire. Mais ce n'était qu'un trompe-l'œil. En effet, les conditions de sa consolidation furent créées dès 1922.

Prônant le droit des peuples à l'autodétermination jusqu'à l'indépendance, le leader « bolchevique »

Lénine n'en précisa pas moins que les membres du Parti communiste devaient s'opposer aux tendances nationalistes, au profit d'un État fort. Lénine n'était pas un adversaire de l'Empire russe, mais plutôt un ennemi résolu de l'Empire tsariste. Pour atteindre ses objectifs, le chef de la révolution bolchevique avait besoin d'un pouvoir puissant, par conséquent d'un État centralisé. Une fois installé au Kremlin en 1924, Staline instaura un pouvoir vertical.

Au cœur de cette construction se trouvait d'abord le Parti communiste, puis les services secrets dépendant directement du chef du Parti, qui contrôlait également l'armée, les transports, le système monétaire, etc. Cet édifice permit ainsi de reconstituer l'Empire.

En 1922, l'État soviétique prit le nom d'Union des Républiques socialistes soviétiques ou URSS. Ses frontières étaient réduites par rapport à celles de l'Empire russe de 1913 : la Pologne, la Finlande et la Bessarabie n'en faisaient plus partie. Après la mort de Lénine en 1924, Staline, triomphant de ses adversaires politiques, s'imposa comme l'homme fort de l'URSS : une nouvelle étape de la reconstruction de l'Empire commença.

La clé de voûte de sa politique repose sur la construction du socialisme dans son seul pays. Sa méthode, héritée de Lénine et de Trotski, demeure la terreur politique. Entre 1924 et 1941, Staline tenta de faire émerger une grande puissance industrielle capable d'assurer le rayonnement des idées communistes dans le monde. Devenu le Petit Père des peuples, Staline essaya ainsi de concilier nationalisme russe et marxisme. Il construisit une URSS puissante pour assurer la propagation de son influence à travers le monde. La notion de national-communisme, qui était alors une caractéristique majeure de son approche, permit de faire une distinction entre le fonctionnement de l'Empire russe et celui de l'Empire soviétique. En effet, l'URSS devint le bastion du mouvement communiste mondial, alors que la Russie impériale d'avant 1917 ne prétendait pas à ce rôle messianique. La victoire sur Hitler en 1945 permit à Staline de restaurer les frontières de l'Empire russe, mais aussi de les élargir. Désormais, l'Empire soviétique était entouré par les pays satellites réunis dans un bloc des pays socialistes. À la fin de la Seconde Guerre mondiale, la conférence de Yalta (1945) symbolisait le partage du monde en zones d'influence. Mais à partir des années 1970, la croissance de l'Union soviétique déclina, l'inflation grimpa et la pénurie en biens d'équipement et de consommation s'installa dans tout le pays. Un rapport secret avertit que l'URSS risquait de ne plus être, en l'an 2000, qu'une puissance de second ordre, voire de rejoindre le tiers-monde.

En 1985, l'arrivée de Gorbatchev au pouvoir changea la donne. Son objectif était d'enrayer ce déclin en amorçant une dynamique de relance économique. La perestroïka mit en place une politique de réforme des structures visant à atteindre un triple objectif : réduire les dépenses militaires grâce à une politique de détente internationale ; accroître la production par une mobilisation des ressources matérielles et technologiques ; revivifier la société en lui donnant un langage de transparence (la glasnost). Mais la perestroïka essuya un véritable échec dans la gestion des crises interethniques : dès le 17 décembre 1986, des émeutes éclatèrent dans la capitale du Kazakhstan. La cohésion de l'Empire stalinien était assurée par la terreur politique. Or, en y mettant un terme, Gorbatchev le dit lui-même : « C'est parti de tous les côtés. »

À partir de 1987, les Républiques baltes se placèrent à leur tour en tête de la lutte anticoloniale ; en 1989, à l'occasion du cinquantième anniversaire du pacte germano-soviétique, la population manifesta pour dénoncer les crimes de Staline. Quelques semaines plus tard, des revendications analogues furent exprimées par les Ukrainiens de la région de Lvov.

L'héritage de Staline fut donc placé au centre du débat par une opinion publique réveillée par la perestroïka. Staline, qui avait une idée stricte du droit des peuples, traça les frontières intérieures de l'URSS à sa convenance, selon le principe « un peuple, une République ». Or, plus d'une centaine cohabitaient en URSS au sein de quinze Républiques, créant une véritable mosaïque de nationalités. Le Caucase en donne des exemples extrêmes. Les Arméniens du Haut-Karabakh, séparés du reste de la population arménienne, avaient, par exemple, une région autonome placée sous l'autorité de la République d'Azerbaïdjan. La haine réciproque des Arméniens et des Azéris était toujours vivace, mais sous Staline elle ne se manifesta pas. Cependant, la nouvelle liberté acquise sous la perestroïka permettait d'exprimer tout ou presque. Une agitation croissante s'empara de la population arménienne qui voulait libérer le Haut-Karabakh de la tutelle de l'Azerbaïdjan. La tension entre les deux communautés battait son plein. De véritables pogroms furent organisés contre la population arménienne installée dans une banlieue de la capitale de l'Azerbaïdjan. Le KGB n'était d'ailleurs pas étranger à ces actions. En effet, les problèmes nationaux furent utilisés par les adversaires de la perestroïka pour discréditer les réformateurs. La même année, les dirigeants du Kremlin se rendirent à l'évidence : les problèmes nationaux furent « dramatiquement sous-estimés », comme le soulignait Gorbatchev.

En même temps, l'escalade des crises fut attribuée aux erreurs du passé. Gorbatchev restait persuadé qu'il pouvait encore sauver la situation. Prêt à soutenir les intérêts nationaux, mais pas les nationalismes exacerbés, il rêvait de sauvegarder l'unité de l'Empire en le transformant progressivement. Gorbatchev prônait le compromis ; d'une part, en respectant les traditions et les langues des Républiques par sollicitude envers les nations ; d'autre part, en essayant de sauvegarder l'essentiel du pouvoir décisionnel. Cependant, les nationalistes, Baltes et Caucasiens en première ligne, faisaient monter les enchères. Comprenant qu'il était en train de perdre le contrôle, Gorbatchev tenta d'employer la manière forte. Tout d'abord le **7 janvier 1991**, des parachutistes intervinrent dans les pays Baltes. Théoriquement, ils devaient empêcher les appelés insoumis de fuir la conscription. Mais, dans la nuit du 12 au 13, un groupe composé essentiellement d'agents du KGB attaqua les locaux de la télévision de Vilnius, faisant quatorze victimes. Simultanément, les conservateurs du Parti communiste local formèrent un « comité de salut national ». En réalité, il s'agissait d'une ultime tentative pour arrêter le processus d'écroulement de l'Empire soviétique, d'une répétition grandeur nature des plans appliqués à l'échelle de l'Union. Mais ces actions furent vouées à l'échec. Les dirigeants des trois Républiques baltes se barricadèrent dans leur Parlement respectif, sous la protection de la foule prête à résister à l'assaut des troupes. Les chancelleries occidentales protestèrent. La rupture était désormais consommée entre le chef du Kremlin et les réformateurs russes, ceux-ci considérant dès lors Gorbatchev comme l'otage du KGB. Devenu chef de l'opposition démocratique, Boris Eltsine ne mâcha pas ses mots. Le **19 février 1991**, en direct à la télévision, il accusa Gorbatchev d'avoir « trompé le peuple et conduit le pays à la dictature », et réclama sa démission immédiate. Le 10 mars, il poursuivit son réquisitoire dans la rue, lors d'une manifestation qui mobilisa trois cent mille personnes scandant des slogans hostiles à Gorbatchev. Eltsine fut ovationné par la foule après avoir affirmé qu'il fallait « déclarer la guerre à la direction soviétique ». Dans ce contexte, Gorbatchev fit marche arrière et prétendit ne pas avoir été informé des préparatifs de ces coups de force, sans sanctionner pour autant les responsables. Les États baltes persistèrent dans leur démarche et organisèrent des « sondages d'opinion » sur l'indépendance, suivis par la Géorgie qui, à son tour, s'émancipa. Gorbatchev essaya alors de sauver au moins une partie de l'Empire, sans toutefois se faire d'illusions à propos de l'évolution dans les pays Baltes. Il espérait cependant le rétablissement du pouvoir sur le reste de l'Empire soviétique en s'appuyant sur les résultats du référendum du 17 mars 1991, organisé par son gouvernement sur le maintien de « l'union innovée » dans neuf Républiques de l'URSS sur quinze qui avaient participé au vote, et où 75 % des électeurs étaient favorables à cette union.

Fin avril 1991, Gorbatchev réunit dans sa datcha les dirigeants des Républiques concernées et proposa une déclaration commune. Selon ses termes, les participants s'engagèrent « à faire régner l'ordre constitutionnel et à enrayer la menace de catastrophe économique ». Tout en continuant d'adopter une attitude équivoque, il évitait de préciser si la future union serait une fédération ou une confédération. Moscou conserva certains pouvoirs et les Républiques se virent attribuer de vastes domaines de compétence, notamment en matière économique. L'homme de la perestroïka comptait sur la signature définitive de cet accord le **20 août 1991**. Mais, la veille, un putsch fut organisé par une junte qui rassemblait les principaux responsables des institutions considérées comme les piliers du système soviétique : la Défense, l'Intérieur, le KGB, avec le soutien du courant conservateur de la direction du Parti communiste. Tandis que Gorbatchev était assigné à résidence sur son lieu de villégiature, à Foros en Crimée, les chars entrèrent dans Moscou. Au bout de soixante heures, le coup d'État prenait fin. Son échec est à mettre au crédit de la perestroïka qui, suffisamment implantée, rendit impossible le retour du totalitarisme, mais aussi à la détermination de Boris Eltsine. En grimpant sur un char pour appeler à la résistance, il donna de lui une image de défenseur des libertés, qui sera retransmise dans le monde entier par CNN. Cette victoire est aussi due à la faiblesse du camp adverse. Les putschistes qui, durant quelques jours, disposèrent de tous les pouvoirs et de toutes les forces armées, n'ont même pas appréhendé Boris Eltsine, dont la résidence située près de Moscou était connue de tous. Ce dernier a défendu son camp retranché, protégé seulement par une demi-douzaine de chars et un petit groupe totalement désarmé. Cette débandade de la junte a précipité la désintégration de l'URSS qu'elle tentait d'entraver. Le 21 août, Gorbatchev était libéré par les représentants d'Eltsine, et les instigateurs du coup d'État étaient arrêtés.

L'échec du putsch changeait désormais la donne. Le lendemain, toutes les Républiques de l'Union soviétique proclamèrent leur indépendance. L'Empire soviétique s'effondra comme un château de cartes, plus facilement encore que l'Empire russe en 1917, car son chef avait essayé de remédier à quelques défauts secondaires du système totalitaire sans le détruire.

En tout état de cause, le putsch fait figure de moment fatidique, car il a fait imploser en quelques heures les structures centrales du système maintenues depuis soixante-dix ans. L'agonie de l'URSS s'est prolongée durant quatre mois, au cours desquels Mikhaïl Gorbatchev n'a exercé son pouvoir que sur une coquille vide. Il démissionna alors de son poste de président de l'Union soviétique le **25 décembre 1991**, dix-sept jours après que les dirigeants russes, ukrainiens et biélorusses eurent proclamé que « l'URSS avait cessé d'exister » (déclaration de Minsk du 8 décembre). Eltsine devint le maître absolu du Kremlin.

Il s'agissait d'un cas de figure sans précédent dans l'Histoire mondiale, à savoir qu'une nation (en l'occurrence la Russie) sorte de l'Empire avec la complicité de deux Républiques slaves – l'Ukraine et la Biélorussie.

Une nouvelle époque commença : celle de Boris Eltsine. Elle allait durer huit ans.

Sous Eltsine, les frontières de la Russie, à l'exception de la Sibérie conquise plus tardivement, rappellent celles de l'État moscovite du XVIe siècle. Mais, dans le même temps, le système de communication, le réseau de gazoducs et d'oléoducs, ainsi que les liens économiques ont été préservés. L'héritage de Staline restait bien en place, même si ses structures politiques avaient disparu.

À l'orée du XXIe siècle, la Russie se cherchait.

Pour éviter la catastrophe nationale, Poutine, élu président en **mars 2000**, préconisa comme seul antidote la renaissance des structures étatiques, détruites par le chaos post-communiste. Le président russe fit diviser le pays en sept super régions, essayant ainsi de renforcer l'État. Il considéra aussi les anciennes Républiques de l'URSS comme « une zone d'intérêts vitaux » pour Moscou.

Pour imposer ses projets, Poutine a consciemment brandi la menace de l'éclatement de la Russie, la présentant comme un ensemble d'îles dirigées par la mafia locale et les oligarques. Son approche reste cependant marquée par son passé d'officier du KGB : verrouillant la presse, il définit des objectifs et, pour les atteindre, tous les moyens sont bons.

Ainsi la Russie a-t-elle commencé à vivre dans une sorte de « démocratie contrôlée ».

Quel rôle joua l'État en Russie ? Les règles démocratiques y furent-elles respectées ? La Russie a-t-elle été marquée par les tendances néo-impériales visant une reconstitution du moins partielle de l'URSS ? Telles furent les questions auxquelles le président Poutine apporta ses réponses durant ses deux mandats – de 2000 à 2008.

La période de Poutine fut marquée par le retour à l'héritage de l'URSS. Sa trame était, comme dans tout pays totalitaire, sa police secrète, le KGB. Le système une fois écroulé, cette dernière a subsisté. Le FSB (les services secrets russes) a fini par revêtir les habits du KGB.

Vladimir Poutine déclara : « L'effondrement de l'Union soviétique fut la plus grande catastrophe géopolitique du XXe siècle. Pour le peuple russe, cela fut un véritable drame. Des dizaines de millions de nos concitoyens et compatriotes se retrouvèrent en dehors des frontières russes. De plus, l'épidémie de désagrégation se propagea également à l'intérieur même de la Russie. »

Selon Poutine, la nouvelle identité nationale russe est celle d'un peuple bâtisseur d'Empire – russe puis soviétique –, diluée en quelque sorte dans l'identité soviétique, et qui semble puiser sa source principale dans l'allégeance à l'État. L'essence de cette idée a pris ses racines au milieu du XIXe siècle, une forme d'organisation étatique caractérisée par un pouvoir central puissant, un mécanisme efficace de succession et la présence d'un dirigeant fort : tout cela marque l'influence de l'orthodoxie devenue *de facto* l'idéologie étatique de la Russie postsoviétique.

L'étendue des crimes du système totalitaire ne fut jamais reconnue ; Poutine a donc réhabilité à la fois le passé tsariste et le passé soviétique, afin de bâtir une continuité historique.

Ainsi, s'appuyant sur ses conseillers experts en relations publiques (sous la houlette de Gleb Pavlovski), usa-t-il, parallèlement à sa chasse aux oligarques, des phobies héritées de Staline, notamment du complexe viscéral de la population, dit « du château – ou de la forteresse – assiégé », reflétant les craintes des Russes devant les forces hostiles de l'extérieur, en l'occurrence les Tchétchènes, l'Otan, etc. Ce processus prit de l'élan sous Vladimir Poutine, avec la restauration de l'hymne soviétique, la glorification du KGB, la réécriture de l'Histoire en faveur de sa version stalinienne et le verrouillage de la presse, ainsi que le discrédit de l'Occident, accusé de donner des leçons de démocratie à Moscou pour l'affaiblir.

Le pétrole et le gaz sont les sources principales de la performance économique de l'époque Poutine. La Russie contrôle 17 % des réserves mondiales de gaz et l'on a assisté à une explosion des prix des hydrocarbures qui ont augmenté respectivement de 157 % et de 180 % en valeur réelle depuis 2002.

Cette manne a été mobilisée en priorité pour cantonner les mécanismes de marché et financer la prise de contrôle par l'État des principaux actifs du pays, notamment dans le secteur clé de l'énergie et des matières premières : 17,4 milliards de dollars ont été affectés l'année dernière à des prises de participations publiques dans des entreprises déclarées stratégiques et fermées aux investissements étrangers.

Dans le domaine des relations internationales, la Russie cherche à retrouver son influence d'antan en brandissant l'arme gazière et en s'associant avec les régimes autoritaires d'Asie centrale. Sur tous les fronts extérieurs, le Kremlin est bien décidé à faire oublier l'humiliation de l'effondrement de 1991 puis celle, plus récente, des révolutions démocratiques en Ukraine et en Géorgie qui ont réduit son influence.

Dmitri Medvedev, version libérale du « poutinisme », cumula sa fonction de vice-Premier ministre avec celle de président du conseil d'administration de Gazprom. Medvedev présida le géant Gazprom, une entreprise d'État, un empire de trois cent cinquante mille personnes, qui vient d'acheter deux grandes télévisions, des radios, des journaux et la première banque du pays.

Sergueï Ivanov a connu Poutine en 1976 au KGB de Saint-Pétersbourg. Il fut ministre de la Défense avant de devenir vice-Premier ministre. C'est une sorte de clone du président russe, auquel il ressemble même physiquement. Direct et à l'aise sous l'œil des caméras, charmeur avec les grands de ce monde, Ivanov s'est fait remarquer dans le passé par la dureté de son discours sur la Tchétchénie, la Géorgie et l'ensemble de la politique étrangère. Son passage à la tête du ministère de la Défense n'a jamais été vraiment accepté par les militaires.

Igor Setchine, chef de l'administration, connut également Poutine à Saint-Pétersbourg où il était fonctionnaire à la mairie, après avoir rempli une mission en Afrique pour le compte du KGB. C'est lui qui, du Kremlin, a écrit le scénario du démantèlement du géant du pétrole Ioukos au profit du clan. La méthode employée dit tout des mœurs de la poutinocratie. D'abord, la fille de Setchine a épousé le fils du puissant procureur général de Russie, Vladimir Oustinov. Ensuite, le beau-père a organisé un procès contre Ioukos. Son propriétaire, Khodorkovski, a été envoyé dans une prison en Sibérie.

Vladislav Sourkov, autre collaborateur direct, contrôle Transneft, la compagnie de transport.

Alexeï Koudrine, un ancien de la mairie de Saint-Pétersbourg lui aussi, fut à la fois ministre des Finances et président de l'entreprise qui exploite toutes les mines de diamants de Russie.

REMERCIEMENTS

Je tiens à remercier Isabelle de Tredern, qui, une fois encore, m'a accompagné dans ce travail. Mes remerciements vont aussi à mon éditeur et à ses collaborateurs qui m'ont accordé leur confiance pour la réalisation de ce projet.

Je tiens également à exprimer ma reconnaissance aux collaborateurs des archives de la Fédération de Russie qui m'ont autorisé à consulter leurs fonds.

Je garde en mon cœur le souvenir d'Alexandre Yakovlev, l'idéologue de la perestroïka, disparu au moment où je terminais ce livre. Cet ouvrage n'aurait pas pu être réalisé sans son soutien.

REMERCIEMENTS

[illegible]

[illegible] de Russie [illegible]

[illegible] Yakovlev [illegible]

Table

Du même auteur :

AUX ÉDITIONS DU ROCHER

Le Roman de l'Orient-Express, 2006 ; prix André-Castelot.

Le Roman de la Russie insolite, 2005.

Diaghilev et Monaco, 2004.

Le Roman du Kremlin, Le Rocher-Mémorial de Caen, 2004 ; prix Louis-Pauwels, prix du meilleur document de l'année.

Le Roman de Saint-Pétersbourg, 2003 ; prix de l'Europe.

L'Histoire secrète des Ballets russes, 2002 ; prix des écrivains francophones.

Les Tsarines, 2002.

CHEZ D'AUTRES ÉDITEURS

De Raspoutine à Poutine : les hommes de l'ombre, Perrin, 2007 ; prix d'Étretat.

Paris-Saint-Pétersbourg : la grande histoire d'amour, Presses de la Renaissance, 2005.

Les Deux Sœurs, Lattès, 2004 ; prix des Romancières.

La Guerre froide, Mémorial de Caen, 2002.

La Fin de l'URSS, Mémorial de Caen, 2002.

Le Retour de la Russie, en coll. avec Michael Gurfinkiel, Odile Jacob, 2001.

Le Triangle russe, Plon, 1999.

Le Département du diable, Plon, 1996.

Les Égéries romantiques, en coll. avec Gonzague Saint Bris, Lattès, 1995.

Les Égéries russes, en coll. avec Gonzague Saint Bris, Lattès, 1993.

Histoire secrète d'un coup d'État, en coll. avec Ulysse Gosset, Lattès, 1991.

Histoire de la diplomatie française, Éditions de l'Académie diplomatique, 1985.

Composition réalisée par ASIATYPE

Achevé d'imprimer en décembre 2008, en France sur Presse Offset par
Maury-Imprimeur - 45330 Malesherbes
N° d'imprimeur : 143423
Dépôt légal 1re publication : janvier 2009
LIBRAIRIE GÉNÉRALE FRANÇAISE - 31, rue de Fleurus - 75278 Paris Cedex 06

31/2681/0